笑林广记全鉴

〔清〕游戏主人◎纂辑
东篱子◎解译

中国纺织出版社有限公司
国家一级出版社
全国百佳图书出版单位

内 容 提 要

《笑林广记》是一本清代人编纂的笑话集，一共分十二部，每部皆有其独特主题，分别是：古艳部、腐流部、术业部、形体部、殊禀部、闺风部、世讳部、僧道部、贪吝部、贫窭部、讥刺部和谬误部。《笑林广记》题材广泛，形式多样，语言风趣，文字隽秀，手法成熟，具有很强的可读性和趣味性。

图书在版编目（CIP）数据

笑林广记全鉴：珍藏版 /（清）游戏主人纂辑；东篱子解译. --北京：中国纺织出版社有限公司，2019.10

ISBN 978-7-5180-6659-9

Ⅰ.①笑… Ⅱ.①游… ②东… Ⅲ.①笑话—作品集—中国—古代 ②《笑林广记》—译文 Ⅳ.①I276.8

中国版本图书馆CIP数据核字（2019）第192550号

策划编辑：张淑媛　　责任校对：王蕙莹　　责任印制：储志伟

中国纺织出版社有限公司出版发行

地址：北京市朝阳区百子湾东里A407号楼　邮政编码：100124

销售电话：010—67004422　传真：010—87155801

http：//www.c-textilep.com

中国纺织出版社天猫旗舰店

官方微博 http://weibo.com/2119887771

北京华联印刷有限公司印刷　各地新华书店经销

2019年10月第1版第1次印刷

开本：710×1000　1/16　印张：20

字数：261千字　定价：68.00元

前言

中国笑话具有悠久的历史，但最著名的非《笑林广记》莫属。《笑林广记》是清代署名为“游戏主人”的一位作者编纂而成的一本笑话集，共分十二部，每部皆有其独特主题，分别是：古艳部、腐流部、术业部、形体部、殊禀部、闺风部、世讳部、僧道部、贪吝部、贫窭部、讥刺部和谬误部。《笑林广记》题材广泛，形式多样。它是以抨击坏人、揭露黑暗的手法，规劝和教育人们的一种艺术表现形式。《笑林广记》将笑点渗透于生活的方方面面，读者在阅读的时候，会得到一种愉悦和满足，情不自禁地笑出声，其中有捧腹的大笑，有会心的微笑；有辛辣的笑，有含泪的笑；有严肃的、深沉的、高层次的笑，有粗野的、本能的、媚俗的笑。茅盾先生说过：“真正有价值的作品，应当是当时当地既产生了社会影响，而且在数十年乃至百年也仍然能感动读者。”《笑林广记》是符合这一点的。

《笑林广记》与其他古典著作有不同之处，其文字比较通俗。因此，在译注的时候，只对个别生僻难懂的字、词做了注解；它又注重内容情节的幽默性，因此以意译为主，能够直译的尽量直译。我们希望通过一篇篇生动活泼的笑话，读者既受到启迪和教益，又得到轻松的艺术享受，有益于身心健康；同时，还增长了古典文学知识。

《笑林广记》署名游戏主人，也有人说是游戏道人，其真实姓名历来是个谜。其实，《笑林广记》不是一人一世的创作，而是历经宋、元、明、清几代人的搜集整理加工，为广大创作者共同创作的产物，是创作者智慧的结晶。在历代刻本中，以清代乾隆四十六年（公元 1781 年）署名游戏主人纂辑的刻本为最佳，它不仅内容齐全，语言精炼，而且错误甚少，易于校点。此次译注即以此刻本为底本。

无疑，成书于清朝的《笑林广记》作为我国民族文化遗产的一部分，应该给予整理，以便普及与弘扬。此为编者重新整理译注出版的初衷。

本书平装本自出版以来，广受读者欢迎和喜爱。为满足大家的收藏、馈赠需要，现特以精装形式推出，敬请品鉴。

编者

2019 年 6 月

目录

卷一 古艳部

卷二 腐流部

卷三　术业部

卷四 形体部

卷五　殊禀部

卷六　闺风部

卷七　世讳部

卷八

卷九 贪吝部

卷十

贫窭部

卷十一　讥刺部

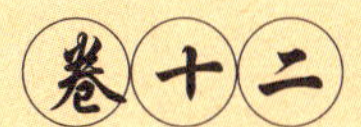

卷十二 谬误部

卷一 古艳部

“古艳部”是《笑林广记》的第一部，主要写明清时代官场、科举等方面的事。有讥讽官员贪污的，有讥笑害怕老婆的，有讽刺太监的，有讽刺无能武将的，最多的是讥讽迂腐监生的。笑话中多用挖苦讽刺的手法，虽辛辣刻薄，却依旧让人忍俊不禁。

比职

【原文】

甲乙两同年初中。甲选馆职，乙授县令。甲一日乃骄语之曰："吾位列清华，身依宸禁，与年兄做有司者，资格悬殊。他不具论，即选拜客用大字帖儿，身份体面，何啻天渊。"乙曰："你帖上能用几字，岂如我告示中的字，不更大许多？晓谕通衢①，百姓无不凛遵恪守，年兄却无用处。"甲曰："然则金瓜黄盖，显赫炫耀，兄可有否？"乙曰："弟牌棍清道，列满街衢，何止多兄数倍？"甲曰："太史图章，名标上苑，年兄能无羡慕乎？"乙曰："弟有朝廷印信，生杀之权，惟吾操纵，视年兄身居冷曹，图章私刻，谁来怕你？"甲不觉词遁，乃曰："总之，翰林声价值千金。"乙笑曰："吾坐堂时，百姓口称青天爷爷，岂仅千金而已耶？"

【注释】

①衢（qú）：四通八达的道路。

【译文】

甲乙两人一起中了举，甲到翰林院任职，乙在地方当了县令。

有一天，两个人相遇，甲傲慢地对乙说："我官居清华，身居皇宫，和做地方官的你，资格相差很大啊！别的不说，仅仅是拜客用的名帖，其显示出的身份和体面就有天渊之别啊。"

乙说："你的名帖上能用几个字呢？我布告上的字作用比帖子上的更大！它能传遍大街小巷，老百姓都严格遵守，而你的却没有这样的功能。"

甲说："可是我出行时，有金色伞盖守卫护送，显得很气派，你有吗？"

乙说："我出行时，有牌棍开道，护卫站满大街小巷，声势规模不知道比你大多少倍？"

甲说："我有太史官的图章，标有上苑的字样，老兄难道不羡慕吗？"

乙说："我有朝廷授予的官印，操纵着生死大权。你身居冷官闲职，自己私刻的图章，谁会怕你？"

甲不由词穷，就说；"反正翰林的声威很大，价值千金。"

乙笑着说："我坐在公堂上，百姓都叫我青天大老爷，这哪里只有千金呢？"

发利市

【原文】

一官新到任，祭仪门毕，有未烬纸钱在地，官即取一锡锭藏好。门子禀曰："老爷，这是纸钱，要他何用？"官曰："我知道，且等我发个利市①着。"

【注释】

①发个利市：图个彩头。

【译文】

有个当官的上任伊始，在门前举行祭仪活动。完毕后，他看见地上留有没有燃的纸钱，马上藏起一叠纸钱。看门的人对他说："老爷，这是给死人的钱，你要它有干什么用呢？"官员回答说："这个我知道，我只是图个好彩头，你等着我今后能快快地发财吧。"

贪官

【原文】

有农夫种茄不活，求计于老圃①。老圃曰："此不难，每茄树下埋钱一文即活。"问其何故，答曰："有钱者生，无钱者死。"

【注释】

①老圃（pǔ）：有经验的菜农。

【译文】

有一个农夫种的茄苗一直没有成活，就问一位老菜农原因。老菜农说："这不难，只要在每个茄苗下埋点钱，它肯定就会活了。农夫问为什么，老菜农回答说："因为有钱的活，没钱的死。"

有理

【原文】

一官最贪。一日，拘两造对鞫[①]，原告馈以五十金，被告闻知，加倍贿托。及审时，不问情由，抽签竟打原告。原告将手作五数势曰："小的是有理的。"官亦以手覆[②]曰："奴才，你讲有理。"又以手一仰曰："他比你更有理哩。"

【注释】

①鞫（jū）：审问。

②覆：动作"翻"。

【译文】

一位官员非常贪婪，有一天，有诉讼双方要打官司。原告给他送了五十两银子，被告听说了，就给了他一百两。到了审讯时，他不问缘由便打原告。原告做出一个"五"的手势说："大人，小人是有理（礼）的。"他把手朝下一翻说："你这个奴才，你说你有理（礼）。"然后又以另一手往上一摆，指着被告说："他比你更有理（礼）呀。"

取金

【原文】

一官出朱票，取赤金二锭，铺户送讫[①]，当堂领价。官问："价值几何？"铺家曰："平价该若干，今系老爷取用，只领半价可也。"官顾左右曰："这等，发一锭还他。"发金后，铺户仍候领价。官曰："价已发过了。"铺家曰："并未曾发。"官怒曰："刁奴才，你说只领半价，故发一锭还你，抵了一半价钱。本县不曾亏了你，如何胡缠？快撵出去！"

【注释】

①讫（qì）：完结，终了。

【译文】

有个官员要买两锭金子。一家店铺的伙计把金子送到后，在大堂等着拿钱。官员问："两锭金子收多少钱呀？"铺家的伙计说："按平日里的价应该是不少钱，如今是老爷您用，我们只收一半的费用就行。"官员回头对左右的随

从说："这样的话，我们退还一锭金子给他就可以了。"退还金子后，铺家的伙计仍然等着领钱。当官的对他说："费用已经给你了呀。"铺家的伙计说："没有给呀。"官员大怒说："你这个刁奴才，你说只收一半费用，所以拿一锭金子还给你，抵了一半的费用。我没有再欠你什么了呀，为什么还胡搅蛮缠呢？快把他撵出去！"

胡涂

【原文】

一青盲人涉讼，自诉眼瞎。官曰："你明明一双清白眼，如何诈①瞎？"答曰："老爷看小人是清白的，小人看老爷却是糊涂得紧。"

【注释】

①诈：假装。

【译文】

一个有青光眼的人遇到一场官司，他自称眼瞎，看不清文告。官员问他："你只是双清（音同'青'）白眼，为什么偏偏装瞎呢？"这人回答说："老爷眼力好，看我是清白的；小的眼力不好，看老爷却是糊涂得很。"

不明

【原文】

一官断事不明，惟好酒怠政，贪财酷民。百姓怨恨，乃作诗以诮之云："黑漆皮灯笼，半天萤火虫。粉墙画白虎，黄纸写乌龙。茄子敲泥磬，冬瓜撞木钟。唯知钱与酒，不管正和公。"

【译文】

有个当官的断案常常是糊里糊涂的，因为他极其喜欢饮酒，常常因此而贻误政事；另外，他还贪吝财物，残害百姓。老百姓对他怨恨很大，于是有人作诗讥讽他说："黑漆皮灯笼，半天萤火虫。粉墙画白虎，黄纸写乌龙。茄子敲泥磬，冬瓜撞木钟。唯知钱与酒，不管正和公。"

启奏

【原文】

一官被妻踏破纱帽，怒奏曰："臣启陛下，臣妻罗皂①，昨日相争，踏破臣的纱帽。"上传旨云："卿须忍耐。皇后有些惫赖，与朕一言不合，平天冠打得粉碎，你的纱帽只算得个卵袋。"

【注释】

①罗皂：不讲理，吵闹。

【译文】

有个当官的官帽被老婆踩坏了，他怒气冲冲地向皇帝禀报说："启奏皇上，我老婆不讲理、好吵闹，昨天和我吵架，居然把我的官帽都踩烂了。"皇上传旨对这个官员说："你必须忍耐。皇后也有些脾气不太好，和我一句话不合，就把我的皇冠打得粉碎，你的官帽只能算个屎蛋。"

偷牛

【原文】

有失牛而讼于官者，官问曰："几时偷去的？"答曰："老爷，明日没有的。"吏在傍不觉失笑，官怒曰："想就是你偷了！"吏洒两袖曰："任凭老爷搜。"

【译文】

有一个人家里的一头牛丢失了，于是就上官府去告状。官员问他："牛是什么时候被偷走的？"丢牛的人答道："老爷，是明天丢失的。"在旁边一个差役听了忍不住笑出来，官员大怒，对那个发笑的差役说："那一定是你偷的！"差役把两只袖子一甩说："任凭老爷您搜查。"

避暑

【原文】

官值暑月，欲觅避凉之地。同僚纷议，或曰某山幽雅，或曰某寺清闲。一老人进曰："山寺虽好，总不如此座公厅，最是凉快。"官曰："何以见得？"答曰："别处多有日头，独此处有天无日。"

【译文】

在一个炎热天气，有个官员很想寻找避暑纳凉的地方。同朝做官的人给建议。有的说："那个那个山幽雅。"有的说："那个那个寺院清凉。"有位老人对他道："山上和寺院虽好，但都没有你所在的大堂上凉快。"官员问："为什么这样说？"老人回答说："别的地方一定有太阳的，只有你这大堂上暗天无日，不是很凉快吗？"

强盗脚

【原文】

乡民初次入城，见有木扁悬于城上，问人曰："此中何物？"应者曰："强盗头。"及至县前，见无数木匣钉于谯楼①之上，皆前官既去而所留遗爱之靴。乡民不知，乃点首曰："城上挂的强盗头，此处一定是强盗脚了。"

【注释】

①谯（qiáo）楼：打更鼓的楼。

【译文】

有个乡下人第一次进城，看见有一只木扁桶挂在城门上，于是就向人问道："木桶里面装的是什么东西呢？"人回答说："装的是一个强盗的头。"等到了县衙门前，这个乡下人看见有数只木匣被钉在打更鼓的楼上，木匣里都是以前当官的人离任时所留下的靴子。乡下人不知道，于是点头思忖："城门上挂的是强盗的脑袋，这里一定是强盗的脚了。"

属牛

【原文】

一官遇生辰，吏典闻其属鼠，乃醵①黄金铸一鼠为寿。官甚喜，曰："汝等可知奶奶生日，亦在目下乎？"众吏曰："不知，请问其属？"官曰："小我一岁，丑年生的。"

【注释】

①醵（jù）：大家凑钱。

【译文】

有个官员过生日，下属们为了给他祝寿，听说他属鼠，便一起凑集一些黄金铸成一只金老鼠献给官员。官员十分开心，说："你们是否知道，我太太不久也要过生日？"众官吏回答说："不知道，请问她属什么？"官员说："她比我小一岁，属牛。"

家属

【原文】

官坐堂，众役中有撒一响屁，官即叫："拿来！"隶禀[①]曰："老爷，屁是一阵风，吹散没影踪，叫小的如何拿得？"官怒云："为何徇情卖放，定要拿到。"皂无奈，只得取干屎回销："禀老爷，正犯是走了，拿得家属在此。"

【注释】

①禀（bǐng）：汇报。

【译文】

有个官员坐在大堂之上，一帮衙役中有人放了一个响屁，官员立即叫道："把屁拿来。"放屁的差役报告说："老爷，屁是一阵风，吹散后没有影踪，叫小的怎么拿得着？"官员大怒说："为什么要徇情放跑屁，你一定要将屁捉拿归案。"差役没有办法，只得拿来一泡干屎回来："报告老爷，正犯逃跑了，我拿得它的家属回来了，你看就在这里。"

州同

【原文】

一人最好古董，有持文王鼎求售者，以百金买之。又一人持一夜壶至，铜色斑驳陆离，云是武王时物，亦索重价。曰："铜色虽好，只是肚里臭甚。"答曰："腹中虽臭，难道不是个周铜？"

【译文】

一个人很喜欢收集古董。有一个人拿文王鼎卖给他，他以一百金买下。又有一人拿了一个夜壶来卖给他，样子铜色斑驳陆离，说是周武王时的文物，也要卖个高价。这个人说："铜色虽然好，只是肚里太臭了。"卖主说："腹中虽然臭，难道不是个周铜（音同"州同"，州同是古时的官职名）吗？"

衙官隐语

【原文】

衙官聚会，各问何职。一官曰："随常茶饭掇将来，盖义取现成（县丞）也。"一官曰："滚汤锅里下文书，乃煮（主）簿也。"一官曰："乡下蛮子租粪窖。"问者不解，答曰："典屎（史）。"

【译文】

衙门的官员们在聚会时，互相询问官居的职位。一个官员说："我是平日的茶饭随用随到，也就是个现成（音同"县丞"）。"另一个说："我担任的职务是开水锅里下文书，即煮（主）簿。"还有一个说："乡下汉子卖粪窑。"大家都不太理解，他解释说："是典屎（音同"史"）啊。"

详梦

【原文】

一作吏典者，有媳妇最善详梦。适三考已满，将往谒选。夜得一梦，呼媳详之。媳问："何梦？"公曰："梦见把许多册籍，放在锅内熬煮，不知主何吉凶？"媳曰："初选一定是个主簿。"隔数日，公曰："我又得一梦，梦见你我二人皆裸体而立，身子却是相背的，何也？"媳曰："恭喜一转，就是县（现）丞（成）。"

【译文】

有一个人在衙门当一个小官，他

的妻子非常善于解梦。正赶上他三考完毕，在待选官职就任。一天夜里，这个小官忽做了个梦，就叫妻子来详解一下。妻子问："做的是什么梦？"小官说："梦见我把许多账册书籍都放到一个锅子里熬煮，不知道这个梦主吉还是主凶？"妻子说；"主吉呀，那初选一定是个主簿。"过了几天，小官说："我又做了一个梦，梦见你我两个人都光着身子站在一起，但却是背对背的，这梦怎么解答？"妻子说："恭喜是好梦——一转，就是个县（现）丞（成）。"

太监观风

【原文】

镇守太监观风，出"后生可畏焉"为题，众皆掩口而笑。监问其故，教官禀曰："诸生以题目太难，求减得一字也好。"笑曰："既如此，除了'后'字，只做'生可畏焉'罢。"

【译文】

有个镇守太监在观察民风时，给当地的书生出了叫"后生可畏焉"的题目，大家都偷偷地笑。太监问大家笑的原因，教官报告说："很多书生认为题目太难，请求去掉一字。"太监大笑说："既然这样，去掉'后'字，改做'生可畏焉（阉）'吧。"

原不识字

【原文】

有延师教其子者，师至，主人曰："家贫，多失礼于先生，奈何！"师曰："何言之谦，仆固无不可者。"主人曰："蔬食，可乎？"曰："可。"主人曰："家无藏获，风洒扫庭除，启闭门户，劳先生为之，可乎？"曰："可。"主人曰："或家人妇子欲买零星杂物，屈先生一行，可乎？"曰："可。"主人曰："如此，幸甚！"师曰："仆亦有一言，愿主人勿讶焉。"主人问何言？师曰："自愧幼时不学耳[①]！"主人曰："何言之谦。"师曰："不敢欺，仆实不识一字。"

【注释】

①耳：表示肯定或语句的停顿与结束，如同"矣"，相当于"了""啊""也"。

【译文】

有个人准备请一位教书先生教自己的孩子。有一天，有一个人来应聘，东家说："我们家不富裕，说不定有很多对先生失礼的地方，您看怎么样啊？"这位先生说："不用这么客气，我本来就没什么计较的。"东家说："吃蔬菜，可以吗？"答："可以。"东家说："家里也没特别的重活，只是打扫庭院，开门关门，还要有劳先生做，可以吗？"答："行。"东家说："有时家里人、妇女、孩子想买点小东西，委屈先生去跑一趟，可以吗？"答："可以。"东家说："如果能做到这些，就太好了！"之后，先生也说："我也有一句话，希望东家不要感到意外。"东家问他什么话？先生说："我自愧小时候没有好好学习知识！"东家说："何必说这样谦虚的话。"先生说："我不敢欺瞒你，我其实一个字都不认识。"

小恭五两

【原文】

讹诈得财，蜀人谓之敲钉锤。一广文善敲钉锤，见一生员在泮池旁出小恭①，上前扭住吓之曰："尔身列学门，擅在泮池解手，无礼已极。"饬门斗："押至明伦堂重惩，为大不敬者戒。"生员央之曰："生员一时错误，情愿认罚。"广文云："好在是出小恭，若是出大恭，定罚银十两。小恭五两可也。"生员曰："我这身边带银一块，重十两，愿分一半奉送。"广文云："何必分，全给了我就是了。"生员说："老师讲明，小恭五两，因何又要十两？"广文曰："不妨，你尽管全给了我，以后准你泮池旁再出大恭一次，让你五两。千万不可与外人说，恐坏了我的学规。"

【注释】

①出小恭：即小便。

【译文】

讹诈别人的钱财，四川人称其为敲钉锤。一位教书先生就善于敲钉锤。有一次，他看见一个新学生在泮池旁边撒尿，上前抓住并吓唬他说："你身在学堂，擅自在泮池解手，太不讲礼仪了。"命令守门人道："押到明伦堂审问清楚，这是极不尊敬，应该警戒。"学生央求他说："老师，是我一时犯错，情愿认罚。"先生说："幸好是撒尿，若是解大便，一定罚你银子十两。撒尿罚五两就行了。"学生说："我身边只带了一锭银子，重十两，愿分一半奉送给您。"先生说："何必分开，全给我就是了。"学生说："老师讲明，撒尿五两，为什么又要十两？”先生说：“不要紧，你尽管全给了我，以后准你在泮池旁拉屎一次，让你五两银子。千万别对外人讲，我怕败坏了我的规矩。”

不准纳妾

【原文】

有悍妻者，颇知书。其夫谋纳妾，乃曰：“于传有之，齐人有一妻一妾。”妻曰：“若尔，则我更纳一夫。”其夫曰：“传有之乎？”妻答曰：“河南程氏两夫。”夫大笑，无以难。又一妻，悍而狡（jiǎo）①，夫每言及纳妾，辄曰：“尔家贫，安所得金买妾耶？若有金，唯命。”夫乃从人称贷得金，告其妻曰：“金在，请纳妾。”妻遂持其金纳袖中，拜曰：“我今情愿做小罢，这金便可买我。”夫无以难。

【注释】

①狡（jiǎo）：奸猾，不老实。

【译文】

有一个非常强悍的妻子，她读过很多书。她的丈夫想纳一个小妾，就说：“古代有过这样的事，如齐国男人就有一妻一妾。”妻子说：“如果像你那样，我也要再找一个丈夫。”丈夫问：“古代有这样的事吗？”妻子回答道：“有个叫程氏的河南妇女有两个丈夫。”丈夫大笑，想不出什么办法再为难她，纳妾的想法只好作罢。另外，还有一个做妻子的，强悍而且狡猾。丈夫每次说到要纳小妾，她就阻止丈夫说：“我们家这样穷，怎么能够有钱给你买妾呢？如果有了钱，就听你的话，按你的意思给你找个小妾。”于是，丈夫就从别人那里借来钱，对他妻子说：“你看钱现在有了，请让我纳个小妾吧！”他的妻子便把钱装在自己的袖子里，之后在丈夫面前跪着说：“我现在情愿做你的小妾，这些钱就当作买我的吧。”丈夫没有什么办法再为难她。

先后

【原文】

有人剃头于铺，其人剃发极草率，既毕，特倍与之钱而行。异日复往，其人竭力为主剃发，加倍工夫，事事周到，既已，乃少给其资。其人不服曰：“前次剃头草率，尚蒙厚赐，此番格外用心，何可如此？”此人谓曰：“今之资，前已给过。今日所给乃前次之资也。”

【译文】

有个人到理发店去剃头，理发师剃头很粗糙，等到理完了头发，这个人却故意付了双倍的钱就走了。过了一些日子，他又到那个理发店去剃头，理发师尽力为他理发，而且下了双倍的工夫，处处都服务得很周到。等到理完了，这个人竟少付工钱。理发师不服气地说：“上次剃头剃得粗糙，还得到您的赏赐，这次给您剃得非常细心，怎么反倒少付钱呢？”这个人说：“今日的理发钱，上次已经给过了。今天给的钱，是上次的理发钱呀！”

惯撞席①

【原文】

一乡人做巡捕官，值按院②门，太守来见，跪报云：“太老官人进。”按君怒，责之十下。次日太守来，报云：“太公祖进。”按君又责之。至第三日，太守又来，自念乡语不可，通文又不可，乃报云：“前日来的，昨日来的，今日又来了。”

【注释】

①撞席：有一则古代笑话，名曰《撞席》：老鼠与獭结交。鼠先请獭，獭答席，邀鼠过河，暂往觅食。忽一猫见之欲捕，鼠慌曰：“请我的不见，吃我的倒来了。”从字面上理解，就是客人来到时主人家正在吃饭，刚好赶上了筵席，谓之撞席。

②按院：明代巡按御史的别称。

【译文】

一个乡下人做了一名巡捕，负责看守按院的大门，他看到太守来了，跪着报告说：“太老官人进。”太守听了非常生气，就下令打他十大板。第二天，他看到太守来了，又报告说：“太公祖进。”太守又责罚了他。到第三天，太守又来了，乡下人考虑到可能是乡下土话太守听不懂，书面语自己也不会，所以就报告说：“前天来的，昨天来的，今天又来了。”

狗父

【原文】

陆某，善说话，有邻妇性不好笑，其友谓之曰：“汝能说一字令彼妇笑，又说一字令彼妇骂，则吾愿以酒菜享汝。”一日，妇立门前，适门前卧一犬，陆向之长跪曰：“爷！”妇见之不觉好笑，陆复仰首向妇曰：“娘！”妇闻之大骂。

【译文】

有个姓陆的人，非常善于说笑话。他家邻居有个妇女偏偏不苟言笑，他的朋友告诉他说：“你能说一个字让邻居妇女笑起来，又说一个字让那个妇女骂，我就愿意用一顿酒饭招待你。”一天，那个妇女正好在门前站着，门前还躺着一只狗，姓陆的人就向那狗长跪下来，喊道：“爹！”那妇女不由得笑了起来，陆某人又抬起头来向那妇女喊道：“娘！”那妇女一听，顿时破口大骂。

应先备酒

【原文】

妻好吃酒，屡索[①]夫不与，叱之曰：“开门七件事：柴、米、油、盐、酱、醋、茶，何曾见个酒字？”妻曰：“酒是不曾开门就要用的，须是隔夜先买，如何放得在开门里面？”

【注释】

①索：讨取，要。

【译文】

妻子喜欢喝酒，几次要酒喝，丈夫都不给她，而且责骂她说：“开门七件事：柴、米、油、盐、酱、醋、茶，你看什么时候见过有酒这个字么？”妻子说：“酒是不用开门就要用的，必须是头一天夜里先买好，是关门前的事，怎么能够放在开门的事情里面呢？”

偶遇知音

【原文】

某生素善琴，尝谓世无知音，抑抑不乐。一日无事，抚琴消遣，忽闻隔邻，有叹息声，大喜，以为知音在是，款扉叩之，邻媪①曰："无他，亡儿存日，以弹絮为业，今客鼓此，酷类其音，闻之，不觉悲从中耳。"

【注释】

①媪（ǎo）：对老年妇女的敬称。

【译文】

一位先生平日里喜欢弹琴，但总以为这个世上没有他的知音，因此怏怏不乐。一天闲着没事，他又弹琴消遣。忽然听到隔壁邻居有人叹息，以为遇到了知音，就敲人家门问是怎么回事。隔壁邻居老妇人对他说："没有什么，只是因为我死去的儿子生前以弹棉花为生，而今天您弹琴的声音特别像他弹棉花的声音，我听了之后不觉悲从中来。"

帝怕妒妇

【原文】

房夫人性妒悍，玄龄惧之，不敢置一妾。太宗命后召夫人，告以媵妾①之流，今有定制，帝将有美女之赐。夫人执意不回，帝遣斟以恐之，曰："若然，是抗旨矣，当饮此鸩②。"夫人一举而尽，略无留难。曰："我见尚怕，何况于玄龄？"

【注释】

①媵（yìng）妾：指姬妾。

②鸩（zhèn）：毒酒。

【译文】

房玄龄的夫人嫉妒心特别重，而且很凶狠，房玄龄非常害怕她，所以一直不敢娶小妾。太宗让皇后召见房夫人，告诉她时下非常流行纳妾，而且宫中规定，只要纳妾皇帝将有美女赏赐。但是房夫人坚决不答应，皇帝就命人给她送毒酒用来恐吓她，说："你不让房玄龄纳妾，是抗旨呀，应当喝下这杯毒酒。"

房夫人一饮而尽，丝毫没有为难的神色。皇帝见了说："我看见这个房夫人都害怕，更何况玄龄呢？"

仙女凡身

【原文】

董永行孝，上帝命一仙女嫁之。众仙女送行，皆嘱咐曰："去下方，若更有行孝者，千万寄个信来。"

【译文】

人世间有个叫董永的人对父母很孝顺，玉帝让一位仙女嫁给他当老婆。众仙女为这个仙女送行时，都嘱咐她说："去了人界，如果还有行孝的人，千万要捎个信回来给我们。"

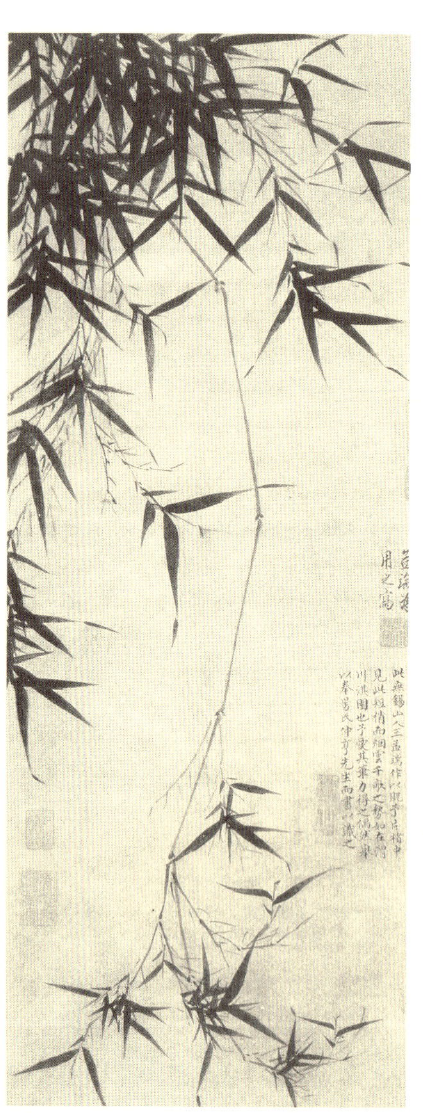

念劾本

【原文】

一辽东武职，素不识字。一日被论，使人念劾①本云："所当革任回卫②者也。"因痛哭曰："'革任回卫'还是小事，这'者也'二字，怎么当得起！"

【注释】

①劾（hé）：揭发罪状。

②卫：明、清时代，一些军事重地设有"卫"，大致相当现在的警备区，如天津卫、威海卫、辽东卫等。

【译文】

一个辽东的军官不识字。有一天，他被别人所弹劾，他请人把那篇弹劾他的公文念一遍，说："所当革任回卫者也。"他听完说："'革任回卫'还是小事，这'者也’二字，怎么当得起！”

武弁夜巡

【原文】

一武弁夜巡，有犯夜者，自称书生会课归迟。武弁曰：“既是书生，且考你一考。”生请题，武弁思之不得，喝曰：“造化了你，今夜幸而没有题目。”

【译文】

有一个武将夜里巡视，遇见一个触犯夜规的人，这个人自称是个书生，说因为上课才回来晚了。武将说：“既然是书生，那我就考你一下。”书生让武将出题，武将想了半天都没想出题目，喝道：“算你运气好，今夜幸好我没有题目。”

垛子助阵

【原文】

一武官出征将败，忽有神兵助阵，反大胜。官叩头请神姓名，神曰：“我是垛子。”官曰：“小将何德，敢劳垛子尊神见救？”答曰：“感汝平昔在教场，从不曾有一箭伤我。”

【译文】

一个武将在战场上作战，眼看就要败下来，忽然出现神兵帮他，一下子转败为胜。武将磕头请问前来助阵的神的姓名，神说：“我是箭靶神。”武将说：“小将我有什么功德，竟敢劳驾箭靶尊神前来帮我呢？”靶神回答说：“我是来报恩的，感谢你过去在练武场上从来没有伤过我一箭。”

进士第

【原文】

一介弟横行于乡，怨家骂曰：“兄登黄甲，与汝何干，而豪横若此？”答曰：“你不见匾额上面写着‘进士第（弟）’么？”

【译文】

一个人的哥哥中了进士，他因此依仗哥哥的势力横行乡里，怨恨他的人骂他说：“你哥哥中了进士，与你有什么关系，怎么这样横行霸道？”这个人回答说：“你没有看我家匾额上面写着‘进士第（弟）’吗？”

及第

【原文】

一举子往京赴试，仆挑行李随后。行到旷野，忽狂风大作，将担上头巾吹下。仆大叫曰："落地了！"主人心下不悦，嘱曰："今后莫说落地，只说及第。"仆颔之；将行李拴好，曰："如今凭你走上天去，再也不会及第了。"

【译文】

有一个人被推举应试，就前去京都参加科举考试，他的仆人挑着行李跟在后面。行走到荒郊野外，忽然狂风大起，将担子上的头巾吹掉了。仆人大叫道："不好，落地了。"主人听后心里很不高兴，觉得彩头不好，就叮嘱说："今后不要说'落地'，只能说'及第'。"仆人点头，接着将行李拴好，说："现在哪怕你跑上天去，再也不会及第了吧！"

嘲武举诗

【原文】

头戴银雀顶，脚踏粉底皂。也去参主考，也来谒孔庙。颜渊喟然叹，夫子莞尔笑。子路愠见曰："这般呆狗醮①，我若行三军，都去喂马料。"

【注释】

①醮（jiào）：古代婚娶时用酒祭神的礼。

【译文】

头戴银雀顶，脚踏粉底皂。这样的人也去参加主考，或者来拜谒孔庙。颜渊常常发出叹息声，夫子却是微笑，子路火冒三丈地说："这般呆狗屎，我要是管理三军，都让他们去喂马料。"

封君

【原文】

有市井获封者，初见县官，甚局蹐①，坚辞上坐。官曰："叨为令郎同年，论理还该侍坐。"封君乃张目问曰："你也是属狗的么？"

【注释】

①局蹐（jí）：非常拘谨。

【译文】

有个商人因为儿子出仕而得到了散官官衔，他第一次拜见县官，举止非常拘谨，坚决不肯坐上座。县官劝他说："实在有愧，我跟你儿子一样大，按理应当服侍你坐。"商人竟然瞪大眼睛问道："你也是属狗的呀？"

老父

【原文】

一市井受封，初见县官，以其齿尊，称之曰："老先。"其人含怒而归，子问其故，曰："官欺我太甚，彼该称我老先生才是，乃作歇后语叫甚么老先。明系轻薄，我回称也不曾失了便宜。"子询问何以称呼，答曰："我本应称他老父母，今亦缩住后韵，只叫他声老父。"

【译文】

有个商人因为儿子出仕而得到了散官官衔，第一次拜见县官，因为他年纪很大了，县官称他为"老先"，商人为此非常不快地回来了。商人的儿子问他为何生气，商人说："县官太欺负人了，他应该称我老先生才是，可县官竟然减去后面一个字叫我什么'老先'，这明明是看不起我呀。因此我称呼他也没让他占便宜。"孩子问用的是什么称呼，商人回答说："我本来应该称他为老父母，今天我就减掉后边的字，只叫他'老父'。"

公子封君

【原文】

有公子兼封君者，父对之，乃

欣羡不已。讶问其故，曰："你的爷既胜过我的爷，你的儿又胜过我的儿。"

【译文】

一个公子自己是官，他的儿子又出仕，使得他再受到皇上封赏散官官衔，父亲对他表示非常羡慕。儿子十分奇怪，问父亲为什么对自己羡慕不已，父亲回答说："你的爹强过我的爹，你的儿子又强过我的儿子。"

送父上学

【原文】

一人问："公子与封君孰乐？"答曰："做封君虽乐，齿已衰矣。惟公子年少最乐。"其人急趋而去，追问其故，答曰："买了书，好送家父去上学。"

【译文】

有个人问："做一个公子和做被追封的散官哪一个让人高兴？"一个人回答说："做被追封的散官虽然高兴，但年纪却非常老了，只有做公子，年岁小才是最高兴的。"问话的人马上跑开了，回答他话的人追问他跑的原因，问话的人回答说："我买了书，好送我的父亲去上学。"

纳粟诗

【原文】

赠纳粟诗曰："革车（言三百两）买得截然高（言大也），周子窗前满腹包（言草也）。有朝若遇高曾祖（言考也），焕①乎其有没分毫（言文章）。"

①焕（huàn）：光亮，鲜明。

【译文】

有一首赠纳粟诗这样说："革车（指'三百两'）买得截然高（指'大'），周子窗前满腹包（指'草'）。有朝若遇高曾祖（指'考'），焕乎其有没分毫（指文章）。"

考监

【原文】

一监生过国学门，闻祭酒方盛怒两生而治之，问门上人者，然则打欤？罚欤？镦①锁欤？答曰："出题考文。"生即咈然②，曰："咦，罪不至此！"

【注释】

①镦（duì）：打夯用的重锤。

②咈然：生气。

【译文】

有个监生路过国子监的大门，听到祭酒正在发火，原来是在惩处两个书生，还向学堂的人询问："这两个人是打一顿，还是要囚禁起来呢？"学堂的人说："出个题目让他们作文。"监生听了不高兴了，立刻嚷道："咦，惩处不应严到如此地步吧！"

坐监

【原文】

一监生妻屡劝其夫读书，因假寓于寺中，素无书箱，乃唤脚夫以罗担挑书先往。脚夫中途疲甚，身坐担上，适生至，闻傍人语所坐《通鉴》，因怒责脚夫，夫谢罪曰："小人因为不识字，一时坐了鉴（监），弗怪弗怪。"

【译文】

有个监生的老婆多次劝自己的丈夫读书，由于借住在寺庙里，日常没有书箱，于是就叫脚夫用箩担挑书先送到寺庙去。脚夫走到途中，感到很劳累，就坐在担子上休息，正好监生赶到，听身边的人说脚夫坐在《通鉴》上，于是非常生气，就责备脚夫，脚夫道歉说："我因为不识字，一时坐了鉴（监），不要见怪，不要见怪。"

咬飞边

【原文】

贫子途遇监生，忽然抱住咬耳一口，生惊问其故，答曰："我穷苦极矣。见了大锭银子，如何不咬些飞边①用用？"

【注释】

①飞边：边角。

【译文】

有个穷人在路上遇到一个书生，忽然抱住书生咬了他耳朵一口，书生十分惊恐，问穷人为什么这样做，穷人说："我穷极了，看见了一大锭银子，为什么不能咬些边角享用一下呢？”

入场

【原文】

监生应试入场方出，一故人相遇揖之，并揖路旁猪屎。生问：“此臭物，揖之何为？”答曰：“他臭便臭，也从大肠（场）里出来的。”

【译文】

有个监生前去参见应试。从考场刚刚出来与一个老朋友相遇，老朋友向监生作揖，又向路旁猪屎作了个揖。监生问：“这样的臭物，为什么要对它作揖？”老朋友回答说：“他臭是臭，但也是从大肠（场）里出来的。”

书低

【原文】

一生赁僧房读书，每日游玩，午后归房。呼童取书来，童持《文选》，视之曰低；持《汉书》，视之曰低；又持《史记》，视之曰低。僧大诧①曰：“此三书熟其一，足称饱学，俱云低何也？”生曰：“我要睡，取书作枕头耳。”

【注释】

①大诧：很诧异。

【译文】

有个书生在寺庙里租借和尚的房子读书，但是他天天游玩，直到每天午时以后才回来。有一天，他游玩回来时招呼仆人拿书来看，仆人拿来《文选》，书生看后说低了，又拿来《汉书》，书生看后说低了，仆人又拿来《史记》，书生仍然说很低。和尚听后十分惊诧，说："这三种书你只要精通其一种，就足以称为学问不浅了，你为什么全都说太低了呢？"书生回答："我要睡觉，拿书只是做枕头罢了。"

监生娘娘

【原文】

监生至城隍庙，傍有监生案，塑监生娘娘像。归谓妻曰："原来我们监生恁[1]般尊贵，连你的像，早已都塑在城隍庙里了。"

【注释】

①恁（nèn）：那么，那样；如此，这样。

【译文】

有个监生到城隍庙，看到邻近处有监生的几案，还塑有监生娘娘像。监生回来对他的妻子说："原来我们监生也是非常尊贵的，连你的像都雕塑在城隍庙里供奉了。"

监生自大

【原文】

城里监生与乡下监生各要争大，城里者耻之曰："我们见多识广，你乡里人孤陋寡闻。"两人争辩不已，因往大街同行，各见所长。到 大第门首，匾上"大中丞"三字，城里监生倒看指谓曰："这岂不是'丞中大'乃一征验。"又到一宅，匾额是"大理卿"，乡下监生以"卿"字认做"乡"字，忙亦倒念指之曰："这是'乡里大'了。"两人各不见高下。又来一寺门首，上题"大士阁"，彼此平心和议曰："原来阁（各）士（自）大。"

【译文】

城里的监生与乡下的监生互相争大。一个城里监生瞧不起乡下监生，他对一个乡下监生说："我们见多识广，而你们乡里人孤陋寡闻。"于是两个监生吵闹不止，就一起去大街上，各自寻找谁更大的证据。他们走到一大宅门口，看见门头匾上书有"大中丞"三字，城里监生倒看指着匾额说："这岂不是'丞中大'，这是一证据。"又到一处宅子，见匾额上写的是"大理卿"，乡下监生把"卿"字认做"乡"字，急忙倒念指其匾额说："这是'乡里大'了。"两个监生分不出高低，又来到一座寺院门口，看见门头上面书写着“大士阁”，两个监生看后彼此平心静气地说：“原来是‘阁（各）士（自）大’。”

王监生

【原文】

一监生姓王，加纳知县到任。初落学，青衿[1]呈书，得牵牛章，讲诵之际，忽问那“王见之”是何人，答曰：“此王诵之之兄也。”又问那“王曰”然是何人，答曰：“此王曰，叟之弟也。”曰：“妙得紧。且喜我王氏一门，都在书上。”

【注释】

①青衿（jīn）：古代服装下连到前襟的衣领，代称秀才。

【译文】

有个姓王的监生，靠着捐纳大笔财物得到一个县官的职务，立刻走马上任。到任后，有个读书人恭敬地送上一本《孟子》，县官看到《梁惠王·牵牛》一章时，忽然问：“书中的王见之是什么人？”读书人回答说：“是王诵之的哥哥。”县官又问：“书中的王曰是什么人？”读书人回答说：“王曰是老先生的弟弟。”县官说：“妙得很，实在令人欢喜，我王姓一家，全部在书上了。”

自不识

【原文】

有监生穿大衣，带圆帽，于着衣镜中自照，得意甚，指谓妻曰：“你看镜中是何人？”妻曰：“臭乌龟，亏你做了监生，连自（字）都不识。”

【译文】

有个监生穿着大衣，带着圆帽，对着衣镜照看自己，极为得意，他指着镜子里面的人对妻子说："你看镜中是何人？"妻子说："臭乌龟，亏你做了监生，连自（字）都不认识了。"

监生拜父

【原文】

一人援例入监，吩咐家人备帖拜老相公。仆曰："父子如何用帖，恐被人谈论。"生曰："不然，今日进身之始，他客俱拜，焉有亲父不拜之理。"仆问："用何称呼？"生沉吟曰："写个'眷[①]侍教生'罢。"父见，怒责之，生曰："称呼斟酌切当，你自不解。父子一本至亲，故下一眷字；侍者，父坐子立也；教者，从幼延师教训；生者，父母生我也。"父怒转盛，责其不通。生谓仆曰："想是嫌我太妄了，你去另换个晚生帖儿来罢。"

【注释】

①眷（juàn）：顾念，爱恋。

【译文】

有一个人做了监生后，就吩咐仆人准备一个帖子去拜见老父亲。仆人说："去看父亲怎能用帖呢，恐被别人笑话吧。"监生说："你讲的不对，我刚刚当官，其他客都拜，哪有亲生父亲不拜之理？"仆人问："那你用什么称呼呢？"监生沉思道："写个'眷侍教生'吧。"监生的父亲看到帖子，十分生气。监生对父亲说："称呼斟酌贴切适当，你自己没领会。父子本是至亲，故用一'眷'字；侍字，是父坐子立的意思；教字，是从小请师教训之意；生字，是父母生我之意。"父亲听了监生的辩白，更加恼羞成怒，指责监生的话狗屁不通。监生对仆人说："想必是父亲嫌我太傲慢了，你去换个晚生帖儿来给他算了。"

半字不值

【原文】

一监生妻谓其孤陋寡闻。使劝读书。问："读书有甚好处？"妻曰："一字值千金，如何无益？"生答曰："难道我此身半个字也不值？"

【译文】

有个监生的妻子认为丈夫见识浅薄，就勉励他多读书。监生问："读书有什么好处？"妻子说："人们说'一字值千金'，难道不是益处吗？"监生回答说："难道我半个字也不值吗？"

借药碾

【原文】

一监生临终，谓妻曰："我一生挣得这副衣冠，死后必为我殡殓①。"妻诺，既死穿衣套靴讫，惟圆帽左右欹侧难戴。妻哭曰："我的天，一顶帽子也无福戴。"生复还魂张目谓妻曰："必要戴的。"妻曰："非不欲带，恨枕不稳耳。"生曰："对门某医生家药碾②槽，借来好做枕。"

【注释】

①殡殓：入葬。

②碾（niǎn）：把东西轧碎或压平的器具。

【译文】

有个监生在临死的时候，对妻子说："我一生只挣得这副监生的衣帽，死后一定为我穿戴好再入葬。"妻子答应后，监生就死去了，妻子为他穿衣套靴都已完毕，只有圆帽怎么戴都戴不好。妻子痛哭，说："我的天，一顶帽子也没有福气戴。"监生还魂瞪大眼睛对妻子说："一定要戴的。"妻子回答说："不是不想戴，是因为枕不安稳。"监生说："对门医生家的药碾槽，借来做枕头最好了。"

斋戒库

【原文】

一监生姓齐，家资甚富，但不识字。一日府尊出票，取鸡二只，兔一只。皂①亦不识字，央齐监生看。生曰："讨鸡二只，免一只。"皂只买一鸡回话。太守怒曰："票上取鸡二只，兔一只，为何只缴一鸡？"皂以监生事禀。太守遂拘监生来问，时太守适有公干，暂将监生收入斋戒库内候究。生入库，见碑上斋戒二字，认做他父亲齐成姓名，张目惊诧呜咽不止。人问何故，答曰："先人灵座，何人设建在此，睹物伤情，焉得不哭。"

【注释】

①皂：差役。

【译文】

有个姓齐的监生，家里虽然很富，但是一个大字不识。一天知府大人开列单子，要两只鸡，一只兔。差役也不识字，便恳求姓齐的监生看看。监生念道："讨两只鸡，免一只。"差役只买一只鸡回来，太守生气地说："我让你买两只鸡，一只兔，为什么只买一只鸡？"差役以监生念的话禀报。太守于是拘拿监生到堂责问。正巧太守遇有公事要做，便临时将监生收入斋戒库内等候查究。监生进入库内，见碑上写着"斋戒"二字，误认成他父亲"齐成"姓名，惊诧得瞪大眼睛呜咽不停。别人问他为什么哭，监生回答说："先人灵座，不知谁将其建在这里，睹物思人，怎能不让人落泪呀。"

附例

【原文】

一秀才畏考援例。堂试之日，至晚不能成篇，乃大书卷面曰："惟其如此，所以如此。若要如此，何苦如此。"官见而笑曰："写得此四句出，毕竟还是个附例。"

【译文】

有个秀才很害怕考试时引用成例。堂试这天，到了最后也没有做出文章，于是在试卷上写道："惟其如此，所以如此。若要如此，何苦如此。"考官看后笑道："写出了这四句，毕竟还算是引用成例了。"

酸臭

【原文】

小虎谓老虎曰："今日出山，搏得一人食之，滋味甚异，上半截酸，下半截臭，究竟不知是何等人？"老虎曰："此必是秀才纳监者。"

【译文】

山上的小老虎对大老虎说："今天出山，捉了一个人吃，味道十分特殊，上半截酸，下半截臭，不知究竟是什么人？"大老虎说："一定是从秀才升为监生的人。"

仿制字①

【原文】

一生见有投制生帖者，深叹制字新奇，偶致一远札，遂效之。仆致书回，生问见书有何话说，仆曰："当面启看，便问老相公无恙，又问老安人好否。予曰：'俱安。'乃沉吟半晌，带笑而入，才发回书。"生大喜曰："人不可不学，只一字用着得当，便一家俱问到，添下许多殷勤。"

【注释】

①制字：守丧期间，致人信函署名处须加"制"字。

【译文】

有个书生得到一封送来的书信，对书信中署名处加一"制"字深深感到新奇，碰巧他要给远方的一个朋友写信，于是仿照来信写了一封，差遣仆人送去。仆人送信回来后，书生问朋友说了什么，仆人答："他看了信后，便问：'老爷、夫人好吗？'我回答说：'都好。'接着他沉思片刻，带笑进到里屋写这封回信。"书生听了非常开心，说："人不可以不学习，只要一个字用得好，便一家都问候到了，增添了很多喜庆的事。"

春生帖

【原文】

一财主不通文墨，谓友曰："某人甚是欠通，清早来拜我，就写晚生帖。"傍一监生曰："这倒还差不远，好像这两日秋天拜客，竟有写春生帖子①的哩。"

【注释】

①应作"眷生帖子"，此监生"春""眷"不分。

【译文】

有个财主胸无点墨，他对一个朋友说："有个人十分欠通，清早来拜见我，却写晚生帖。"旁边一个监生说："这倒差得不远，不像这两天是秋天拜客，竟然有写春天帖子的哩。"

借牛

【原文】

有走柬借牛于富翁者，翁方对客，讳不识字，伪启缄视之，对来使曰：

"知道了，少刻我自来也。"

【译文】

有人向富翁送来书信，要借他家的一头牛耕田用，富翁恰巧正在接待客人，不好让客人知道自己不识字，假装打开信封看信，对送信的人说："知道了，过一会儿我自己去就行了。"

哭麟

【原文】

孔子见死麟，哭之不置。弟子谋所以慰之者，乃编钱挂牛体，告曰："麟已活矣。"孔子观之曰："这明明是一只村牛，不过多得几个钱耳。"

【译文】

孔子看见麒麟死了，大哭起来。他的学生为了安慰孔子，就在牛身上挂满串起来的铜钱，之后告诉孔子说："麒麟已经复活了。"孔子看了假麒麟之后说："这明明是一头村中的老牛，只不过多了几个钱而已。"

江心赋

【原文】

有富翁同友远出，泊舟江中，偶上岸散步，见壁间题"江心赋"三字，错认"赋"字为"贼"字，惊欲走匿。友问故，指曰："此处有贼。"友曰："赋也，非贼也。"其人曰："赋便赋了，终是有些贼形。"

【译文】

有个有钱人和友人乘船出远门，一日停靠上岸，看见江堤上题有"江心赋"三个字，有钱人将"赋"字错认为"贼"字，十分惊恐，想要离开躲藏起来。友人问其中原因，有钱人指“江心赋”三字说：“此处有贼。”友人说：“是赋，不是贼。”有钱人说：“哪怕是赋，到底是有些贼的样子。”

吃乳饼

【原文】

富翁与人论及童子多肖乳母，为吃其乳，气相感也。其人谓富翁曰：“若是如此，想来足下从幼是吃乳饼长大的。”

【译文】

有钱人和人说小孩很像乳母，是因为吃她的奶汁，气相感应。此人对他说：“照你的说法，你从小一定是吃乳饼长大的。”

不愿富

【原文】

一鬼托生时，冥王判作富人。鬼曰：“不愿富也，但求一生衣食不缺，无是无非，烧清香，吃苦茶，安闲过日足矣。”冥王曰：“要银子便再与你几万，这样安闲清福，却不许你享。”

【译文】

有个鬼魂准备托生，冥王判他托生为有钱人。鬼魂说：“不愿意成为有钱人，只求一生衣食不缺，没有是非，烧清香，吃苦茶，安稳清闲地过一辈子就满足了。”冥王说：“如果你要钱就再给你几万两银子，要这样安闲清福，我是不许你有的。”

姜字塔

【原文】

一富翁问“薑”字如何写，对以草字头，次一字，次田字，又一字，又田字，又一字。其人写草壹田壹田壹，写讫玩之，骂曰：“天杀的，如何诳[①]我，分明作耍我造成一座塔了。”

【注释】

①诳（kuáng）：骗，撒谎。

【译文】

有个富人问“薑（姜的繁体）”字怎么写，有人告诉他草字头，接着是“一”字，下面是“田”字，再“一”字，再下面是“田”字，最后是“一”

字。有钱人写草壹田壹田壹，写完后欣赏所写的字，骂道："该死的，为什么欺骗我，分明是要戏弄我建造一座宝塔呀？"

医银入肚

【原文】

一富翁含银于口，误吞入，肚甚痛，延医治之。医曰："不难，先买纸牌一副，烧灰咽之，再用艾丸炙脐，其银自出。"翁询其故，医曰："外面用火烧，里面有强盗打劫，哪怕你的银子不出来？"

【译文】

有个富翁把银子含在嘴里，一不小心将其吞入腹中，肚子疼得非常厉害，请来医生为他治病。医生说："不难，先买一副纸牌，烧成灰咽进肚子里，再用艾丸烤肚脐，肚子里的银子自然就会出来。"富翁询问这是什么道理，医生回答说："外面用火烧，里面有强盗打劫，还怕你的银子不出来吗？"

田主见鸡

【原文】

一富人有余田数亩，租与张三者种，每亩索鸡一只。张三将鸡藏于背后，田主遂①作吟哦之声曰："此田不与张三种。"张三忙将鸡献出，田主又吟曰："不与张三却与谁？"张三曰："初问不与我，后又与我，何也？"田主曰："初乃无稽（鸡）之谈，后乃见机（鸡）而作也。"

【注释】

①遂：于是。

【译文】

一个有钱人有很多亩余田，租给张三种，每亩田的租金是一只鸡。张三将鸡藏在背后，这个有钱人于是哼着作诗的腔调说："我的田不与张三种。"张三忙将鸡拿出来给他，田主又吟咏道："不给张三种给谁种？"张三问："开始问你你说不给我种，后又给我种，这是为什么？"田主说："开始是无稽（鸡）之谈，后来是见机（鸡）行事。"

讲解

【原文】

有姓李者暴富而骄，或嘲之云："一童读百家姓首句，求师解释，师曰：

‘赵是精赵的赵字（吴俗谓人呆为‘赵’），钱是有铜钱的钱字，孙是小猢狲的孙字，李是姓张姓李的李字。’童又问：‘倒转亦可讲得否？’师曰：‘也讲得。’童曰：‘如何讲？’师曰：‘不过姓李的小猢狲，有了几个臭铜钱，一时就精赵起来。’”

【译文】

有个姓李的人暴富后非常自满。有人嘲讽道：“有个书童读百家姓首句，请老师讲解，老师说：‘赵是精赵的赵（吴地风俗称人呆为“赵”），钱是有铜钱的钱字，孙是小猢狲的孙字，李是姓张姓李的李字。’书童又问：‘倒过来也能讲通吗？’教师说：‘也能讲通。’书童问：‘如何讲？’老师说：‘不过姓李的小猢狲，有了几个臭铜钱，一时就精赵起来了。”

训子

【原文】

富翁子不识字，人劝以延师训子。先学一字是一画，次二字是二画，次三字三画。其子便欣然投笔告父曰：“儿已都晓字义，何用师为？”父喜之乃谢去。一日父欲招万姓者饮，命子晨起治状，至午不见写成。父往询之，子恚①曰：“姓亦多矣，如何偏姓万，自早至今才得五百画哩！”

【注释】

①恚（huì）：怨恨。

【译文】

有一个有钱人的儿子不识字，别人劝他聘请一个老师教他儿子。老师先教“一”字是一画，再教“二”字是二画，“三”字是三画。随后，富翁的儿子十分得意，丢下笔跑过去告诉父亲说：“我已经通晓字的意思了，还用老师干什么？”富翁听了很高兴，于是辞去了老师。有一天，富翁想请一个姓万的朋友来赴宴，让儿子早晨起来写张请帖，可是直到中午还不见写成。富翁便去儿子那里询问，儿子抱怨说：“姓是很多的，为什么他偏偏姓万，我从早晨到现在才写了五百画呀！”

卷二 腐流部

腐流部描写了古代读书人的读书、生活、考试等方面的事。从小笑话中，让人看到古代书生的迂腐和酸气，讽刺了古时书生因死读书而成书呆子，不谙世事，以致闹出种种笑话。

辞朝

【原文】

一教官辞朝见象，低徊留之不忍去。人问其故，答曰：“我想祭丁[1]的猪羊，有这般肥大便好。”

【注释】

①祭丁：古人每年二、八月的第一个丁日都会祭祀孔子。

【译文】

有一个学官辞官的时候，看见了一头大象徘徊不愿离去。有人问他为什么，他回答说：“我想，要是祭丁的猪羊，有这样大就好了。”

上任

【原文】

岁贡选教职，初上任，其妻进衙，不觉放声大哭。夫惊问之，妻曰：“我巴得你到今日，只道出了学门，谁知反进了学门。”

【译文】

一个贡生被选任为学官，刚刚上任，他的妻子去学门时，不由放声大哭。丈夫大为不解，惊忙问她怎么了，妻子说：“我好不容易才等到你今天，只以为终于离开了学校，哪知道现在又进了学校。

争脏

【原文】

祭丁过，两广文争一猪大脏，各执其脏之一头。一广文稍强，尽掣得其脏，争者止两手撸得脏中油一捧而已。因曰：“予虽不得大葬（脏），君无尤（油）焉。”

【译文】

完成祭祀孔子，两个教官争抢一头猪的大肠，一人抢大肠的一头。一个教官力气大点，抢到了全部大肠，另一个没抢到的只挤出了一把大肠的油留在手上，因此说：“我虽然不能得到大葬（葬，音同‘脏’，这里本指大肠），你也没了尤（尤，古文指‘丁忧’，指家中死了父母。这里本指油水）。”

厮打

【原文】

教官子与县丞子厮打，教官子屡负，归而哭诉其母。母曰："彼家终日吃肉，故恁般强健会打。你家终日吃腐，力气衰微，如何敌得他过？"教官曰："这般我儿不要忙，等祭过了丁，再与他报复便了①。"

【注释】

①此句意为：等祭过孔子就可以得到供品（猪肉）了。

【译文】

教书先生的孩子与县官的孩子打架，教书先生的孩子总是吃亏，回家后向母亲哭诉。母亲对他说："人家整天吃肉，自然身强力壮，咱们家整天吃豆腐，肯定是体瘦力弱，怎么能打得过他呢？"教书先生听了说："现在儿子你不要着急，等祭过了孔子，再找他报仇就是了。"

钻刺

【原文】

鼠与黄蜂为兄弟，邀一秀才做盟证，秀才不得已往，列为第三人。一友问曰："兄何居乎鼠辈之下？"答曰："他两个一会钻，一会刺，我只得让他些罢了。"

【译文】

老鼠和黄蜂要结拜为兄弟，请一个秀才去做证，秀才没法推辞，就去了，座位只被排在第三位。朋友问他："老兄为何甘心居于鼠辈之下？"秀才回答说："他们两个一个会钻，一个会刺，我只能让着他们一点。"

证孔子

【原文】

两道学先生议论不合，各自诧真道学而互诋为假，久之不决，乃请证于孔子。孔子下阶，鞠躬致敬而言曰："吾道甚大，何必相同。二位老先生皆真正道学，丘素所钦仰，岂有伪哉。"两人各大喜而退。弟子曰："夫子何谀之甚也？"孔子曰："此辈人哄得他动身就够，惹他怎么！"

【译文】

有两个道学先生观点不同，都说自己是真道学，别人是假道学，争论不休，于是请孔子给判断一下。孔子走下台阶，鞠躬致敬说道："吾道甚大，何必相同。两位老先生都是真正道学，我一直都很钦佩景仰，哪会有假呢？"两个人欢欢喜喜地回去了。孔子的学生对孔子说："你为何那样奉承他们呢？"孔子回答说："这种人哄得走就行了，惹他干什么！"

贽礼

【原文】

广文到任，门人以钱五十为贽者，题刺曰："谨具贽①仪五十文，门人某百顿首拜。"师书其帖而返之，曰："减去五十拜，补足一百文何如？"门人答曰："情愿一百五十拜，免了这五十文又何如？"

【注释】

①贽（zhì）：古时初次求见某人时所送的礼物，见面礼。

【译文】

教官新上任，学生给了五十文钱作为见面礼，名帖上写着："谨备足五十文钱作为见面礼，弟子某某磕头一百下为敬。"先生写了个帖返还给他，说："减去五十拜，再补齐一百文钱可以吗？"学生回答道："弟子情愿给您磕一百五十下头，免了这五十文钱行吗？"

借粮

【原文】

孔子在陈绝粮，命颜子往回回国借之。以其名与国号相同，冀有情熟。比往通讫，大怒曰："汝孔子要攘①夷狄，怪俺回回，平日又骂俺回之为人也择（贼）乎！"粮断不与。颜子怏怏而归。子贡请往，自称平昔极奉承，常曰："赐也何敢望回回。"群回大喜，以白粮一担，先令携去，许以陆续运付。子贡归，述之夫子。孔子攒眉曰："粮便骗了一石，只是文理不通。"

【注释】

①攘（rǎng）：排斥，驱逐。

【译文】

孔子带着弟子在陈国，却不受陈国待见，师生几近断炊，饿得发慌，孔子就叫颜回到回回国去借粮，孔子考虑到颜回的回与回回国的名号一样，会有一点亲近之感，一定会成功。颜回到了回回国通报完毕，酋长大怒说："孔子要赶我们，还骂我们是择（贼）。"不借粮食给颜回。颜回垂头丧气地回来了。弟子子贡请求去借粮，见了回回国酋长，极尽谄媚奉承，并用孔子的一句话"赐也何敢望回回。"回回国酋长十分高兴，给子贡白面一石，叫他先带回去，以后还要陆续运去些粮食。子

贡回来将事情的来龙去脉告诉孔子，孔子皱紧眉头说："粮食虽然骗到了一石，只是那句话文理不通。"

廪粮

【原文】

粮长收粮在仓廪内，耗鼠甚多，潜伺之，见黄鼠群食其中。开仓掩捕，黄鼠有护身屁，连放数个。里长大怒曰："这样放屁畜生，也被他吃了粮去！"

【译文】

里长收了粮食放进仓库，就发现被老鼠啃坏许多，他偷偷地侦察了一下，发现里面有一大群黄鼠狼。里长虚掩着仓库门准备捕捉，结果黄鼠狼因为有屁护身，连放数个屁后逃走了。里长大怒说："就这样的放屁畜生，也让它把我的粮食吃了！"

野味

【原文】

甲乙二士应试，甲曰："我梦一木冲天，何如？"乙曰："一木冲天，乃'未'字也，恐非佳兆。"因言己"梦一雉贴天而飞，此必文门之象，稳中无疑矣。"甲摇首曰："咦，野（也）味（未）。"

【译文】

有甲乙两个士子去参加考试，甲说："我梦见一根木头冲天而去，这怎么解？"乙说："一根木头冲天，那是'未'字，恐怕不是好兆头。"又说自己"梦见一只野鸡紧贴着天空高高而飞，这是必中之象，稳中无疑。"甲摇摇头说："唉，野（也）味（未）。"

僧士诘辩

【原文】

秀才诘问①和尚曰："你们经典内'南无'二字，只应念本音，为何念作'那摩'？"僧亦回问云："相公四书上'于戏'二字，为何亦读作'呜呼'？如今相公若读'于戏'，小僧就念'南无'；相公若是'呜呼'，小僧自然'那摩'。"

【注释】

①诘（jié）问：追问，责问，质问。

【译文】

秀才责问一个和尚说："你们经书上'南无'二字，只应该念做本音，为什么念成'那摩'？"和尚也反问道："你们四书上'于戏'二字，为何要读成'呜呼'？现在你如果读成'于戏'，我就念成'南无'；你如果读成'呜呼'，那我就念成'那摩'。"

杨相公

【原文】

一人问曰："相公尊姓？"曰："姓杨。"其人曰："既是羊，为甚无角？"士怒曰："呆狗入出的。"那人错会其意，曰："嗄[①]！"

【注释】

①嗄（shà）：旧时仆役对主人、下级对上级的应诺声。

【译文】

一个人问另一个人："先生贵姓？"那个人回答说："我姓杨。"这个人说："既然是羊，为什么没有角？"那个人怒骂道："呆狗入出的。"这个人会错了意说："原来如此！"

头场

【原文】

玉帝生日，群仙毕贺，东方朔后至。见寿星门外，问之。曰："有告示贴出，不放我进。"又问："何故贴出？"答曰："怪我头长（同场）。"

【译文】

玉帝过生日那天，所有的神仙都去给他贺寿，东方朔去晚了。当他赶到时，见寿星正在门外走来走去，东方朔见了，就问寿星这是怎么了。寿星回答说："有告示贴出，他们不放我进来。"东方朔又问："为什么会贴出这种告示？"寿星回答说："他们怪我头长。"

后场

【原文】

宾主二人同睡，客索夜壶。主人说：“在床下，未曾倒得。”只好棚过头地场，后场断断再来不得了。

【译文】

主人和客人睡在一间屋内，客人找夜壶。主人说：“在床下，没有倒掉。”客人只能经过头一场，后场肯定不会再来了。

识气

【原文】

一瞎子双目不明，善能闻香识气。有秀才拿一《西厢记》与他闻。曰：“《西厢记》。”问：“何以知之？”答曰：“有些脂粉气。”又拿《三国志》与他闻。曰：“《三国志》。”又问：“何以知之？”答曰：“有些兵气。”秀才以为奇异，却将自作的文字与他闻。瞎子曰：“此是你的佳作。”问：“你怎知？”答曰：“有些屁气。”

【译文】

有一个瞎子，擅长通过闻味道来识别物体。有一个秀才拿了本《西厢记》给他闻，瞎子说：“《西厢记》。”秀才问：“你怎么知道的？”瞎子回答说：“因为有脂粉的气味。”秀才又拿了本《三国志》给他闻，瞎子说：“《三国志》。”秀才又问：“你怎么知道的？”瞎子说：“因为有兵器的气味。”秀才感到十分惊奇，便将自己的文章给他闻。瞎子说：“这是你的佳作。”秀才惊异地问：“你怎么知道的？”瞎子说：“有些屁味。”

蛀帽

【原文】

有盛大、盛二者，所戴毡帽，合放一处。一被虫蛀，兄弟二人互相推竞，各认其不蛀者夺之。适一士经过，以其读书人明理，请彼决之。士执蛀帽反复细看，乃睨①盛大曰：“此汝帽也！”问：“何以见得？”士曰：“岂不闻《大学》注解云：‘宣（先）着（蛀），盛大之貌（帽）。’”

【注释】

①睨（nì）：斜着眼睛看。

【译文】

盛大、盛二兄弟，他们戴一样的毡帽，放在一起。一顶被虫咬了，兄弟二人就互相争夺没有被虫咬过的那顶帽子。正好有一个秀才路过，读书人明理，两个人就找他评理。秀才拿着被虫蛀的帽子反复细看，最后斜着眼睛看着盛大，说：“这顶帽子是你的！”盛大问：“怎么看出来的？”秀才说：“你没听《大学》注解说：‘宣（先）着（蛀），盛大之貌（帽）。’”

无一物

【原文】

穷人往各寺院，窃取神物灵心，止有土地庙未取。及去挖开，见空空如也。乃骇叹曰：“看他巾便戴一顶，原来腹中毫无一物！”

【译文】

有一个穷人到各座寺院，盗取神物灵心，仅有土地庙没有去。等到去了土地庙，挖开土地老爷，里面却空空如也。于是惊叹说：“看他纶巾倒是戴了一顶，原来腹中毫无一物！”

穷秀才

【原文】

有初死见冥王者，王谓其生前受用太过，判来生去做一秀才，与以五子。鬼吏禀曰：“此人罪重，不应如此善遣。”王笑曰：“正惟罪重，我要处他一个穷秀才，把他许多儿子活活累杀他罢了。”

【译文】

有一个刚刚死去的人见到了阎王，阎王说他生前罪孽深重，判他来生去做一个秀才，并养五个儿子。鬼吏禀报说：“此人罪重，不该对其如此善待。”阎王笑着说：“正因为其罪重，我要判他来生做一个穷秀才，让他五个儿子活活地把他累死。”

颂屁

【原文】

一士死见冥王，自称饱学，博古通今。王偶撒一屁，士即进词云："伏惟大王高耸金臀，洪宣宝屁，依稀乎丝竹之声，仿佛乎麝兰之气。臣立下风，不胜馨香之味。"王喜，命赐宴，准与阳寿一纪，至期自来报到，不消鬼卒勾引。士过十二年，复诣阴司，谓门上曰："烦到大王处通禀，说十年前做放屁文章的秀才又来了。"

【译文】

有一个秀才死了之后去见阎王，秀才自称很有才华，博古通今。就在这时，阎王突然放了一个臭屁，秀才立即作词奉承说："尊贵的大王，高耸金臀，洪宣宝屁，依稀有如管弦之声，仿佛闻见麝兰之气。臣站在下风，饱享馨香之味。"阎王听了非常高兴，命令手下设宴款待秀才，并答应再给秀才延长十二年的阳寿，到时候要秀才自己前来报到，不再派小鬼们去抓。过了十二年以后，秀才又来到了阴府，他对看门的小鬼说："麻烦你到大王那里通报一下，就说十二年前做放屁文章的秀才又来了。"

出学门

【原文】

儒学碑亭新完，一士携妓往视，见碑下负重，戏谓妓曰：“汝父在此，为何不拜？”妓即下拜云：“我你爷，看你这等蹭蹬，何时得出学门？”

【译文】

儒学里新修建了一座碑亭，一个士子带了一个妓女前去观看，看见石碑底下的龙龟基座，便对妓女开玩笑说：“你的父亲在这里，你怎么不拜一下？”妓女立即弯腰下拜，说：“我的爷，看你这样被蹬踏，到哪一天才能出得了学门？”

抄祭文

【原文】

东家丧妻母，往祭。托馆师撰文，乃按古本误抄祭妻父者与之。识者看出，主人怪而责之。馆师曰：“此文是古本刊定的，如何得错？只怕倒是他家错死了人。这便不关我事。”

【译文】

东家妻子的母亲死了，要前往祭奠。东家请学馆先生替他写一篇祭文，先生就按照古书上的样本抄了一篇，却错抄成了祭妻父的祭文。这被明白人看出了，主人就责怪先生。先生说：“这篇祭文是古书上刊定的样本，怎么会出错？只怕是他家死错了人。这就不关我的事了。”

做不出

【原文】

租户连年欠租，每推田瘦，做不出米来。士怒曰：“明年待我自种，看是如何。”租户曰：“凭相公拚着命去种，到底是做不出的①。”

【注释】

①此句意为：做不出文章。

【译文】

佃户每年都欠租，都说田不好，没有收成。秀才说：“明年我自己种，看是不是像你说的。”佃户说：“任凭相公你拼命去做，还是一样做不出来。”

凑不起

【原文】

一士子赴试，艰于构思，诸生随牌俱出。接考者候久。甲仆问乙仆曰："不知作文一篇，约有多少字？"乙曰："想来不过五六百。"甲曰："五六百字，难道胸中便没有了，此时还不出来？"乙曰："五六百字虽有在肚里，只是一时凑不起来耳！"

【译文】

有一个秀才去应考，感到作文构思困难，始终不能成篇，最后除了他之外所有考生都出了考场。接他的两个仆人等了很长时间。甲仆问乙仆："不知道做一篇文章，大概用多少字？"乙回答说："大概不超过五六百字。"甲说："五六百字，难道胸中没装？为什么这个时候还不出来？"乙回答说："肚里虽然有五六百字，只是一时凑不起来呀！"

四等亲家

【原文】

两秀才同时四等，于受责时曾识一面。后联姻。会亲日相见。男亲家曰："尊容曾在何处会过来？"女亲家曰："便是有些面善，一时想不起。"各沉吟间，忽然同悟。男亲家点头曰："嗄。"女亲家亦点头曰："嗄。"

【译文】

有两个秀才同时考了第四等，在受罚的时候两个人曾经见了一面。后来，两个秀才结成了亲家。在他们儿女成亲的那天，两个秀才又相见了。男方的亲家说："亲家的尊容我好像在哪里见过似的？"女方的亲家紧盯着男方的亲家说："总觉得有些面熟，可是一时又想不起来。"两个人各自低头回想了一会，忽然，两人同时恍然大悟，男方的亲家点点头说："喔！"女方的亲家也点点头说："喔！"

腹内全无

【原文】

一秀才将试，日夜忧郁不已。妻乃慰之曰："看你作文，如此之难，好似奴生产一般。"夫曰："还是你每生子容易。"妻曰："怎见得？"夫曰："你是有在肚里的，我是没在肚里的。”

【译文】

有一个秀才将要去参加考试了，在考前这些日子，秀才日夜忧郁。于是，妻子便安慰他说：“看你写文章，怎么这么为难，好像我生孩子似的。”丈夫说：“还是你每次生孩子要容易些。”妻子问他：“怎么说？”丈夫回答说：“你生孩子，毕竟是肚子里面有的，而我却是肚子里面没有的。”

不完卷

【原文】

一生不完卷，考了四等，受杖。对友曰：“我只缺得半篇。”友云：“还好，若做完，看了定要打杀。”

【译文】

有个考生没有做完试卷，判为四等，被老师杖罚。考生对朋友说：“我只不过缺了半篇，就差一点就写完了。”朋友回答道：“还好，如果全部做完，考官看了，你不被打死才怪。”

求签

【原文】

一士岁考求签，通陈曰："考在六等求上上，四等下下。"庙祝曰："相公差矣，四等止杖责，如何反是下下？"士曰："非汝所知。六等黜退①，极是干净。若是四等，看了我的文字，决被打杀。"

【注释】

①黜（chù）退：向后移动，与"进"相对；退步。

【译文】

有一个士子参加岁考后去求签，祈求说："考在六等最好，考在四等最不好。"负责香火的人说："你错了。考在四等只受到杖罚，怎么反是最不好？"那个人说："你有所不知，考在六等会直接被赶出去，那不就很干脆。如果我考在四等，考官看了我写的东西，一定会打死我的。"

梦入泮

【原文】

府取童生祈梦。"考可望入泮否？"神问曰："汝祖父是科甲否？"曰："不是。"又问："家中富饶否？"曰："无得。"神笑曰："既是这等，你做甚么梦！"

【译文】

官府准备开考了，有一个人在考前梦到神，便问："不知此次考试能否考入学校？"神问道："你祖父是科甲出身吗？"这个人回答说："不是。"又问："家中富裕吗？"这个人回答说："不富裕。"神笑道："既是这样，你做什么春秋大梦！"

谒孔庙

【原文】

有以银钱汇缘入泮者，拜谒孔庙，孔子下席答之。士曰："今日是夫子弟子礼，应坐受。"孔子曰："岂敢，你是孔方兄①的弟子，断不受拜。"

【注释】

①孔方兄：因铜钱中间的孔呈方形，所以将"孔方兄"代指银钱。

【译文】

有一个用钱买通入学资格的人，拜谒孔庙，孔子从神座上下来答谢。那个人说："今天是您的弟子拜您，您应该坐在神座上接受我的朝拜。"孔子说："不敢当，你是孔方兄的弟子，我断然不敢受拜。"

狗头师

【原文】

馆师岁暮买舟回家。舟子问曰："相公贵庚①？"答曰："属狗的，开年已是五十岁了。"舟人曰："我也属狗，为何贵贱不等？"又问："哪一月生的？"答曰："正月。"舟子大悟曰："是了是了，怪不得！我十二月生，是个狗尾，所以摇了这一世。相公正月生，是狗头，所以教（叫）了这一世。"

【注释】

①贵庚：问人年龄的敬词。

【译文】

有一个教书先生准备坐船回家。艄公问他："您多大年纪了？"先生回答说："我属狗的，过了年就是五十岁了。"艄公说："我也属狗，为什么你我有贵贱之分？"艄公又问先生哪个月生的，先生回答说："正月。"艄公一听，恍然大悟，说："对了，对了，怪不得我们贵贱不同！因为我生在十二月，是个狗尾，所以摇了这一生。相公您生在正月，是个狗头，所以教（叫）了这一生。"

狗坐馆

【原文】

一人惯说谎。对亲家云："舍间有三宝，一牛每日能行千里；一鸡每更止啼一声；又一狗善能读书。"亲家骇云："有此异事，来日必要登堂求看。"其人归与妻述之。"一时说了谎，怎生回护？"妻曰："不妨，我自有处。"次日，亲家来访，内云："早上往北京去了。"问几时回？答曰："七八日就来的。"又问为何能快，曰："骑了自家牛去。"问："宅上还有报更鸡？"适值亭中午鸡啼，即指曰："只此便是，不但夜里报更，日间生客来也报的。"又问："读书狗请借一观。"答曰："不瞒亲家说，只为家寒，出外坐馆去了。"

【译文】

有一个人喜欢说谎话，对亲家说："我家里有三件宝贝：一头牛一天能走千里，一只鸡每更只叫一声，还有一条狗居然擅长读书。"亲家听了十分震惊，说："有这么奇异的事，明天我一定要去你家看看。"好说谎的人回家后把自己说的谎话告诉了妻子，并为一时说了谎不好圆场而犯愁。妻子说："不怕，我自有办法。"第二天亲家来访，说谎人的妻子说："丈夫早上到京城去了。"亲家问什么时候回来，回答说："七八天就回来。"亲家又问："怎么那么快就能回来？"说谎人的妻子回答说："骑了自家的牛去的。"亲家问："你家里的报更鸡呢？"这时，院子里正好有鸡打鸣，说谎人的妻子马上指其说："就是那只鸡，不但夜里啼鸣报更，白天听到有客人来也要报的。"亲家又问："那条会读书的狗请让我看一看。"说谎人的妻子回答说："不瞒亲家说，因为家境贫寒，那条狗到外面住馆教书去了。"

讲书

【原文】

一先生讲书，至"康子馈药"。徒问："是煎药是丸药？"先生向主人夸奖曰："非令郎美质不能问，非学生博学不能答。上节'乡人傩'，傩的自然是丸药。下节又是煎药。不是用炉火，如何就'厩[①]焚'起来！"

【注释】

①厩（jiù）：马棚。

【译文】

有个先生讲课讲到康子赠药时，学生问："赠的是煎的药还是药丸子？"先生向主人夸奖道："你的儿子不聪明绝顶不会这么问，我学识不渊博也答不上来。上一节讲'乡人傩'，举行驱疫逐鬼的活动，用的自然是丸药。下节肯定用的是煎药。不是用炉火的话，怎么会把马棚烧起来呢！"

请先生

【原文】

一师惯谋人馆，被冥王访知，着夜叉拿来。师躲在门内不出。鬼卒设计哄骗曰："你快出来，有一好馆请你。"师闻有馆，即便趋出，被夜叉擒住。先生曰："看你这鬼头鬼脑，原不像个请先生的。"

【译文】

有个教书先生总想到富贵人家教书，其劣行被阎王知道了，阎王便让夜叉去捉拿他。先生躲在家里不出来。夜叉哄骗他说："你快点出来，有一个富贵人家请你去教书。"先生听了，立即跑出来，被夜叉擒住。先生说："看你长得鬼头鬼脑，原本就不像一个被请先生的。"

兄弟延师

【原文】

有兄弟两人，共延一师，分班供给。每交班，必互嫌师瘦，怪供给之不丰。于是兄弟相约，师轮至日，即称斤两以为交班肥瘦之验。一日，弟将交师于兄，乃令师饱食而去。即上秤，师偶撒一屁，乃咎之曰："秤上买卖，岂可轻易撒出。说不得原替我吃了下去。"

【译文】

有兄弟二人，共同请了一个教书先生，膳食轮流供给。每次轮换时，兄弟二人都嫌教书先生变瘦了，责怪对方给先生吃的不好。于是兄弟俩约定，等到轮换那天，用秤称一下教书先生的体重，作为轮换时肥瘦的凭证。一天，弟弟欲将教书先生交给哥哥，于是叫教书先生吃饱后再去称量。到了称体重的时候，教书先生碰巧放了一个屁，弟弟立即责怪说："秤上买卖，怎么能轻易放出，说句不好听的，快给我吃下去。"

读破句

【原文】

庸师惯读破句，又念白字。一日训徒，教《大学序》，念云："大学之，书古之，大学所以教人之。"主人知觉，怒而逐之。复被一荫官延请入幕，官不识律令，每事询之馆师。一日，巡捕拿一盗钟者至，官问："何以治之？"师曰："夫子之道（盗）忠（钟），恕而已矣。"官遂释放。又一日，获一盗席者至，官又问，师曰："朝闻道夕（席），死可矣。"官即将盗席者立毙杖下。适冥王私行，察访得实，即命鬼判拿来，痛骂曰："不通的畜生！你骗人馆谷，误人子弟，其罪不小，摘往轮回去变猪狗。"师再三哀告曰："做猪狗固不敢辞，但猪要判生南方，狗乞做一母狗。"王问何故，答曰："南方之（猪），强与北方之。"又问："母狗为何？"答曰："《曲礼》云：'临财母[①]苟（狗）得，临难母苟免。'"

【注释】

①母：《曲礼》原文为"毋"，此处讽该庸师"母""毋"不分。

【译文】

有个水平很差的老师一向断错句子，又老念错字。有一天，他给学生上课，讲《大学序》，念道："大学之，书古之，大学所以教人之。"主人知道不对，就气愤地赶走了他。庸师后来又被一个官员聘请进了幕府。官员不懂律令，每件事都要咨询这位庸师。一天，巡捕捉到一个偷钟的，官员问先生："怎么处置他？"先生说："夫子之道（音如'盗'）忠（音同'钟'），恕而已矣。"官员一听，就把盗钟贼放了。又有一天，巡捕抓住了一个偷盗草席的人，官员又问庸师怎么处置，庸师说："朝闻道夕（音同'席'），死可一矣。"官员就下令把偷草席的人重杖打死了。此时正赶上阎王私访，知道了事实真相后，马上命令小鬼把庸师捉拿，并痛骂他道："不通文墨的畜生！你骗人钱财，误人子弟，罪孽不小，来生转世变猪狗。"庸师再三哀求说："做猪狗固然不敢推辞，但是做猪要判我生在南方，做狗就祈求做一条母狗。"阎王问他为什么，他回答道："南方之（方言中音同'猪'，下同）强与北方之。"又问他："为

什么要做母狗？”他回答：“《曲礼》中说：‘临财，母苟（音同‘狗’）得；临难，母苟免。’”

退束脩

【原文】

一师学浅。善读别字，主人恶之。与师约，每读一别字，除脩一分。至岁终，退除将尽。止余银三分，封送之。师怒曰：“是何言兴，是何言兴！”主人曰：“如今再扣二分，存银一分矣。”东家母在旁曰：“一年辛苦，半除也罢。”先生近前作谢曰：“夫人不言，言必有中。”主人曰：“恰好连这一分，干净拿进去。”

【译文】

有个教书先生没什么水平，经常读错字，主人很不喜欢他。便和先生约定，每读一个错别字扣除酬金一分。到了年终的时候，按照约定扣除念错别字的罚金。酬金只剩三分银子，主人送给先生。先生大怒说：“是何言兴，是何言兴（应读‘与’）？”主人说：“现在又扣掉二分，仅剩一分了。”主人的妻子在旁边说：“先生一年辛苦，扣除掉一半酬金就行了。”先生上前作谢说：“夫（应读 fú，这里被读成 fū）人不言，言必有中。”主人说：“恰好连这一分，全都拿回去。”

赤壁赋

【原文】

庸师惯读别字。一夜，与徒讲论前后赤壁两赋，竟念“赋”字为贼字。适有偷儿潜伺窗外，师乃朗诵大言曰：“这前面《赤壁贼》呀。”贼大惊，因思前面既觉，不若往房后穿逾而入。时已夜深，师讲完，往后房就寝。既上床，复与徒论后面《赤壁赋》，亦如前读。偷儿在外叹息曰：“我前后行藏，悉被此人识破，人家请了这样先生，看家狗都不消养得了！”

【译文】

有个庸师经常读错字。一天晚上为学生讲授前后两篇《赤壁赋》，竟把“赋”字念成“贼”字。正巧有一个小偷躲在窗户外面，教书先生高声朗诵道：“这前面《赤壁贼》呀。”小偷听后十分惊慌，心想房前已被人察觉，不如从房后找机会进去。此时夜已深，教书先生讲完后到后面的房间睡觉。上床后又与学生论后面《赤壁赋》，跟前面一样读成“赤壁贼”。小偷在房外听后叹息道：“我前后行踪，都能被此人识破，人家请了这样的先生，连看家狗都不需要养了！”

于戏左读

【原文】

有蒙训者，首教《大学》。至“于戏前王不忘”句，竟如字读之。主曰：“误矣，宜读作‘呜呼’。”师从之。至冬间，读《论语》注：“傩①虽古礼而近于戏。”乃读做“呜呼”。主人曰：“又误矣，此乃于戏也。”师大怒，诉其友曰：“这东家甚难理会。只‘于戏’两字，从年头直与我拗到年尾。”

【注释】

①傩（nuó）：又称跳傩、傩舞、傩戏，是一种神秘而古老的原始祭礼。

【译文】

有个启蒙先生，年初先从《大学》讲起。讲到“于戏前王不忘”这一句，‘于戏’两个字竟然按字读音。主人说：“错了，此处应读成‘呜呼’。”教书先生听从了主人的意见。到了冬天，读《论语》时注“傩虽古礼而近于戏”，教书先生把“于戏”读做“呜呼”。主人说：“又错了，此处应读成‘于戏’。”教书先生十分恼怒，跟他的朋友诉苦道：“这东家真难伺候，就‘于戏’两个字，从年初一直跟我拗到年尾。”

中酒

【原文】

一师设教，徒问：“大学之道，如何讲？”师佯醉，曰：“汝偏拣醉时来问我。”归与妻言之，妻曰：“《大学》是书名，‘之道’是书中之道理。”师颔之。明日，谓其徒曰：“汝辈无知，昨日乘醉便来问我，今日我醒，偏不来问，何也？汝昨日所问何义？”对以“《大学》之道”。师如妻言释之。弟子又问：“‘在明明德’如何讲？”师遽①捧额曰：“且住，我还中酒在此。”

【注释】

①遽（jù）：急忙。

【译文】

有个教书先生，弟子问："《大学》之道，如何解释？"先生假装喝醉了，说："你偏找我醉酒的时候来问我。"先生回家后对妻子讲了白天弟子所求教的问题，妻子说："《大学》是书名，'之道'是书中的道理。"先生点头称是。第二天，先生对弟子说："你们真不懂事，昨天乘我醉酒时来问我，今天我酒醒了，偏又不来问，为什么？你昨天所问的是什么问题？"弟子回答说是"《大学》之道"。先生按照妻子的话解释了什么是"《大学》之道"。弟子又问："'在明明德'又该如何解释呢？"先生急忙捧住脑袋说："暂且打住，我现在还没有消宿醉。"

教法

【原文】

主人怪师不善教。师曰："汝欲我与令郎俱死耶？"主人不解。师曰："我教法已尽矣。只除非要我钻在令郎肚里去，我便闷杀，令郎便胀杀。"

【译文】

主人责怪先生不善于教书，先生说："你想让我和令郎都死掉吗？"主人不明白他的意思，先生回答说："我已经想尽一切办法教令郎了。除非让我钻到令郎的肚子里面去，不过这样做的话，我就会被闷死，而令郎便会被胀死。"

浇其妻妾

【原文】

人家请一馆师，书房逼近内室。一日课，徒读"譬如四时之错行"句。注曰："错，犹迭①也。"东家母听见。嗔其有意戏狎②，诉于主人。主人不能书解，怒欲逐之。师曰："书义如此，汝自不解耳，我何罪焉？"遂迁居于厅楼，以避啰唣③。一日，东家妻妾游于楼下。师欲小便不得，乃从壁间溺之，不意淋在妻妾头上，复诉于主人。主因思前次孟浪怪他。今番定须考证书中有何出典。乃左右翻释。忽大悟曰："原来在此，不然，几被汝等所误矣。"问："有何凭据？"主曰："施施从外来，骄（浇）其妻妾。"

【注释】

①迭：轮流，替换。

②狎（xiá）：亲近而态度不庄重。

③啰唣（zào）：吵闹，寻事。

【译文】

有一户人家请了一个教书先生，书房和内室很近。有一天，先生给学生上课，读到“譬如四时之错行”一句的时候，给学生解释说：“错，就是轮流、替换的意思。”内室里的女主人听见了，怪先生有意戏弄、侮辱她，便告诉了男主人。男主人也不理解文字的意思，生气地要赶先生走。先生说：“书上的意思就是这样，是你自己不理解，我又有什么罪过。”于是，把学馆迁到厅楼，以避免闲言闲语。有一天，东家的妻妾在楼下游玩。先生想要撒尿却没地方撒，于是便从墙壁上的间隙处撒了出去。不料，竟淋在了东家妻妾的头上，妻妾非常生气，又告诉了男主人。男主人因为考虑到前一次错怪了先生，这一次一定要考证一下，看看书上有没有这个典故。于是，他不停地翻着书本，想要理出事情的头绪。忽然，他恍然大悟道：“原来在这里，要不然，差一点被你们错怪了。”妻妾忙问：“有什么凭据？”主人回答说：“你们看：施施从外来，骄（浇）其妻妾（见于《孟子·齐人有一妻一妾》）。”

先生意气

【原文】

主人问先生，曰：“为何讲书总不明白？”师曰：“兄是相知的，我胸中若有，不讲出来，天诛地灭！”又问：“既讲不出，也该坐定些。”答云：“只为家下不足，故不得不走。”主人云：“既如此，为甚供给略淡泊，就要见过？”先生毅然变色曰：“若这点意气没了，还像个先生哩！”

【译文】

主人问教书先生，说：“为什么课上的让人听不懂？”先生说：“你是了解我的，我知道的知识如果没有讲出来，天诛地灭！”主人又问：“既然讲不出，就该坐稳当些。”先生回答说：“只因为家中地方小，不得不来回走动。”主人说：“既然这样，那为什么饮食供给稍微差点，就发牢骚？”教书先生马上变色说：“如果这点意气都没了，还像个教书先生吗！”

梦周公

【原文】

一师昼寝，而不容学生瞌睡，学生诘之。师谬言曰：“我乃梦周公耳。”明昼，其徒亦效之，师以戒方击醒曰：“汝何得如此？”徒曰：“亦往见周公耳。”师曰：“周公何语？”答曰：“周公说，昨日并不曾会见尊师。”

【译文】

有一个教书先生，自己白天睡觉，却不让学生打瞌睡。学生反问先生为什么白天睡觉，先生骗道：“我是梦中见周公去了。”第二天白天，其弟子也效仿先生白天睡觉，先生用戒尺敲醒学生说：“你为何白天睡觉？”弟子说：“我也去见周公了。”先生说：“周公说了什么？”弟子回答说：“周公说，昨天不曾会见尊师。”

猫逐鼠

【原文】

一猫捕鼠，鼠甚迫，无处躲避，急匿在竹轿杠中。猫顾之叹云：“看你管（馆）便进得好，这几个节如何过得去！”

【译文】

有一只猫在捉老鼠，把老鼠追得无处躲藏，老鼠急迫之下，就躲进了一根竹杠中。猫看着老鼠感叹地说："看你这管（'管'同馆，暗指学馆）倒是进得好，这几个节（明指竹节，暗指节日）可怎么过得去！"

问馆

【原文】

乞儿制一新竹筒，众丐沽酒称贺。每饮毕，辄呼曰："庆新管酒干。"一师正在觅馆①，偶经过闻之，误听以为庆新馆也。急向前揖之曰："列位既有了新馆，把这旧馆让与学生罢！"

【注释】

①觅馆：寻找教书的人家。

【译文】

有个乞丐做了一个新竹筒，许多乞丐买酒来庆贺。每当喝完一竹筒，就欢呼喊道："庆贺新管，干杯。"有一个教书先生正在到处寻找新馆，偶然经过听到乞丐欢呼，误以为庆贺他们有了新馆，急忙上前向众乞丐作揖道："诸位既然有了新馆，把这旧馆让给学生我吧！"

改对

【原文】

训蒙先生出两字课与学生对曰："马嘶。"一徒对曰："鹏奋。"师曰："好，不须改得。"又一徒曰："牛屎。"师叱曰："狗屁！"徒亦揖而欲行，师止之曰："你对也不曾对好，如何便走？"徒曰："我对的是'牛屎'，先生改的是'狗屁'。"

【译文】

有一个教小孩的先生出两字的词语让学生对，先生说："马嘶。"一弟子对说："鹏奋。"先生说："好，不须修改。"又一个弟子对道："牛屎。"先生骂道："狗屁！"弟子作揖后想要退下，先生喊他回来，问道："你对还没有对好，为什么就要离开？"弟子说："我对的是'牛屎'，先生帮我改的是'狗屁'。"

挞[1]徒

【原文】

馆中二徒，一聪俊，一呆笨。师出夜课，适庭中栽有梅树。即指曰："老梅。"一徒见盆内种柏，应声曰："小柏。"师曰："善。"又命一徒："可对好些。"徒曰："阿爹。"师以其对得胡说，怒挞其首。徒哭曰："他小柏（伯）不打，倒来打阿爹。"

【注释】

①挞（tà）：用鞭棍等打人。

【译文】

有一个先生教了两个学生，一个学生聪明，一个学生愚笨。晚上先生教对对子，正巧庭院中栽有一棵梅树，于是指着说："老梅。"一个学生见到盆中种有松柏，对道："小柏。"先生说："对得不错。"先生又让另一个学生对，学生对道："阿爹。"先生因其胡说八道，怒气冲冲地打了他的头，学生哭着说："先生不打他小伯，倒来打阿爹。"

吃粪

【原文】

师在田间散步，见乡人挑粪灌菜。师讶曰："菜是人吃的，如何泼此秽物在上？"乡人曰："相公只会读书，不晓我农家的事，菜若不用粪浇，便成苦菜矣。"一日东家以苦菜膳师，师问："今日为何菜味苦之甚？"馆僮曰："因相公嫌龌龊，故将不浇粪的菜请相公。"师曰："既如此，粪味可鉴，拿些来待我吃罢。”

【译文】

有一个教书先生在田间散步，看见乡下人挑大粪浇菜。先生惊讶道：“菜是人吃的，为什么泼此秽物在上面？”乡下人说：“你只会看书，不懂得我们农事。菜如果不用粪浇，那就成苦菜了。”有一天主人拿苦菜给先生吃，先生问：“今天为什么菜这么苦？”仆人说：“因为你厌恶脏的东西，所以将不浇粪的菜拿给你吃。”先生说：“既然如此，粪味应该还是不错的，拿些粪来让我吃吧。”

咬饼

【原文】

一蒙师见徒手持一饼，戏之曰：“我咬个月湾与你看。”既咬一口。又曰：“我再咬个定胜[①]与你看。”徒不舍，乃以手掩之。误咬其指。乃呵曰：“没事，没事，今日不要你念书了，家中若问你，只说是狗夺饼吃，咬伤的。”

【注释】

①定胜：两头广，中央小的束腰形。

【译文】

有一个教小孩的启蒙先生看见弟子手拿一块圆饼，便对弟子开玩笑说：“我咬个月牙给你看。”便在饼上咬了一口。之后又说：“我再咬个定胜给你看。”弟子不舍得，并用手把饼遮住。先生一口咬下去，咬伤了弟子手指。于是哄弟子说：“没事，没事，今天不要你上学了，家里人如果问你手指怎么受伤了，你就说是狗抢饼吃，咬伤的。”

想船家

【原文】

教书先生解馆归，妻偶谈及“喷嚏鼻子痒，有人背地想”。夫曰：“我在学堂内也常常打喷嚏的。”妻曰：“就是我在家想你了。”及开年，仍赴东家馆。别妻登舟，舡家被初出太阳搐鼻[①]，连打数嚏。师顿足曰：“不好了，我才出得门，这婆娘就在那里直想舡家了！”

【注释】

①搐（chù）鼻：指刺激鼻孔。

【译文】

年终的时候，教书先生离馆回家过年。妻子偶然提到“喷嚏鼻子痒，有人背地想”。丈夫说：“我在学馆里教书的时候也常常打喷嚏的。”妻子说：“那都是因为我在家里想你。”等过了年，学馆开了堂，丈夫仍去东家学馆教书。告别了妻子登上了船，船家被初升的太阳刺激，鼻子抽搐了几下，连续打了好几个喷嚏。先生跺着脚说：“不好了，我才出家门，这婆娘就在那里想着船家了。”

叔叔

【原文】

师向主人极口赞扬其子沉潜聪慧，识字通透，堪为令郎伴读。主曰：“甚好。”师归谓其子曰：“明岁带你就学，我已在东翁前夸奖，只是你秉性痴呆，一字不识。”因写“被”“饭”“父”三字，令其熟记，以备问对。及到馆后，主人连试数字，无一知者。师曰：“小儿怕生，待我写来，自然会识。”随写“被”字问之，子竟茫然。师曰：“你床上盖的是甚么？”答曰：“草荐。”师又写“饭”字与认，亦不答。曰：“你家中吃的是甚么？”曰：“麦粞①。”又写“父”字与识，子曰：“不知。”师忿怒曰：“你娘在家，同何人睡的？”答曰：“叔叔。”

【注释】

①麦粞（xī）：方言。指麦磨成的粗粉。

【译文】

先生向主人极力赞扬自己的儿子内心聪慧，识字又灵通，足以当主人儿子的伴读。主人说：“那很好。”先生回到家后对儿子说：“明年带你去上学，我已经在东家面前夸你了，只是你秉性痴呆，一个字也不认识。”于是，先生写了“被”“饭”“父”三个字，让他熟记，以准备应付提问。等到了学馆，主人连试了好几个字，先生的儿子没有一个知道的。先生说：“小儿怕生，让我来写，自然会认识。”先生于是写“被”字问他，儿子竟茫然不知。先生问：“你床上盖的是什么？”儿子回答：“草席。”先生又写“饭”字让儿子认，儿子也不回答。先生说："你在家里吃什么？"儿子说："麦糠。"先生又写"父"字让儿子认，儿子说："不知道。"先生非常愤怒地说："你娘在家里是和哪个人睡觉？"儿子回答："叔叔。"

是我

【原文】

一师值清明放学，率徒郊外踏青①。师在前行，偶撒一屁，徒曰："先生，清明鬼叫了。"先生曰："放狗屁！"少顷，大雨倾盆。田间一瓦为水淹没，仅露其背。徒又指谓先生曰："这像是个乌龟。"师曰："是瓦。"

【注释】

①踏青：清明节前后去郊野游玩的习俗。旧时并以清明节为踏青节。

【译文】

有一个教书先生在清明节放假的时候，带弟子到郊外踏青游玩。先生在前边走，突然放了一个响屁，弟子说："先生，清明鬼叫了。"先生说："放狗屁。"不一会儿，下起了倾盆大雨，田间一瓦被水淹没，仅露一点瓦脊梁在外面，弟子又指着对先生说："这好像一只乌龟在水里。"先生说："是瓦（音同'我'）。"

平上去入

【原文】

某日，有友人之子结婚。晓岚携了礼物一样去吃喜酒。俟来客坐定，晓岚缓缓取出礼物，是一部《诗韵大全》。有客人某觅了，对晓岚曰："以书本作为贺礼，倒是少见，可否听听你送这样礼物的用意？"晓岚说道："诗韵之书，所谈不外是'平、上、去、入'，结婚之事，也不外是'平、上、去、入'，我送这样礼物，祝他们早生贵子，谁说不宜？"座上宾客一听，无不捧腹。

【译文】

有一天，一个朋友的儿子结婚，纪晓岚带了一样礼物去吃喜酒。等到客人都到齐了，纪晓岚才慢慢地拿出礼物，是一部《诗韵大全》。有一个客人看见了，就问纪晓岚："用书作贺礼，倒是很少见，能不能听听您送这件礼物的用意？"纪晓岚说："诗韵之书，讲的不外乎是'平、上、去、入'，结婚的事，也不外乎是‘平、上、去、入’，我送这样的礼物，祝他们早生贵子，谁说不适合？”在座的客人听了以后，全都捧腹大笑。

与人家吃

【原文】

某甲将投也，阎王问他：“愿与人家吃，还是愿吃人家的？”彼思自己的东西，如何舍得与人吃，乃谓愿吃人家的。及投生，已父为佣，帮于人，已而已亦佣于人，终年辛苦非凡。乃悟及阎王语，原来“吃人家的”，就是帮佣。谓：来世他若再问起我来，我一定连连曰：“与人家吃，与人家吃。”

【译文】

有个人将要投胎转世，阎王问他：“你是愿意给人家吃，还是愿意吃人家的？”他暗想：自己的东西，怎么舍得给别人吃？于是就说愿意吃人家的。等到投胎以后，才知道自己的父亲是佣人，自己长大了便子继父业，也成了佣人，一年到头非常辛苦。这时他才明白阎王的话，原来“吃人家的”，就是给人当佣人。于是他想：来世投胎如果阎王再问起来，我一定要说：“给人家吃，给人家吃。”

作诗自娱

【原文】

许义方之妻刘氏，以端洁自许。义方尝出，经年始归。语其妻曰：“独处无聊，得无与邻里亲戚往来乎？”刘曰：“自君之出，惟闭门自守，足未尝履阈[1]。”义方嗟叹不已。又问：“何以自娱？”答：“惟时作小诗，以适情耳。”义方欣然命取诗观之，开卷第一篇题云：“月夜招邻僧闲话。”

【注释】

①阈（yù）：门槛。

【译文】

许义方的妻子刘氏，自己标榜自己行为端正。义方曾经外出一年，第二年才回来。他对妻子说："你自己单独生活不寂寞吗？没有和邻里亲戚往来吗？"刘氏说："自从夫君你外出，我一直闭门自守，从来没出过大门。"义方感叹不已，又问："那你自己有什么办法排遣寂寞吗？"刘氏说："只是有时写写小诗，用来排解孤独和寂寞罢了。"义方非常高兴，让她把写的诗拿来看看，他打开诗卷，第一篇就写道："月夜招邻僧闲话。"

醵①金

【原文】

有人遇喜事，一友封分金一星②往贺。乃密书封内云："现五分，赊五分。"已而，此友亦有贺分。其人仍以一星之数答之。乃以空封往，内书云："退五分，赊五分。"

【注释】

①醵（jù）：大家凑钱。

②一星：极少的一点点。

【译文】

有一个人家里办喜事，他的一位朋友给他送贺礼，但只有极少的一点点。贺礼的信封里面还有一张纸，上面写着："现金五分，赊五分。"过了不久，那位朋友的家里也有喜事，他也想用极少的一点点贺礼来回敬。他封了一封空的贺礼，用信纸写着："退五分，赊五分。"

问藕

【原文】

上路先生携子出外，吃着鲜藕。乃问父，曰："爹，来个啥东西，竖搭起竟似烟囱，横搭竟好像泥笼，捏搭手里似把弯弓，嚼搭口里醒松醒松。已介甜水浓浓，咽搭落去蜘蛛丝绊住子喉咙，从来勿曾见过？"其父怒曰："呆奴，呆奴！个就是南货店里包东西大（读土音）叶个根结么。"

【译文】

上路先生带儿子外出，边走边吃着鲜藕。儿子问父亲，说："爹，这个是啥东西，竖搭起像烟囱，横搭起像泥笼，捏在手里像一把弯弓，嚼搭口里咯吱咯吱。还有甜水浓浓，咽搭下去蜘蛛丝绊住喉咙，从来没有见过？”其父怒道：“笨蛋！笨蛋！这个不就是南货店里包东西的大（读土音）叶个根结么。”

卵脟皮

【原文】

一师挈子赴馆，至中途，见卖汤圆者，指问其父曰：“爹，此是何物？”父怒其不争气，回曰：“卵子。”及到馆，主家设酒款待，菜中有用腐皮做浇头者。子拍掌大笑曰：“他家卵子，竟不值得拿来请人，好笑一派，都用着卵脟[1]皮了。”

【注释】

①脟（luán）：同“脔”。切成块状的肉。

【译文】

一位先生带着儿子一起去就职的东家，在路上遇见一个卖汤圆的人，儿子问父亲：“爹，这是什么东西？”父亲见儿子连汤圆都不认识，就非常恼火地回答：“卵子。”到了主人家，主家设酒款待，菜中有用腐皮包着、做得类似汤圆的一道菜。儿子看见拍掌大笑说：“他家的卵子，竟然不值得拿来请人，一阵好笑，这应该算是卵脟皮了。”

屎在口头

【原文】

学生问先生曰：“‘屎’字如何写？”师一时忘却，不能回答。沉吟半晌，曰：“咦，方才在口头，如何再说不出。”

【译文】

学生问先生：“‘屎’字怎么写？”先生一时忘了，回答不上来。想了片刻，说：“咦，刚刚还在嘴上，怎么就说不出来呢。”

村牛

【原文】

一士善于联句，偶同友人闲步，见有病马二匹卧于城下。友即指而问曰：

“闻兄捷才，素善作对，今日欲面领教。”士曰：“愿闻。”友出题曰：“城北两只病马。”士即对曰：“江南一个村牛。”

【译文】

有一个秀才善于作对子。一次，偶然同朋友散步，看见有两匹生病的马躺在城墙底下。朋友就指着那两匹马问秀才说：“常听人说兄台才思敏捷，向来善于作对，小弟今天倒想当面领教一下。”秀才说：“愿听指教。”朋友出题说：“城北两匹病马。”秀才马上对道：“江南一头村牛。”

瘟牛

【原文】

经学先生出一课与学生对。曰：“隔河并马。”学生误认“并”字为“病”字，即应声曰：“过江瘟牛。”

【译文】

教书先生出一道字题让学生来对。先生说：“隔河并马。”学生误以为“并”字为“病”字，立刻对道：“过江瘟牛。”

歪诗①

【原文】

一士好作歪诗。偶到一寺前，见山门上塑赵玄坛喝虎像。士即诗兴勃发，遂吟曰：“玄坛菩萨怒，脚下踏个虎。旁立一判官，嘴上一脸恶。”及到里面，见殿宇巍峨，随又续题曰：“宝殿雄哉大（念‘度’），大佛归中坐。文殊骑狮子，普贤骑白兔。”僧出见曰：“相公诗才敏妙，但韵脚欠妥。小僧回奉一首何如？”士曰：“甚好。”僧念曰：“出在山门路，撞着一瓶醋。诗又不成诗，只当放个破（念‘屁’）。”

【注释】

①歪诗：指内容、技巧低劣或以游戏态度草率而成的诗。

【译文】

一位相公喜欢作歪诗，有一天到一座寺庙前，见山门上塑有赵玄坛喝虎像，这位相公诗兴大发，遂吟道：“玄坛菩萨怒，脚下踏个虎，旁立一判官，嘴上一脸恶。”走到庙里面，看见殿宇巍峨，随即又继续作诗道：“宝殿雄哉大

（念‘度’），大佛归中坐。文殊骑狮子，普贤骑白兔。”和尚出来见了说：“相公才思敏捷，但不够押韵，小僧回赠一首可好？”相公说：“很好。”僧念道：“出在山门路，撞着一瓶醋。诗又不成诗，只当放个破（念‘屁’）。”

歇后诗

【原文】

一采桑妇，姿色美丽，遇一狂士调之，问：“娘子尊姓？”女曰：“姓徐。”士作诗一首戏之，曰：“娘子尊姓徐，桑篮手内携。一阵狂风起，吹见那张”，下韵“屄”，因字义村俗，故作歇后语也。女知被嘲，还问：“官人尊姓？”答曰：“小生姓陆。”女亦回嘲云：“官人本姓陆，诗书不肯读。令正在家里，好与别人”，下“笃”字，亦作缩脚韵。士听之，乃大怒，交相讼之于官。值官升任，将要谢事，当堂作诗以绝之，曰：“我今任已满，闲事都不管。两造俱赶出，不要咬我”，缩下“卵”字。

【译文】

有一个采桑的妇人，姿色美丽，在路上碰到一个狂人士子调戏她。那人问：“娘子姓什么？”妇人答道：“姓徐。”士子就作了一首诗调戏她，说：“娘子尊姓徐，桑篮手内携。一阵狂风起，吹见那张”，后面是一个“屄”字，按韵脚是乡里俗语，一般因为字义粗俗，就省略当做歇后语。妇女知道自己被嘲笑了，就问士子：“官人姓什么？”士子说：“小生姓陆。”妇女也回复嘲笑说：“官人本姓陆，诗书不肯读。令正（古时称对方嫡妻的敬语）在家里，好与别人”，下面一个“笃”字，也缩做韵脚。士子听了后，大怒，就到衙门去告状。正好当时的县官升职，这里就要不升堂办案了，他就当堂作诗来拒绝士子，说：“我今任已满，闲事都不管。两造俱赶出，不要咬我”，留下的是个“卵”字作韵脚。

咏钟诗

【原文】

有四人自负能诗。一日同游寺中，见殿角悬钟一口。各人诗兴勃然，遂联句一首。其一曰：“寺里一口钟。”次韵云：“本质原是铜。”三曰：“覆转像只碗。”四曰：“敲来嗡嗡嗡。”吟毕，互相赞美不置口，以为诗才敏捷，无出其右。“但天地造化之气，已泄尽无遗。定夺我辈寿算矣。”四人忧疑，相聚环泣。忽有老人自外至，询问何事，众告以故。老者曰：“寿数固无碍，但各要患病四十九日。”众问何病，答曰：“了膀骨痛！”

【译文】

有四个人自以为会写诗。有一天四个人一起到寺院里去游玩，见殿角悬挂着一口钟，每个人诗兴大发，于是联句做一首诗。其中一人说：“寺里一口钟”，第二个人说：“本质原是铜”，第三个人说：“覆转像只碗”，第四个人说：“敲来嗡嗡嗡”。四个人念完了，互相赞不绝口，都以为自己诗才敏捷，无人能超越。“只是天机泄露，我们必定会短命的。”于是四个人难过起来，围抱在一起大哭。忽然有一个老人从外面进来，问他们哭什么，四人如实相告。老人说：“寿命倒不会少，但各位要患病四十九天。”那四人问是什么病，老人说：“全都是胳膊痛。”

老童生

【原文】

老虎出山而回，呼肚饥。群虎曰：“今日固不遇一人乎？”对曰：“遇而不食。”问其故，曰：“始遇一和尚，因臊气不食。次遇一秀才，因酸气不食。最后一童生来，亦不曾食。”问：“童生何以不食？”曰：“怕咬伤了牙齿。”

【译文】

一只老虎外出觅食回来，却说肚子饿了，群虎说：“今天一个人也没遇到吗？”这只老虎回答说：“遇到了但没有吃。”群虎问为什么，这只老虎回答说：“开始遇到一个和尚，因为太臊没吃；之后遇到一个秀才，因为太酸没吃；最后来了一个童生，也没有吃。”群虎问：“为什么不吃童生？”，这只老虎回答说：“怕咬坏了我的牙齿。”

认拐杖

【原文】

县官考童生，至晚忽闻鼓角喧闹。问之，门子禀曰：“童生拿差了拐杖，在那里争认。”

【译文】

县官面考童生，临近终了时忽然听到门口鼓角处有吵闹声。县官问怎么回事，看门的人禀报说：“童生们拿错了拐杖，在那里争认呢。”

拔须

【原文】

童生拔须赶考，对镜恨曰：“你一日不放我进去，我一日不放你出来！”

【译文】

一个童生去赶考，要把胡子拔干净，他恨恨地对镜子说：“你一日不放我进去，我一日不放你出来！”

未冠

【原文】

童生有老而未冠者，试官问之，以“孤寒无网”对。官曰：“只你嘴上胡须剃下来，亦勾结网矣。”对曰：“童生也想要如此，只是新冠是桩喜事，不好带得白网巾。

【译文】

有个童生年纪已经很大了，但没戴帽子，考官问他为什么不戴帽子，老童生回答说：“因为孤寒无网。”考官说：“只将你嘴上的胡须剃下来，就够结网了。”老童生回答说：“童生也想要这样，只是戴新帽子是一桩喜事，不好戴一顶白网巾。”

三上

【原文】

一儒生，每作文字谒①先辈。一先辈评其文，曰：“昔欧阳公作文，自言多从三上得来，子文绝似欧阳第三上得者。”儒生极喜。友见曰：“某公嘲尔。”儒生曰：“比我欧阳，何得云嘲？”答曰：“欧阳公三上，谓枕上、马上、厕上；第三上，指厕也。”儒生方悟。

【注释】

①谒（yè）：拜见。

【译文】

有一个秀才，每次写了文章便请前辈指点。一位前辈评价他的文章，说：“古有欧阳公作文，自己说大多是从三上得来，你的文章特别像欧阳公第三上得到的那样。”秀才听了很高兴。他的朋友知道了，对他说：“这个人是在嘲笑你。”秀才说：“把我比做欧阳公，怎么说是在嘲笑我呢？”朋友回答说：“欧阳先生的三上，说的是枕上、马上、厕上；第三上，指厕所呀。”秀才这时才领悟到前辈在嘲笑他。

卷三 术业部

术业部是古代各行各业的百态笑话集，所涉行业包括医生、裁缝、理发师、工匠、商人、卖酒者等，宛然一幅市井街坊全图。这些笑话在引人发笑的同时，还反映了古时社会的行业面貌，有讽刺、有褒贬，各式各样的人物跃然纸上。

医官

【原文】

医人买得医官札付者，冠带而坐于店中。过者[1]骇曰："此何店，而有官在内？"旁人答曰："此医官之店（嘲'衣冠之店'）。"

【注释】

①骇：惊奇。

【译文】

有个医生买了身朝廷医官的衣帽，穿戴起来坐在医馆里。过路的人不知情，惊奇地问："这是什么店，怎么会有朝廷官员坐在里面？"旁边的人回答说："这是医官之店（嘲'衣冠之店'）。"

冥王访名医

【原文】

冥王遣鬼卒访阳间名医，命之曰："门前无冤鬼者即是。"鬼卒领旨，来到阳世。每过医门，冤鬼毕集。最后至一门，见门首独鬼彷徨[1]。曰："此可以当名医矣。"问之，乃昨日新竖药牌者。

【注释】

①彷徨：走来走去。

【译文】

阎王爷派小鬼寻找人间名医，并且对小鬼说："医馆门前没有冤死鬼的就是名医馆。"小鬼领旨来到人间。每家医馆门前都有许多冤鬼。到了最后一家，见门前只有一个冤死鬼在荡来荡去，小鬼说："这肯定是名医了。"一打听，原来是昨天新挂牌开张的。

抬柩

【原文】

一医生医死人，主家愤甚，呼群仆毒打，医跪求至再。主曰："私打可免，官法难饶。"即命送官惩治。医畏罪，哀告曰："愿雇人抬往殡殓。"主人许之。医苦家贫，无力雇募。家有二子，夫妻四人共来抬柩。至中途，医生叹曰：

“为人切莫学行医。”妻咎夫曰：“为你行医害老妻。”幼子云：“头重脚轻抬不起。”长子曰：“爹爹，以后医人拣瘦的。”

【译文】

有一个医生把病人医死了，主家非常生气，喊来家里的仆人们准备把医生毒打一顿，医生跪下再三求饶。最后，主家说：“不打可以，但必须送官。”于是，就把医生押到官府准备治罪。医生很害怕被治罪，便苦苦哀求说：“我愿意雇人把死者抬去安葬了。”主家同意了。然而，医生家里很穷，根本没有钱雇人，家里有两个儿子，他们夫妻、儿子四个人便一起来抬柩。抬到中途，医生感叹地说：“做人千万不要学医。”妻子责怪丈夫说：“都是因为你害得我跟你受罪。”小儿子说：“头重脚轻我根本抬不起。”大儿子说：“爹爹，以后医人得拣瘦的。”

医人

【原文】

有送医士出门者，犬适拦门而吠，主人喝之即止。医赞其能解人意。主曰：“虽则畜生，倒也还会依（医）人。”

【译文】

有一个病人送医生出门，恰巧家里的狗挡住了大门，并冲着医生狂叫，主人骂了狗一句，它就不叫了。

医生称赞这狗能听得懂人话。主人说："虽然是畜生，倒也还会依（医）人。"

跳蚤药

【原文】

一人卖跳蚤药，招牌上写出："卖上好蚤药。"问："何以用法？"答曰："捉住跳蚤，以药涂其嘴，即死矣。"

【译文】

有一个人卖能毒死跳蚤的药，招牌上写着："卖上好的跳蚤药。"买药的人问："这药该如何用？"卖药的人说："抓住跳蚤，把药涂在它的嘴上，它马上就死了。"

医屁

【原文】

一人患病，医生看脉云："吃了药，腹中定响，当走大便。不然，定撒些屁。"少顷，坐中忽闻屁声。医曰："如何？"客应云："是小弟撒的。"医曰："也好。"

【译文】

一个人生病了，医生给他诊完脉后说："吃了我这药，肚子里肯定呼噜呼噜响，大便往往就通畅了。即使不通畅，也会放一些屁。"不一会，听到有人放了声屁。医生得意地说："怎么样，效果不错吧？"另一个病人说："是小弟我放的。"医生说："谁放都好。"

医按院

【原文】

一按台患病，接医诊视。医惊持畏缩，错看了手背。按院大怒，责而逐①之。医曰："你打便打得好，只是你脉息俱无了。"

【注释】

①逐：赶走。

【译文】

有个御史生病了，请医生来诊断。医生十分紧张害怕，错按在病人的手背

上。御史十分恼怒，把医生痛打了一顿，并赶了出去。医生说："你打是打得好，只是你没有脉搏了。"

愿脚踢

【原文】

樵夫担柴，误触医士。医怒，欲挥拳。樵夫曰："宁受脚踢，勿动尊手。"旁人讶之。樵者曰："脚踢未必就死，经了他的手，定然不能活。"

【译文】

樵夫担着柴走路，不小心撞到医生身上。医生很生气，要动手打樵夫。樵夫说："宁愿被你用脚踢，也不要被你用手打。"旁边的人很惊讶。樵夫说："脚踢未必会死，若经了他的手，必死无疑。"

锯箭竿

【原文】

一人往观武场，飞箭误中其身。迎外科治之。医曰："易事耳。"遂用小锯锯外竿，即索谢辞去。问："内截如何？"答曰："此是内科的事。"

【译文】

有一个人去武场观看比赛，不小心被误中一箭。这个人去找外科医生，医生说："这是小事。"于是用小锯锯掉体外的箭竿，就想拿钱走人。这个人问："留在体内的箭竿怎么办？"医生回答说："这是内科医生的事。"

怨算命

【原文】

或见医者，问以生意如何。答曰："不要说起，都被算命先生误了，嘱我有病人家不要去走。"

【译文】

有一个人遇到一个医生，就随口问他生意怎么样？医生回答说："别提了，都让那个算命先生给害惨了，他叫我凡是有病的人家都不能去。"

包殡殓

【原文】

有医死人儿，许以袖归殡殓。其家恐见欺，命仆随之。至一桥上，忽取儿尸掷之河内。仆怒曰："如何抛了我家小舍？"医曰："非也。"因举左袖曰："你家的在这里。"

【译文】

有个医生医死了别人家的儿子，答应用衣袖裹好把他妥善安葬，死儿子的人家怕被医生骗了，叫仆人跟着去看看。到了一座桥上，医生忽然取出尸体抛入河内。仆人大怒道："为什么抛了我家的小主人？"医生说："不是你家的。"他慢慢地抬起左边的衣袖说："你家的小主人在这里。"

送药

【原文】

一医迁居，谓四邻曰："向来打搅，无物可做别敬，每位奉①药一帖。"邻舍辞以无病。医曰："但吃了我的药，自然会生起病来。"

【注释】

①奉：赠送。

【译文】

有一个医生要搬到别的地方去了，临走时，对邻居们说："过去一直打搅大家，我也没什么可赠送的，那就送每位一副药吧。"邻居们都说没有病，坚决不收。医生说："但凡你们吃了我的药，自然就会生病了。"

补药

【原文】

一医止宿病家，半夜屎急不便，乃出于一箱格中，闭之。晨起，主人请用药，偶欲抽视此格，医坚持不许。主人问："是何药？"答曰："我自吃的补药在内。"

【译文】

有一位医生在病人家留宿。半夜时，忽然要拉屎，一时情急，就偷偷地拉在他药箱的一个小格里，并把这个格子关紧。第二天早晨医生起来，主人要用药，碰巧要拉开那装屎的一格，医生坚决不让拉开。主人问："是什么药？"医生回答说："这装的是我自己吃的补药。"

药户

【原文】

一乡人与城里人同行，见一妓女。乡人问："是谁家宅眷？"城里人曰："此药户也。"乡人曰："原来就是开药店的家婆。"

【译文】

一名乡下人和一名城里人一起走，看到一名妓女，乡下人问："这是哪家的女人？"城里人回答说："她是卖药家的。"乡下人说："原来就是开药店家的老婆。"

取名

【原文】

有贩卖药材离家数载者，其妻已生下四子。一日夫归，问众子何来？妻曰："为你出外多年，我朝暮思君，结想成胎。故命名俱暗藏深意：长是你乍离家室，宿舟沙畔，故名宿砂；次是你远乡作客，我在家志念，故名远志[①]；三是料你置货完备，合当归家，故唤当归[②]；四是连年盼你不到，今该返回故乡，故唤茴香[③]。"夫闻之大笑曰："依你这等说来，我再在外几年，家里竟开得一爿中药铺了！"

【注释】

①远志：多年生草本植物。根入药，有安神、化痰的功效。

②当归：多年生草本植物。根入药，有镇静、补血、调经等作用。

③茴香：多年生草本植物。果实为长椭圆形，可以做调味香料。

【译文】

有一个贩卖药材的人离开家很多年了，他的妻子在家生下四个孩子。有一天丈夫回到家，追问四个孩子从哪来的？妻子说："因为你不在家很多年，我日夜想你，居然怀孕了，所以取名全都暗藏深意：长子是你才离开家那年，我想你可能正在赶路，住在河边船上，所以叫'宿砂'；次子是你在他乡做生意，我在家志念，所以叫'远志'；三子是你的货都卖完了，应当回家了，所以叫'当归'；四子是连年盼不到你，想着今年该返回故乡，所以叫'茴香'。"丈夫听了妻子说的话，大笑着说："依你这样说来，我再在外待几年，家里都能开得一间中药铺了。"

索谢

【原文】

一贫士患腹泻，请医调治。谓医曰："家贫不能馈药金，医好之日，奉请一醉。"医从之。服药而愈，恐医索谢，诈言腹泻未止。一日，医者伺其大便，随往验之。见撒出者俱是干粪，因怒指而示之曰："撒了这样好粪，如何还不请我？"

【译文】

一个穷人拉肚子，请医生来看病。那个人对医生说："我家很穷，付不起药钱。等我病好那天，一定好好请你吃饭。"医生答应了。穷人吃药后腹泻全愈，但是怕医生要他酬谢，就谎称还没有好。有一天，医生找到机会等他拉屎，随其去检查他是否还在拉肚子。结果发现那人拉的全是干屎，就生气地指着那干屎说："你拉了这样好的干屎，为什么还不请我吃？"

包活

【原文】

一医药死人儿，主家诟之曰："汝好好殡殓我儿罢了，否则讼之于官。"医

许以带归处置，因匿儿于药箱中。中途又遇一家邀去，启箱用药，误露儿尸。主家惊问，对曰："这是别人医杀了，我带去包活的。"

【译文】

一个医生把别人家的小孩医死了，主人生气地骂道："你把我的孩子好好安葬了，我们都好说，不然的话，我就到官府告你。"医生答应带这个小孩回去好好安葬，就把尸体装在药箱里。刚走到半路，另一家人又请他请去看病，他打开药箱用药时，不小心小孩的尸体露了出来。主人家大惊，问这是怎么回事。医生说："这是别人医死了的小孩，我要带回去把他医活。"

退热

【原文】

有小儿患身热，请医服药而死。父诣医家咎①之，医不信，自往验视。抚儿尸谓其父曰："你太欺心，不过要我为他退热，今身上幸已冰凉的了，倒反来责备我。"

【注释】

①咎（jiù）：责骂。

【译文】

有一个小孩高烧不退，请医生诊治，可是吃了医生的药后小孩却死了。小孩的父亲到医生家里责骂医生，医生不信，亲自来到小孩家里查验。医生抚摸着小孩的尸体，对小孩的父亲说："你也太欺负人了，你要我给他退热，现在高烧退了，全身都冰凉了，你反倒来责怪我。"

僵蚕

【原文】

一医久无生理，忽有求药者至。开箱取药，中多蛀虫。人问："此是何物？"曰："僵蚕。"又问："僵蚕如何是活的？"答曰："吃了我的药，怕他不活？"

【译文】

一个医生很久没有人请他看病，生意萧条，有一天，忽然来了一个买药的人。医生打开药箱取药，却发现药都生虫了。买药的人问："这是什么东西？"

医生回答说："是僵蚕。"那个人又问："僵蚕怎么还是活的？"医生说："吃了我的药，还怕它不活？"

看脉

【原文】

有医坏人者，罚牵麦十担，牵毕，放归。次日，有叩门者曰："请先生看脉。"应曰："晓得了。你先去淘净在那里，我就来牵也。"

【译文】

有个医生把人医死了，主人罚他磨十担麦子了事，医生磨完后，被放了回去。第二天，又有人敲门说："请医生去看脉（麦）。"医生说："知道了。你先回去把麦子淘洗干净，准备好，我就去拉。"

医女接客

【原文】

医士、妓女、偷儿三人，死见冥王。王问生前技术，医士曰："小人行医，人有疾病，能起死回生。"王怒曰："我每常差鬼卒勾提罪人，你反与我把持抗衡，可发往油锅受罪。"次问妓女，妓女曰："接客，人没妻室者，与他解渴应急。"王曰："方便孤身，延寿一纪。"再问偷儿，答曰："做贼。人家晒晾衣服，散放银钱，我去替他收拾些。"王曰："与人分劳代力也，加寿十年，发转阳世。"医士急忙哀告曰："大王若如此判断，只求放我还阳。家中尚有一子一女，子叫他去做贼，女叫她去接客便了。"

【译文】

医生、妓女、小偷三个人死后一起去见阎王。阎王问他们在阳间都是干什么的，医生答："我是医生，帮人看病，能起死回生。"阎王大怒道："我每次派鬼卒勾提罪人，你都与我作对不让他们死，应该罚你下油锅受罪。"又问妓女，妓女说："我专门接待客人，为没有老婆的人解渴应急。"阎王说："方便孤家寡人，延长寿命十二年。"再问小偷，小偷答道："做贼。人家晾晒衣服，散放银钱，我去替他们收拾保管。"阎王说："这是给人代劳帮忙，增加寿命十年，放回阳世。"医生急忙哀告说："大王如果这样判决，只求你快放我返回阳世，我家中还有一儿一女，儿子叫他去做贼，女儿叫她当妓女接客就是了。"

大方打幼科

【原文】

大方脉采住小儿科痛打，旁人劝曰："你两个同道中，何苦如此？"大方脉曰："列位有所不知，这厮可恶得紧。我医的大人俱变成孩子与他医，谁想他医的孩子，一个也不放大来与我医。"

【译文】

有一个专门给大人看病的医生抓住小儿科医生拳打脚踢，旁边的人劝说道："你们都是同行，何必这样呢？"给大人治病的医生说："你们不知道，这家伙实在让人生气。我医治的大人都投胎转世成小孩让他医治，可他医的小孩，没有一个长大了给我医治。"

幼科

【原文】

富家延①二医，一大方②，一幼科③。客至，问："二位何人？"主人曰："皆名医。"又问："哪一科？"主人曰："这是大方，这个便是小儿。"

【注释】

①延：请。

②大方：即大方脉，为大人看病的医生。

③幼科：即小儿科，为小孩看病的医生。

【译文】

有个富人请了两个医生：一个大方脉，一个小儿科。家中来了一位客人，见到他们两个就问："两位医生是谁？"主人说："都是名医。"客人又问："是哪一科？"主人说："这是大方，这个便是小儿。"

小犬窠

【原文】

有人畜一金丝小犬，爱同珍宝。恐其天寒冻坏，内外各用小棉褥铺成一窠①，使其好睡。不意此犬一日竟卧于儿篮内，主人见之大笑曰："这畜生好作怪，既不走内窠，又不往外窠，倒钻进小儿窠里去了。"

【注释】

①窠（kē）：巢穴。“窠”音同“科”。

【译文】

有一个人养了一只金丝小狗，宝贝得很。因天寒害怕小狗冻坏了，家里家外各用小棉褥做了一个狗窝，让小狗能睡好。不料有一天，这只小狗竟然趴在儿子的睡篮里。主人见了大笑说：“这畜生好能作怪，既不去内窠（科）（睡屋内），也不去外窠（科）（睡屋外），居然钻进小儿窠（科）（儿子的小窝里）去了。”

骂

【原文】

一医看病，许以无事。病家费去多金，竟不起，因恨甚，遣仆往骂。少顷归，问：“曾骂否？”曰：“不曾。”问：“何以不骂？”仆答曰：“要骂要打的人多得紧在那里，叫我如何挨挤得上？”

【译文】

有一个医生给人看病，承诺给人医好。看病的人花费了不少医药费，却下不了床了。因此，病人家十分怨恨，便让仆人到医生家去臭骂一通，出出怨气。不一会儿，仆人回来了，主人问：“骂了没有？”仆人回答说：“没有。”主人问：“为什么没骂？”仆人回答说：“要骂他打他的人一大堆，叫我怎么挤得进去呢？”

医赔

【原文】

一医医死人儿，主人欲举讼。愿以己子赔之。一日医死人仆，家止一仆。

又以赔之。夜间又有叩门者云："娘娘产里病，烦看。"医私谓其妻曰："淘气！那家想必又看中你了。"

【译文】

一个医生医死了别人家的儿子，那家人要到官府去告他，医生只好把自己的儿子赔给他才算了事。后来这个医生又医死了别人家的仆人，家里只有唯一的一个仆人，又赔给了别人家。一天深夜，又有人来敲门，说："我老婆生孩子病得不轻，劳烦你去看看。"医生听了，悄声对妻子说："真气人！那家伙想必是想你当他的老婆了。"

吃白药

【原文】

有终日吃药而不谢医者，医甚憾①之。一日，此人问医曰："猫生病吃甚药？"曰："吃乌药②。""然则，狗生病吃何药？"曰："吃白药。"

【注释】

①憾：怨恨。

②乌药：常绿灌木。根香，可入药，有健胃作用。

【译文】

有一个人整天找医生看病拿药却不给钱，医生很怨恨他。一天，这个人来问医生："猫生病吃什么药？"医生说："吃乌药。"那个人又问："那么，狗生病吃什么药呢？"医生说："自然就是吃白药（意为'白吃药'）。"

游水

【原文】

一医生医坏人，为彼家所缚。夜半逃脱，赴水遁归①。见其子方读《脉诀》，遽谓曰："我儿读书尚缓，还是学游水要紧。"

【注释】

①遁（dùn）归：逃回去。

【译文】

有一个医生医死了人，被病人家拿绳子捆住了。医生半夜解开了绳结，悄悄逃到河边，游泳回了家。回家后，看见他的儿子正在灯下看医书《脉诀》，急切地对儿子说："你先不要忙着读书，还是学会游泳要紧。"

阴阳先生

【原文】

昔一人患膀胱偏坠之症，请医调治。医曰："外肾左边属阳，右边属阴，今偏于一边，却是阴阳不和之故耳。"其人问曰："既是左属阳，右属阴，不知中间危坐者唤作何名？"医笑曰："此是看阴阳的先生。"

【译文】

一天，有一个人得了膀胱偏坠的病，就请医生来治疗。医生说："膀胱本来左边属阳，右边属阴，现在偏于一边，应该是阴阳调和不好的原因。"那个人问："既然左边属阳，右边属阴，那不知道中间坐立的叫什么名字？"医生笑答："这就是看阴阳的先生了（暗指风水先生）。"

阴阳生

【原文】

从来人堕水淹死，飘浮水面，覆者是男，仰者是女。一日，有尸从河内侧身氽[①]来者。人见之，皆道："奇怪！若是女一定仰，而男则覆转。今此人侧起，男女未知孰是。"旁一人曰："此必是个阴阳生耳。"

【注释】

①氽（tǔn）：漂浮。

【译文】

历来人落水淹死以后，都会漂浮在水面，一般俯卧着的是男，仰躺着的是女。有一天，一具尸体从河里侧着身子漂了过来。人们看见了，都说："真奇怪啊！如果是女的一定是仰着的，是男的会翻过来的。现在这个人是侧着身子的，不知是男是女。"旁边有个人说："那这个必定是个阴阳先生。"

法家

【原文】

无赖子怒一富翁，思所以倾其家而不得。闻有茅山道士法力最高，往诉恳之。道士曰："我使天兵阴诛此翁。"答："其子孙仍富，吾不甘也。"曰："然则，吾纵天火焚其室庐。”答曰：“其田土犹存，吾不甘也。”道士曰：“汝仇深至此乎！吾有一至宝，赐汝，持去，朝夕供奉拜求，彼家自然立耗矣。”其人喜甚，请而观之。封缄甚密，启视，则纸做成笔一枝也。问：“此物有何神通？”道士曰：“你不知我法家作用耳。这纸笔上，不知破了多少人家矣。”

【译文】

有一个无赖非常恼怒一个富翁，很想让这个富翁倾家荡产却又没有法子。听说有个茅山道士法力高强，便前去哭诉恳请他下山来帮他。道士说：“那我就用天兵来暗中杀死这个富翁吧。”无赖说：“那他的子孙还是富人，我还是不甘心。”道士说：“这样的话，那我就纵放天火烧了他的家。”无赖说：“可他家的田地还是在，我还是不甘心。”道士说：“你的仇恨已经深到这个地步了啊！那我还有一件至宝，赐给你，拿去，要天天供奉跪拜，他们家就自然立即消耗殆尽了。”无赖听后非常高兴，请道士带他前去观看至宝。只见那东西封得十分严密，打开一看，却是一支纸做成的笔而已。无赖问：“这东西有什么神通啊？”道士说：“你不懂我们法家所用东西的作用。这纸笔上面，不知道让多少人家破人亡了。”

相相

【原文】

有善相[①]者，扯一人要相。其人曰：“我倒相着你了。”相者笑云：“你相我何如？”答曰：“我相你决是相不着的。”

【注释】

①相：相面。

【译文】

有一个擅长看相的人，拉住一个人要替他看相。那个人说：“我倒会看你的相。”看相的人笑着说：“你看我什么相？”那个人回答说：“我看你是绝对看不准的相。”

不着[①]

【原文】

街市失火，延烧百余户。有星相二家欲移物以避。旁人止之曰：“汝两家包管不着，空费搬移。”星相曰：“火已到矣，如何说这太平话？”曰：“你们从来是不着的，难道今日反会着起来？”

【注释】

①不着：不显扬。

【译文】

街市遭遇火灾，蔓延烧了百余家。有两家算卦的想要把家里的东西搬出去以避免损失。旁边的人劝道：“你两家包管烧不着，何必白费工夫。”算卦的说：“火都烧到大门口了，为何还说这种安慰人的话？”旁边的人说：“你们从来都（猜）不着的，难道今天反而能猜着起来？”

写真

【原文】

有写真者，绝无生意。或劝他将自己夫妻画一幅贴出，人见方知。画者乃依计而行。一日，丈人来望，因问：“此女是谁？”答云：“就是令爱[①]。”又问：“他为甚与这面生人同坐？”

【注释】

①令爱：称对方的女儿的敬辞。

【译文】

有一个画匠专门为人画像营生，却惨淡经营。有人就给他出主意说把自己夫妻合影画一幅贴出来，别人看到就会来找你画的。画匠就按他说的办了。有一天，他的岳父来了，见了那幅画，就问：“这个女的是谁？”画匠回答说：“是您的女儿。”又问：“她为什么和这个陌生人坐在一起呢？”

胡须像

【原文】

画士写真既就[①]，谓主人曰：“请执途人而问之，试看肖否？”主人从之。初见一人，问曰：“哪一处最像？”其人曰：“方巾最像。”次见一人，又问曰：“哪一处最像？”其人曰：“衣服最像。”及见第三人，画士嘱之曰：“方巾、衣服都有人说过，不劳再讲，只问形体何如？”其人踌躇半晌，曰：“胡须最像。”

【注释】

①就：完成。

【译文】

有一个画匠为主人画完了像，对主人说："请拿给过路人看看，让他们说说画得像不像。"主人就依他说的让路人看。见到第一个人，问道："哪一处最像？"那人答："头上的方巾最像。"接着见到第二个人，问道："哪一处最像？"第二个人说："穿的衣服最像。"等见到第三人，画匠叮嘱他说："方巾、衣服都有人讲过了，就不要再讲了，你只问他形体像不像？"第三个人看了许久，说："胡须画得最像。"

讳输棋

【原文】

有自负棋高者。与人角，连负三局。次日，人问之曰："昨日较棋几局？"答曰："三局。"又问："胜负何如？"曰："第一局我不曾赢，第二局他不曾输，第三局我本等要和，他不肯罢了。"

【译文】

有一个人自认为棋艺了得，和别人下棋，连输三盘。第二天，有人问他："昨天下了几盘棋？"他回答道："三盘。"又问："胜负怎样？"那人回答说："第一盘我没有赢，第二盘他没有输，第三盘我本想和棋的，但对方却不愿意。"

好棋

【原文】

一人以好棋破产，因而为小偷，被人缚①住。有相识者，见而问之。答云："彼请我下棋，嗔我棋好，遂相困耳。"

客曰："岂有此理？"其人答曰："从来棋高一着，缚手缚脚。"

【注释】

①缚：抓，绑。

【译文】

有个人因为喜欢跟人下棋而破了产，只好去当小偷，结果被人捉住绑在那里示众。有认识的人看见了，问他是怎么回事。这个人说："对方请我下棋，怪罪我棋下得好，于是把我绑在这里。"熟人说："哪有这种道理？"那个人答道："从来都是棋高一着，缚手缚脚。"

银匠偷

【原文】

一人生子，虑其难养，请一星相家算命。星士曰："关煞倒也没得，大来运限俱好，只是四柱中犯点贼星，不成正局。"那人曰："不妨。只要养得大，就叫他学做银匠。"星士曰："为何？"答曰："做了银匠，哪日不偷几分银子养家活口？"

【译文】

有个人生了儿子，怕养不活，便叫人来算命。算命先生说："关坎倒也没有，长大后命运门槛也都还好，只是四柱中犯点贼星，不容易走正路。"那个人说："那倒没关系，只要养得大，就叫他学做银匠。"算命先生问："这是为什么？"那个人回答说："做了银匠，哪天不得偷几分银子养家糊口？"

利心重

【原文】

银匠开铺三日，绝无一人进门。至暮有以碎银二钱来倾者，乃落其半，倾作对充与之。其人大怒，谓其利心太重。银匠曰："天下人的利心再没有轻过如我的。开了三日店，止落得一钱，难道自己吃了饭，三分一日，你就不要还了？"

【译文】

有个银匠开业三天，没有一单生意。一天傍晚，一个人拿了二钱碎银子来熔铸，银匠偷偷地留下一半，只用一钱银子熔铸后交给那个人。那个人很生气，说银匠利欲熏心。银匠说："天下的人，贪财的心都不比我少。开了三天店，只拿了一钱银子，难道你自己吃了饭，三分钱一天，你就不要还钱了？"

有进益

【原文】

一翁有三婿，长裁缝，次银匠，惟第三者不学手艺，终日闲游。翁责之曰："做裁缝的，要落几尺就是几尺；做银匠的，要落几钱就是几钱。独汝游手好闲，有何结局？"三婿曰："不妨，待我打一把铁，撬开人家库门，要取论千论百，也是易事，稀罕他几尺几钱！"翁曰："这等说，竟是贼了。"婿曰："他们两个整日落人家东西，难道不是贼？"

【译文】

一个老头有三个女婿，大女婿是裁缝，二女婿是银匠，只有三女婿游手好闲，什么手艺也不会。老人责备三女婿说："做裁缝的，想扣留几尺布就是几尺布；做银匠的，想扣人家几钱银就是几钱银。只有你游手好闲，能有什么好结局？"三女婿说："那有什么，等我打一把精巧的铁器，去撬开人家的库门，成千上万的钱财随便拿，也是容易的事，谁还稀罕那几尺几钱！"老人吃惊地说："那样做，就是贼了。"三女婿说："他们两个人整天扣人家的东西，难道就不是贼？"

裁缝

【原文】

时年大旱，太守命法官祈雨，雨不至。太守怒欲治之。法官禀云："小道本事平常，不如某裁缝最好。"太守曰："何以见得？"答曰："他要落几尺就是几尺。"

【译文】

有一年天气大旱，太守叫法师求雨，结果还是没有下雨。太守很生气，要处罚法师。法师禀报说："我没有这个本事，最好不如请裁缝来。"太守说："这是为什么？"法师答道："他要落几尺就是几尺。"

不下剪

【原文】

裁缝裁衣，反复量，久不肯下剪。徒弟问其故，答曰："有了他的，便没有了我的；有了我的，又没有了他的。"

【译文】

有一个裁缝为别人裁剪衣服，把布料反复量了半天，也不肯剪裁。徒弟问他为什么，裁缝回答说："给他做，给我就做不了；给我做，给他做就不够了。"

要尺

【原文】

一裁缝上厕坑，以尺挥插墙上。便完忘记而去。随有一满洲人登厕，偶见尺，将腰刀挂在上面。少顷，裁缝转来取尺，见有满人，畏而不前，观望良久。满人曰："蛮子你要甚么？"答曰："小的要尺。"满人曰："咱囚攮的，屙①也没有屙完，你就要吃（尺）！"

【注释】

①屙（ē）：排泄。

【译文】

有一个裁缝上厕所，把尺子插在墙缝中，解完大便忘了拿尺子就走了。后来一个满洲人上厕所，偶然看到墙上插把尺子，便将腰刀解下来挂在尺子上。不一会儿，裁缝回来取尺，见到满人，十分害怕，观望了半天。满洲人说："蛮子你要什么？”裁缝回答说：“小的要尺。”满洲人说：“王八蛋，我拉也没有拉完，你就要吃（尺）！”

木匠

【原文】

一匠人装门闩，误装门外。主人骂为“瞎贼”，匠答曰：“你便瞎贼！”主怒曰：“我如何倒瞎？”匠曰：“你若有眼，便不来请我这样匠人！”

【译文】

有一个木匠给别人装门闩，却将门闩装反了，装在了门外。主人骂木匠是“瞎子”，木匠回答说：“你才是瞎子！”主人大怒道：“我怎么瞎了？”木匠说：“你如果有眼，怎么会请我这样的木匠！”

待诏

【原文】

一待诏初学剃头，每刀伤一处，则以一指掩之。已而，伤多，不胜其掩。乃曰：“原来剃头甚难，须得千手观音①来才好。”

【注释】

①千手观音：佛教谓观世音菩萨神通广大，为化度众生而变现种种形相。“千手千眼”乃主要形相之一，以示无苦不见，无难不救。

【译文】

有一个剃头匠初学剃头，每把人划伤一处，就用一个手指按住伤口。不久，头还没剃完就划伤了很多处，五个指头全按上去了还不够，于是说：“原来剃头这么难，只有千手观音才做得来。”

篦头

【原文】

篦①头者被贼偷窃。次日，到主顾家做生活。主人见其戚容，问其故。答曰：“一生辛苦所积，昨夜被盗。仔细想来，只当替贼篦了一世头耳。”主人怒而逐之。他日另换一人，问曰：“某人原是府上主顾，如何不用？”主人为述前言。其人曰：“这样不会讲话的，只好出来弄卵。”

【注释】

①篦（bì）：用篦子梳。篦头：指理发匠。

【译文】

有一个理发匠的家里被偷了。第二天，他来到主顾家篦头。主人见他满面愁容，问是怎么回事。理发匠回答说："我大半辈子辛苦积攒下来的钱财，昨夜里全被贼偷去了。仔细想来，权当是替贼篦了一辈子的头。"主人听后十分生气，就把他赶走了。第二天又请了一个人来篦头，这个人问："前一个篦头的原是在您府上做了很久了，为什么不用他了？"主人就把前一天他说的话重复了一遍。这个人说："像这样不会说话的人，只好出来给人家弄蛋。"

头嫩

【原文】

一待诏替人剃头，才举手，便所伤甚多。乃停刀辞主人曰："此头尚嫩，下不得刀。且过几时，俟其老了再剃罢。"

【译文】

一个理发师帮人家剃头，才开始剃了几下，就划伤了好几处头皮。于是，他就放下刀子不剃了，并对主人推辞说："你的头皮太嫩了，根本下不了刀。等过段时间长老点，我再给你剃吧。"

取耳

【原文】

一待诏为人看耳，其人痛极。问曰："左耳还取否？"曰："方完，次及左矣。"其人曰："我只道就是这样取过去了。"

【译文】

有一个剃头匠正在给一个人掏右耳朵，那个人痛得要命。那个人问："现在还掏左耳吗？"剃头匠说："右耳刚掏完，接着要掏左耳了"，那个人说："这样痛，我还以为你已经从右边直接掏到左边了呢。"

同行

【原文】

有善刻图书者，偶于市中唤人修脚。脚已脱矣，修者正欲举刀，见彼袖中取出一袱，内裹图书刀数把。修者不知，以为剔脚刀也，遂拂然[1]而去。追问其故，则曰："同行中朋友，也来戏弄我。"

【注释】

①拂然：愤怒貌。

【译文】

有一个擅长刻印章的人，有一次到街上去修脚。他把鞋脱掉伸出脚去，修脚匠正要拿刀干活，看见那个人从袖中取出一个包袱，里面还装有几把类似于修脚刀的刀子。修脚匠不知是刻刀，以为是剔脚刀，于是很生气地走了。这人追过去问是什么原因，修脚匠说："同行中的朋友，何必来戏弄我呢。"

偷肉

【原文】

厨子往一富家治酒，窃肉一大块，藏于帽内。适为主人窥见，有意作耍他拜揖，好使帽内肉跌下地来。乃曰："厨司务，劳动你，我作揖奉谢。"厨子亦知主人已觉，恐跌出不好看相，急跪下曰："相公若拜揖，小人竟下跪。"

【译文】

一个厨师帮一个富人家置办酒席，偷了一大块肉，藏在帽子里。不巧被主人看见了，主人有意要戏弄他，让他弯腰作揖，这样帽子里的肉就会掉下来。主人就对厨师说："师傅，你辛苦了，我作揖奉谢。"边说边作揖，厨师知道主人已发觉他偷肉，故意要戏弄他，见主人作揖，他不敢回敬作揖，怕肉从帽子里掉下来难堪，就急忙跪下说："相公如果作揖，小人就只有下跪了。"

卖淡酒

【原文】

一家做酒，颇卖不去，以为家有耗神，请一先生烧楮退送。口念曰："先除鹭鸶[1]，后去青鸾[2]。"主人曰："此二鸟你退送他怎的？"先生曰："你不知，都亏这两个禽鸟会下水，遣退了他，包你就卖得去！”

【注释】

①鹭鸶（lù sī）：鸟类的一科，翼大尾短，嘴直而尖，颈和腿很长，常见的有“白鹭”（亦称“鹭鸶”）。

②青鸾（luán）：鸟名。体大如鸡而形近孔雀，羽毛美丽，不大飞翔，常轻快行走。

【译文】

有户人家酿酒，因掺水卖不出去。主人以为家里有鬼怪作祟，于是请了一位道士烧纸画符作法降妖。只听那位道士口中念道：“先除鹭鸶，后去青鸾。”主人说：“为什么要驱赶这两种鸟？”道士说：“你不懂，都是亏在这两种鸟会下水，遣退了它们，包你把酒卖出去！”

三名斩

【原文】

朝廷新开一例，凡物有两名者充军，三名者斩。茄子自觉双名，躲在水中。水问曰：“你来为何？”茄曰：“避朝廷新例。因说我有两名，一名茄子，一名落苏①。”水曰：“若是这等，我该斩了：一名水，二名汤，又有那天灾人祸的放了几粒米，把我来当酒卖。”

【注释】

①落苏：即茄子。

【译文】

朝廷制定一个新的法规，凡是物品有两个名称的都要充军，有三个名称的都要斩首。茄子觉得自己是双名，便潜到水里躲起来了。水问茄子，说：“你来干什么？”茄子回答说：“躲避朝廷新例，我怕被充军。因为他们说我有两个名字，一个是茄子，一个是落苏。”水说：“如果是这样，我该被斩了：我一叫水，二叫汤，还有那天杀的放了几粒米把我当酒卖。”

酒娘

【原文】

人问：“何为叫做酒娘？”答曰：“糯米加酒药成浆便是。”又问：“既有酒娘，为甚没有酒爷？”答曰：“放水下去，就是酒爷。”其人曰：“若如此说，你家的酒是爷多娘少了。”

【译文】

甲问乙什么叫酒娘，乙回答说：“糯米加酒药和成浆就是。”甲又问：“既然有酒娘，为什么没有酒爷？”乙回答说：“放进去水，就是酒爷。”甲说：“如果是这样的话，你家的酒是爷多娘少了。”

走作

【原文】

一店中酿方熟，适有带巾者过，揖入使尝之。尝毕曰：“竟有些像我。”店主知其秀才也。谢去之。少焉，一女子过，又使尝之。女子亦曰：“像我。”店主曰：“方才秀才官人说‘像我’，是酸意了。你也说‘像我’，此是为何？”女子曰：“无他，只是有些走作①。”

【注释】

①走作：越规。

【译文】

有一个酒坊刚酿成了一坛酒，正巧有个戴头巾的人路过，那个人作揖后店主请他进来品尝一下。那个人尝后说：“味道跟我差不多。”店主一听，知其是秀才。秀才辞别后就离开了。不一会儿，又过来了一个女子，他又请女子品尝了一下。女子也说：“味道像我。”店主说：“秀才刚刚说‘像我’，我便知道是‘酸意’了。你也说‘像我’，这是为什么？”女子回答说：“没有别的，只是有些越规。”

着醋

【原文】

有卖酸酒者，客上店，谓主人曰：“肴只腐菜足矣，酒须要好的。”少顷，店主问曰：“菜中可要着醋？”客曰：“醋滴菜心甚好。”又问曰：“腐内可要放些醋？”客曰：“醋烹豆腐也好。”再问曰：“酒内可要醋否？”客讶曰：“酒中如何着得醋？”店主攒眉曰：“怎么处？已着下去了。”

【译文】

有一家酒馆卖的酒很酸。有一个客人来到店里，对店主说：“菜只要青菜豆腐就可以了，酒一定要上好一点的。”不一会儿，店主来问：“青菜里要放醋吗？”客人说：“醋滴到菜心里味道不错。”店主又问：“豆腐里放不放醋？”客人说：“醋熘豆腐也还行。”店主再问：“酒里要不要放醋？”客人惊讶地说：“酒中怎么能放醋呢？”店主故意皱眉作惋惜状说：“哎呀，这可如何是好？我已经把醋放进去了。”

酸酒

【原文】

一酒家招牌上写：“酒每斤八厘，醋每斤一分。”两人入店沽酒[①]，而酒甚酸。一人咂舌攒眉曰：“如何有此酸酒，莫不把醋错拿了来？”友人忙捏其腿曰：“呆子快莫做声，你看牌面上写着醋比酒更贵着哩！”

【注释】

①沽酒：买酒。

【译文】

有个酒家的招牌上写着：“酒每斤八厘，醋每斤一分。”两个人进去买酒喝，酒喝到嘴里很酸。其中一人咂舌皱眉说：“酒怎么这样酸，是不是错把醋拿来了？”友人急忙捏其大腿说：“呆子快别说话，你看牌子上写着醋比酒还贵哩！”

炙坛

【原文】

有以酸酒饮客者，个个攒眉，委吞不下。一人嘲之曰：“此酒我有易他良法，使他不酸。”主人曰：“请教。”客曰：“只将酒坛覆转向天，底上用艾火连炙七次，明日拿起，自然不酸。”主曰：“岂不倾去漏干了？”客曰：“这等酸酒，不倾去要他做甚！”

【译文】

有一个人拿发了酸的酒招待客人，客人喝了酒，个个皱眉，表情痛苦，难以下咽。有个人嘲讽说：“我有好办法，让这种酒变得不酸。”主人急忙问：“有什么好办法？”那个人说：“只要把酒坛子底朝天翻过来，底下用艾火连烤七次，到第二天再喝，保证不酸。”主人说：“那样的话，酒不是都漏完了？”那个人说：“这么酸的酒，不倒掉还留着它做什么！”

形体部主要是关于人或动物身体的描绘，语言诙谐、简短，有些挖苦戏弄，有些讥讽鄙夷，既逗人哈哈大笑，又让人回味。但部分挖讽不厚道，是其瑕疵。

愁穷

有胡子愁穷，一友谑之曰："据兄家事，不下二千金[1]，何以过愁若此？"胡者曰："二千金何在？"友曰："兄面上现有千七百了，难道令正处便没有须私房？"

【注释】

①金：在某些方言中，"金"与"根"同音。

【译文】

有一个大胡子因为家里穷而发愁，一个朋友开玩笑说："根据你的家底来看，不少于两千金，为什么还过得这样愁苦？"大胡子说："两千金在哪里？"朋友说："老兄的脸上已经有一千七百金了，难道你的夫人暗处还能不藏点私房钱？"

胡瘌杀

【原文】

或看审囚回，人问之，答曰："今年重囚五人，俱有认色：一痴子、一颠子、一瞎子、一胡子、一瘌痢[1]。"问如何审了，答曰："只胡子与瘌痢吃亏，其余免死。"又问何故，曰："只听见问官说痴弗杀，颠弗杀，一眼弗杀，胡子搭瘌杀。"

【注释】

①瘌痢（là lì）：即黄癣，生在人头上的一种皮肤病。

【译文】

甲去衙门看审判犯人回来，乙问他判决结果，甲答道："今年这五个罪犯，都有特征：一个痴子、一个癫子、一个瞎子、一个胡子、一个瘌痢。"乙问怎么判决的，甲回答道："只有胡子与瘌痢死刑，其余的人免死。"乙又问是什么缘故，甲说："只听见审判官说：'痴呆的人不杀，疯癫的人不杀，一只眼的人不杀，胡子、瘌痢的人杀。'"

抛锚

【原文】

道士、和尚、胡子三人过江。忽遇狂风大作，舟将颠覆。僧道慌甚，急把经卷掠入江中，求神救护。而胡子无可掷得，惟将胡须逐根拔下，投于江内。

僧道问曰："你拔胡须何用？"其人曰："我在此抛毛（锚）。"

【译文】

道士、和尚、胡子三个人一起坐船过江，突然遇到刮大风，眼看船要翻沉。和尚道士都非常害怕，急忙把经书投入江中，求神保佑。胡子没有什么东西可以抛的，情急之下将自己的胡须一根根拔下，投入江内。和尚和道士问他说："你拔胡须干什么？"胡子答道："我在此抛毛（音同'锚'）。"

不斟酒

【原文】

一家宴客，座中一大胡子，酒僮畏缩不前，杯中空如也。主举杯朝拱数次，胡子愠[①]曰："安得有酒？"主骂僮为何不斟，僮曰："这位相公没有嘴的。"胡子忿极，揭须以示曰："这是不是嘴？"

【注释】

①愠：怒。

【译文】

有一户人家设宴请客，在座中有一位长着大胡子的客人。酒童看他这长相很害怕，不敢向前给他倒酒，所以，大胡子的酒杯一直空着。主人不知道情况，连续好几次举杯朝他敬酒，大胡子不高兴地说："哪里有酒？"主人骂酒童为什么不给客人斟酒，酒童说："这位相公没有嘴呀。"大胡子听了，非常愤怒，把胡须撩开露出嘴巴说："这是不是嘴？"

联宗

【原文】

胡须与眉毛曰："当今世情浅薄，必要

帮手相助。我已与鬓毛联矣。看来眼前高贵，惟二位我们俱在头面，联了甚好。”眉曰：“承不弃微末，但我根基浅薄，何不往下路孔家前门，一带茂林，旗杆底下联的更好。”

【译文】

胡须跟眉毛说：“当今世上人情势利，必须要有帮手相助。我已经与鬓毛联合起来了。但是若要论高贵，只有我们俩在头面上，联合起来最好。”眉毛说：“承蒙你不嫌弃，但我的根基尚浅，何不到下路孔家前门去，那里一带茂林，与旗杆底下联宗更好。”

一般胡

【原文】

两人聚论《论语》一书，皆讲胡子。开章就说：“‘不亦悦乎’‘不亦乐乎’‘不亦君子乎’，这三个都是好胡；‘为人谋而不忠乎’‘与朋友交而不信乎’‘传不习乎’，这三个是不好胡；‘君子者乎’‘色壮者乎’，这两个胡一好一不好。”或问：“使乎，使乎。”答曰：“上面的胡与下面的胡总是一般。”

【译文】

有两个人在一起讨论《论语》一书，认为讲的全都是关于胡子的。开篇就说：“‘不亦悦乎’‘不亦乐乎’‘不亦君子乎’这三个是好胡子；‘为人谋而不忠乎’‘与朋友交而不信乎’‘传不习乎’这三个是不好的胡子；‘君子者乎’‘色壮者乎’这两个胡子一好一坏。”有人问：“‘使乎，使乎’是什么意思？”那两个人回答说：“上面的胡子与下面的胡子总是一般。”

稀胡子

【原文】

一稀胡子要相面，相士云：“尊相虽不大富，亦不至贫。”胡者云：“何以见得？”相士云：“看公之须，比上不足，比下有馀①。”

【注释】

①馀：同“余”。

【译文】

有一个胡子稀少的人让相面先生相面，相面先生说：“你虽然没有十分富

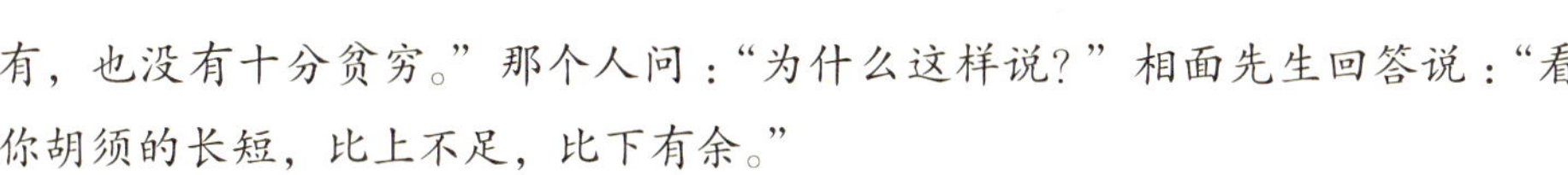

有，也没有十分贫穷。”那个人问：“为什么这样说？”相面先生回答说：“看你胡须的长短，比上不足，比下有余。”

胡答嘲

【原文】

颜回、子路、伯鱼三人私议曰：“夫子[①]惟胡，故开口不脱‘乎’字。”颜回曰：“他对我说：‘回也，其庶乎。’”子路曰：“他对我说：‘由也，诲汝知之乎？’”伯鱼曰：“我家尊[②]对我也说‘汝为周南、召南矣乎。’”孔子在屏后闻之，出责伯鱼曰：“回是个短命，由[③]是个不得其死的，说我胡出罢了。你是我的儿子，如何也来说我老子？”

【注释】

①夫子：孔子。

②家尊：父亲。

③由：子路。

【译文】

颜回、子路、伯鱼三个人暗地悄悄地说：“夫子留有胡须，所以讲话离不开‘乎’字。”颜回说：“他对我说：‘回也，其庶乎。’”子路说：“他对我说：‘由也，诲汝知之乎？”伯鱼说：“我父亲对我也说：‘汝为周南、召南矣乎。’”孔子在屏风后面听到三个人的议论，出来责怪伯鱼道：“颜回是个短命，子路也是个不得好死的，他们说我的胡子也就罢了。可是你是我的儿子，为什么也来说我这个当老子的胡子？”

光屁股

【原文】

有上司面胡者，与光脸属吏同饭。上台须间偶带米糁[①]。门子跪下禀曰：“老爷龙须上一颗明珠。”官乃拂去。属吏回衙。责备门子：“你看上台门子何等伶俐！汝辈愚蠢，不堪重用。”一日，两官又聚会吃面。属吏方举箸[②]动口。有未缩进之面挂在唇角。门子急跪下曰：“小的禀事。”问禀何事，答曰：“爷好张光净屁股，多了一条蛔虫挂在外面。”

【注释】

①糁（sǎn）：方言，米饭粒。

②箸：筷子。

【译文】

有个长胡子的上司，与没长胡子的属吏在一起吃饭。上司胡须间粘上一粒饭，他的仆人跪下禀告说："老爷龙须上有一颗明珠。"上司抹掉了饭粒。属吏回到自己的官府，责备自己的仆人："你们看上司的仆人多会溜须拍马，你们这些人愚钝不堪重用。"又一天，上司和属吏又在一起吃面条。属吏有一根面条没有吃进去，挂在嘴边，其仆人急忙跪下说："小的有事禀告。"属吏问仆人禀告什么事，仆人回答说："老爷好一张光净没毛的屁股，只可惜多了一条蛔虫挂在外面。"

亲爷

【原文】

有妻甫受孕而夫出外经商者，一去十载，子已年长，不曾识面。及父归家，突入妻房，其子骤见乃大喊，曰："一个面生胡子，大胆闯入母亲房里来了！"其母曰："我儿勿做声，这胡子正是你的亲爷！"

【译文】

有一个人的妻子刚怀孕，自己就到外面做生意去了，一去十年，儿子已长大，但从来没有见过父亲。有一天父亲突然回家，进入妻子房里，儿子见到后猛然大喊，说："一个陌生的大胡子，大胆地闯进母亲房里去了！"母亲说："儿子你不要大喊大叫，那满脸胡须的人正是你的亲爹啊！"

无须狗

【原文】

一税官瞽目[①]者，恐人骗他，凡货舡过关，必要逐一摸验，方得放心。一日，有贩羊者至。规例羊有税，狗无税。尽将羊角锯去，充狗过关。官用手摸着项下胡须，乃大怒曰："这些奴才都来骗我。明明是一舡羊，狗是何曾出须的！"

【注释】

①瞽（gǔ）目：眼瞎。

【译文】

有一个专门收税的人，是一个盲人，怕别人骗他，凡是货船过关，他都要逐一用手摸一遍才放心。有一天，一个贩羊的人过关。按规定羊有税，狗无税，贩羊的人就把羊角锯去，冒充狗过关。税官用手摸到了羊须，于是大怒道："狗奴才想骗我。明明是一船羊，还骗我说是狗，狗哪有长胡须的！"

没须屁股

【原文】

一公领孙溪中洗澡。孙拿得一虾，或前跳，或却走。孙问公，曰："前赶后退，后赶前行，不知何处是头，何处是尾？"公答曰："有须的是头，没须的是尾。"

【译文】

有一个老头带着小孙子在小河沟里洗澡。孙子抓住一只虾，虾有时前跳，有时后退。孙子问爷爷，说："这虾从前面捉它就后退，如果从后面赶它就前行，不知哪里是头，哪里是尾？"爷爷答道："有胡须的是头，没胡须的是尾。"

拔须去黑

【原文】

一翁须白，令姬妾拔之。妾见白者甚多，拔之将不胜其拔，乃将黑须尽去。拔讫，翁引镜自照，遂大骇，因咎[①]其妾，曰："难道少的倒不拔，倒去拔多的？"

【注释】

①咎：怪罪，责备。

【译文】

有一个老头的胡须白了很多，他就让小妾帮他把白胡须统统拔掉。小妾见他的白胡子太多了，如果拔白的，将要拔很长时间，于是，就把黑胡须全部拔掉。拔完以后，老头拿起镜子一照，吓了一大跳，便责备他的小妾，说："难道少的你倒不拔，倒去拔多的？"

黄须

【原文】

一人须黄，每于妻前自夸："黄须无弱汉，一生不受人欺。"一日出外被殴而归，妻引前言笑之。答曰："哪晓得那人的须竟是通红的。"

【译文】

有一个人胡子是黄色的，经常在妻子面前自夸："黄须无弱汉，所以我一生不会受别人欺负。"一天外出被别人殴打后回来，妻子引他先前自夸的话嘲笑他。丈夫回答道："哪晓得那个人的胡子竟是通红的。"

老面皮

【原文】

或问世间何物最硬，曰："石头与钢铁。"其人曰："石可碎，铁可錾[①]，安得为硬？以弟看来惟兄面上的髭[②]须最硬，铁石总不如也。"问其故，答曰："兄面皮厚，竟被其出。"须者回嘲曰："足下面皮更老，这等硬须还钻不透。"

【注释】

①錾（zàn）：雕刻。

②髭（zī）：嘴上边的胡子。

【译文】

有人问世上什么东西最硬？有胡子的人说："我觉得石头和钢铁最硬。"没胡子的人说："不对，石头可以敲碎，钢铁可以锻造，怎么能说是最硬的呢？以我看来，只有老兄的胡子最硬，石头和钢铁都没有它硬。"有胡子的人问："为什么？"没胡子的人说："看老兄脸皮这么厚，它都能钻出来。"有胡子的人也反唇相讥说："老弟脸皮更厚，这么硬的胡子都钻不出来。"

扇坠

【原文】

有持大扇者，遇矮子，戏以扇置其头曰："欲借兄权作扇坠耳。"矮子大怒骂曰："肏娘贼！若拿我做扇坠，我就兜心一脚踢杀你！"

【译文】

有一个人拿着大扇子，遇到一个矮子，他就把扇子搁在矮子的头上开玩笑说："用你做扇坠还不错。"矮子十分愤怒地大骂道："混蛋！如果拿我做扇坠，我就照着你的心脏一脚把你踢死！"

搁浅

【原文】

矮人乘舟出游，因搁浅，自起撑之。失手坠水，水没过顶，矮人起而怒曰："偏我搁浅搁在深处。"

【译文】

有一个矮子划船出外游玩，不小心搁浅了，他便拿篙去撑。不曾想失足掉到水里去了，水没过了他的头顶，等他浮起来，他生气地说："偏偏我在深处搁浅。"

瞽笑

【原文】

一瞽者与众人同坐，众人有所见而笑，瞽者亦笑。众问之，曰："汝何所见而笑？"瞽者曰："列位所笑，定然不差，难道是骗我的？"

【译文】

有一个盲人跟大家坐在一起，众人见到好笑的事都大声笑了起来，盲人也就跟着笑起来。众人问盲人，说："你看到什么而笑？"盲人说："你们都笑了，一定是遇到好笑的事了，难道是骗我的？"

被打

【原文】

二瞽者同行。曰："世上惟瞽者最好，有眼人终日奔忙，农家更甚。怎如得我们心上清闲。"众农夫窃听之，乃伪为官过，谓其失于回避，以锄把各打一顿而呵之去。随复窃听之。一瞽者曰："毕竟是瞽者好，若是有眼人，打了还要问罪哩！"

【译文】

两个盲人同行，说："世上只有盲人最好，长眼睛的人终日奔忙，当农民更惨，哪有我们清闲。"农夫们听了他们所说的话，于是假装当官的走过，说盲人不避让有失礼仪，用锄头把他们各打了一顿，叫他们快滚。然后又偷偷地跟在后面听他们说什么。一个盲人说："到底还是眼瞎好，如果是有眼睛的，打了之后还要问罪哩！"

吃螺蛳

【原文】

有盲子暑月食螺蛳，失手坠一螺肉在地，低头寻摸，误捡鸡屎，放在口里。向人曰："好热天气，东西才落下地，怎就这等臭得快！"

【译文】

有一个盲人在大热天吃螺蛳，一失手把一个螺蛳肉掉到了地上，低头在地上摸半天，把一坨鸡屎当成了螺蛳肉，放在嘴里。他对人说："天气太热了，东西才掉在地上，怎么就臭得这样快！"

兄弟认匾

【原文】

兄弟三人皆近视，同拜一客。堂上悬"遗清堂"一匾。伯曰："主人原来患此病，不然何以取'遗精室'也。"仲细看良久曰："非也。想主人好道，故名'道情堂'耳。"二人争论不已，以季弟目力更好，使辨之。乃张目眈视①半晌，曰："汝两人皆妄，上面安得有匾！"

【注释】

①眈（dan）视：瞪大了眼睛看。

【译文】

有兄弟三个人都是近视，同去拜访一个客人，客人堂上悬挂一匾，上面写着"遗清堂"。老大说："主人原来患这种病，不然为什么取名为'遗精室'呢？"老二仔细看了许久说："不是的，想必是主人喜欢修道，所以取名'道情堂'。"老大老二争论不休，认为三弟视力最好，让他辨认。于是，老三瞪大眼睛看了半天，说："你们两个人都错了，上面哪里有匾！"

金漆盒

【原文】

一近视出门，见街头牛屎一大堆，认为路人遗下的盒子，遂用双手去捧。见其烂湿，乃叹曰：“好个盒子，只可惜漆水未干。”

【译文】

有一个近视眼的人走在街上，看见街边有一大堆牛屎，以为是过路人丢掉的盒子，于是用双手去捧。但感觉又烂又湿，于是叹气说：“好漂亮的一个盒子，只可惜油漆没干。”

问路

【原文】

一近视眼迷路，见道旁石上栖歇一鸦，疑是人也，遂再三诘[①]之。少顷，鸦飞去，其人曰：“我问你不答应，你的帽子被风吹去了，我也不对你说。”

【注释】

①诘（jié）：问。

【译文】

有一个近视眼的人迷了路，恰巧路边一块大石头上站着一只乌鸦，他以为是一个戴帽子的人站在那里，于是就上前去问路，问了几次，都不见回答。过了一会儿，乌鸦飞走了，近视眼自言自语地说：“刚才我问你不答应，现在你的帽子被风吹走了，我也不告诉你。”

噀面

【原文】

一乡人携鹅入市。近视见之。以为卖布者，连呼“买布”，乡人不应。急上前揪住鹅尾，逼而视之。鹅忽撒屎，适喷其面。近视怒曰：“不卖就罢，值得这等发急，就噀[①]起人来！”

【注释】

①噀（xùn）：含在口中而喷出。

【译文】

有一个乡下人去街上卖鹅，被一个近视眼看见，以为是卖白布的，连连喊着要买布。乡下人不理睬他，近视眼上前抓住鹅尾巴，凑近观看。这时鹅突然拉屎，恰巧喷在那个人脸上。近视眼生气地说："不卖就算了，值得发脾气，喷我一脸的水！"

乌云接日

【原文】

近视者赴宴，对席一胡子吃火朱柿。即起别主人曰："路远告辞。"主曰："天色甚早。"答云："恐天下雨，那边乌云接日头哩。"

【译文】

有一个近视眼到人家去做客，席子对面有一个大胡子正在吃火红的柿子。近视眼看见了马上起来告别主人说："我家离得远就先告辞了。"主人说："时间还早。"近视眼回答道："恐怕天要下雨，你看那边乌云都快遮住太阳了。"

鼻影作枣

【原文】

近视者拜客。主人留坐待茶。茶果吃完，视茶内鼻影，以为橄榄也。捞摸不已，久之忿极，辄①用指撮起，尽力一咬，指破血出。近视乃仔细认之，曰："啐，我只道是橄榄，却原来是一个红枣。"

【注释】

①辄：就。

【译文】

有一个近视眼到别人家去拜访，主人留他坐下喝茶。茶、果吃得差不多了，他看见茶杯里自己鼻子的影子，以为是一块橄榄。就用手指去捞，捞了半天也捞不起来，就生气地用手指猛一撮，放进嘴里用力一咬，结果手指被咬出了血。近视眼把手指放到眼前仔细辨认，说："呸！我以为是一块橄榄呢，原来是一个红枣。"

虾酱

【原文】

一乡人挑粪经过，近视唤曰："拿虾酱来。"乡人不知，急挑而走。近视赶上，将手握粪一把于鼻上闻之，乃骂道："臭已臭了，什么奇货，还在这等行情！"

【译文】

有一个乡下人挑粪在路上走，一个近视眼的人看到后喊道："把虾酱拿来我看看。"乡下人不知道是喊他，仍然挑着粪快走。近视眼小跑着赶上，快速地用手捞了一把粪凑近鼻子闻，于是骂道："都已经臭了，我还以为是什么好货哩！"

疑蛋

【原文】

一近视见朋鱼，疑为鸭蛋，握之而腹瘪。讶曰："如何小鸭出得恁快，蛋壳竟瘪下去了？"

【译文】

一个近视眼的人第一次看朋鱼，以为是鸭蛋，用手使劲一捏，鱼肚子就瘪了。他诧异地问："为何小鸭出得这么快，蛋壳竟然瘪下去了？"

拾蚂蚁

【原文】

近视眼行路，见蚂蚁摆阵，疏密成行，疑是一物。因掬而取之，撮之不起，乃叹息曰："可惜一条好线，毁烂得蹙蹙①断了。"

【注释】

①蹙蹙（cù cù）：收缩的样子。

【译文】

有一个近视眼的人走在路上，路边一队蚂蚁排成阵，整整齐齐成一行，他看见这黑黑的一行以为是个什么东西。就弯腰用手去捡，可是怎么也捡不起来，他就叹气说："哎，可惜一条好线，时间长了都腐烂断掉了。"

捡银包

【原文】

有近视新岁出门，拾一爆竹，错认他人遗失银包也，且喜新年发财，遂密藏袖内。至夜，乃就灯启视。药线误被火燃，立时作响。方在吃惊，旁一聋子抚其背曰："可惜一个花棒槌，无缘无故，如何就是这样散了？"

【译文】

有一个近视眼的人过新年的时候出门，捡到一个爆竹，误以为是别人丢失的钱包，暗自高兴新年发大财了，于是偷偷地藏在袖子里。到了晚上，才拿出来在油灯前细细地看。谁知道药线碰到了烛火，一下子烧了起来，并引爆了爆竹。近视眼正在纳闷怎么回事，旁边一个聋子抚摸着他的背说："可惜一个花棒槌，无缘无故，怎么就散落一地了呢？"

漂白眼

【原文】

一漂白眼与赤鼻头相遇。谓赤鼻者曰："足下想开染坊，大费本钱，鼻头都染得通红。"赤鼻答曰："不敢也，只浅色而已。怎如得尊目，漂白得有趣。"

【译文】

有一个漂白眼与一个红鼻子在路上遇到了。漂白眼对红鼻子说："老兄想开染坊啊，舍得本钱，连鼻子都染得通红。"红鼻子答道："不敢，只是稍微有点颜色罢了。怎么赶得上你的眼睛，漂白得如此有趣。"

聋耳

【原文】

一医者耳聋，至一家看病女人。病女问："莲心吃得否？"医者曰："面筋发病，是吃不得的。"病女曰："是莲肉。"医者曰："就是盐肉，也要少吃些。"病女曰："先生耳朵是聋的。"医者曰："若是里股是红的，只怕要生横痃①，倒要脱开来，待我看看好用药。"

【注释】

①横痃（xuán）：由下疳引起的腹股沟淋巴结肿胀、发炎的症状。

【译文】

有一个医生耳聋，到一个女病人家看病。女病人问莲心能不能吃，医生说："面筋是吃不得的。"女病人说："是莲肉。"医生说："即使咸肉，也要少吃些。"女病人说："先生耳朵大概是聋的。"医生说："如果大腿内侧是红的，只怕是横痃，倒要把裤子脱下来，待我看看好用药。"

呵欠

【原文】

一耳聋人探友。犬见之吠声不绝。其人茫然不觉。入见主人。揖①毕告曰："府上尊犬，想是昨夜不曾睡来。"主人问："何以见得？"答曰："见了小弟，只是打呵欠。"

【注释】

①揖（yī）：古代的拱手礼。

【译文】

有一个聋子去拜访朋友，朋友家的狗看见他狂叫不止。聋子听不见，只看到狗的嘴一张一合。进到里屋见了主人，互相作揖行礼之后，他对主人说："你家的狗，是不是昨晚没有睡觉？"主人问："为什么这么说呢？"聋子说："这狗见了我，就不停地打呵欠。"

火症

【原文】

一聋子望客，雨中见狗吠不止，乃叹曰："此犬犯了火症，枯渴得紧，只管开口接水吃哩！"

【译文】

一个聋子去看望朋友，看见一条狗对他狂叫不止，就感叹说："这条狗上火了，口很渴，只管张口接水吃哩！"

讳聋哑

【原文】

聋、哑二人各欲自讳。一日聋见哑者，恳其唱曲。哑者知其聋也，乃以嘴唇开合，而手拍板，作按节状。聋者侧听良久，见其唇住即大赞曰："妙绝妙绝，许久不听佳音，今番一发更进了。"

【译文】

一个聋子忌讳别人说他是聋子，一个哑巴也忌讳别人说他是哑巴。一天聋子在路上遇到哑巴，态度诚恳地恳求哑巴唱支歌。哑巴知道对方是聋子，就故意把嘴唇一张一合，并且用手打着节拍，装出正在唱歌的样子。聋子也装着侧耳倾听的样子，一直到看见哑巴的嘴唇不动了，就大加称赞说："太棒了，好久没有听你美妙的歌声了，这次又有长进了。"

屁股麻

【原文】

俗云："脚麻以草柴贴眉心，即止。"一人遍贴额上，人问："为何？"答曰："我屁股通麻了。"

【译文】

俗话说："脚麻用草柴贴眉心，就能治好。"有一个人在额头上贴满了草柴，别人问："为什么这样做？"那个人回答说："我整个屁股全都麻了。"

麻卵袋

【原文】

文宗①岁试②唱名，吏善读别字。第一名"郁进徒"，错唤曰："都退后。"诸生闻之，皆山崩往后而退。次名"潘傅采"，又错唤"番转来"。诸生又跑上前。宗师③大怒，逐之。第三名林卯伐，上前谢曰："多谢大宗师，若不斥逐此人，则生员必唤做'麻卵袋'了。"

【注释】

①文宗：提学、学政的别称。

②岁试：官府每三年举行一次的生员考试。

③宗师：即学政，各省负责教育事务的官员。

【译文】

学政举行岁试，名次出来后有官吏来公布结果。官吏水平有限，经常读错字，第一名"郁进徒"，错念成"都退后。"众考生听后，像山崩般地向后退去。第二名"潘傅采"，又错念成"番转来"。众考生又从后面往前跑。学政大怒，赶走了那个念错字的官吏。第三名林卯伐，上前谢恩道："多谢大宗师，如果不赶走那个人，生员我一定会被喊成'麻卵袋'了。"

塌鼻狗

【原文】

黄鼠狼遇狗追逐，即撒屁以触其鼻。有雄鼠觅食田间，被一犬逐之。鼠狼连放数屁，逐之愈甚，乃竭力跑脱。至穴诉之雌鼠，雌鼠曰："汝防身屁何在？”曰：“连撒数屁，全然不理。”雌鼠曰：“我知道了，决然是塌鼻狗。”

【译文】

黄鼠狼如果遇到狗时被追着不放，就会放屁以刺激它的鼻子，用难闻的气味让狗放弃，从而得以脱身。有一天有一只雄性黄鼠狼在田间觅食，被一条狗追逐，黄鼠狼连着放了好几个屁，没想到狗追赶得更加厉害。黄鼠狼拼命逃脱后，回到洞穴就跟雌黄鼠狼说这件事，雌黄鼠狼说：“你干嘛不放防身屁？”雄黄鼠狼说：“我连着放了好多个，可它就是不放弃。”雌黄鼠狼说：“我知道了，肯定是一条塌鼻狗。”

齆鼻请酒

【原文】

甲乙俱齆鼻①。甲设席不能治柬，画秤、尺、笤帚各一件。乙见之，便意会曰：“秤（请）尺（吃）帚（酒）。”乙答柬画蜈蚣一条、斧一把。甲见之，点头曰：“蜈蚣斧（无工夫）。”

【注释】

①齆（wèng）鼻：酒糟鼻子。

【译文】

甲乙都是酒糟鼻。甲想请乙来喝酒，但他不会写请帖，于是用笔在纸上画秤、尺、笤帚各一件，让仆人送给乙。乙见了图画，立刻就知道图画的含义，说：“请吃酒（秤尺帚）。”随后乙也拿了纸笔，画了蜈蚣一条、斧子一把，让仆人捎回。甲见了点头道：“无工夫（蜈蚣斧）。”

鼻耐性

【原文】

人患口臭，一友问曰："别人也罢，亏你自家鼻头如何过了？"旁人代答曰："做了他的鼻头，随你臭极，也只索耐性跟他。"

【译文】

有一个人口臭很严重，一个朋友问道："别人也就算了，你自己的鼻子整天闻着这臭味如何受得了？"旁边有人听到代他说："做了他的鼻子，即使口臭得再厉害，也只好耐着性子跟他。"

蒜治口臭

【原文】

一口臭者，问人曰："治口臭有良方乎？"答曰："吃大蒜极好。"问者讶其臭。曰："大蒜虽臭，还臭得正路。"

【译文】

有一个人有口臭，就问别人说："有什么好的办法能治口臭吗？"别人回答说："吃大蒜最好。"口臭的人对蒜的臭味很惊讶。别人说："大蒜味虽然臭，比起口臭，那算是臭对路了。"

臭辣梨

【原文】

北地产梨甚佳，北人至南，索梨食，不得。南人因进萝卜，曰："此敝乡土产之梨也。"北人曰："此物吃下，转气就臭，味又带辣，只该唤他做臭辣梨。"

【译文】

北方盛产又香又甜的梨子，北方人到了南方想要梨子吃，可是却没有。南方人就给他萝卜吃，说："这是我们这里土产的梨子。"北方人说："这东西吃下去，打嗝都是臭的，何况味道辛辣，只能叫它臭辣梨。"

残疾婿

【原文】

一家有三婿，俱带残疾。长是瘌痢，次淌鼻脓，又次患疯癞。翁一日请客，三婿在座，恐其各露本相，观瞻不雅，嘱咐俱要收敛。三人唯唯。至中席，各人忍耐不住。长婿曰："适从山上来，撞见一鹿，生得甚怪。"众问何状。瘌痢头疮痒甚，用拳满首击曰："这边一个角，那边一个角，满头生了无数角。"其次鼻涕长流，正无计揩抹，随应声曰："若我见了，拽起弓来，棚的一箭。"急将右手作挽弓状，鼻间一拂，涕尽拭去。三癞子浑身发痒难禁，忙将身背牵耸曰："你倒胆大，还要射他！把我见了，几乎吓杀，几乎吓杀！"

【译文】

某户人家有三个女婿，个个都有毛病。大女婿是瘌痢头，二女婿是流鼻脓，三女婿患疯癞。有一天老丈人请别人来做客，三个女婿都在场，老头害怕他们露出本来面目，觉得难堪，便事先嘱咐他们都要注意形象，三个人爽快地答应了。真正到了吃饭时，三个人实在忍耐不住，于是开始想办法。大女婿说："刚才从山上经过，撞见一头鹿，长得十分怪异。"大家问鹿长得什么样子，长婿瘌痢头疮骚痒得十分厉害，便用拳头满头击打说："这边一个角，那边一个角，满头长了无数角。"二女婿鼻涕流了很长，正不好意思指抹，听了大女婿的话，接着应声道："如果我见了，拽起弓来，射它一箭。"边说边急忙用右手作挽弓状，顺势在鼻间一抹，鼻涕全部被抹去。三女婿浑身痒得难受，难以自控，赶紧四处抓挠，嘴上却故作紧张地说："你倒大胆，还要射它，我若看见几乎吓死，几乎吓死！"

鸽舌

【原文】

有涩舌[1]者，俗云鸽口是也。来到市中买桐油，向店主曰："我要买桐桐桐……""油字"再也说不出口。店主取笑曰："你这人倒会打铜鼓，何不再敲通铜锣与我听？"鸽者怒曰："你不要当当当面来腾腾腾倒刮刮刮削我。"

【注释】

①涩舌：结巴。

【译文】

结巴，也就是俗话说的鸽舌。某天有一个结巴到街上买桐油，他对店主说："我要买桐桐桐……""油"字怎么也说不出口。店主取笑说："你这个人像是在打铜鼓，不如再敲通铜锣给我听？"结巴大怒道："你不要当当当面来腾腾腾倒刮刮刮削我。"

过桥嚏

【原文】

一乡人自城中归，谓其妻曰："我在城里打了无数喷嚏。"妻曰："皆我在家想你之故。"他日，挑粪过危桥[1]，复连打数嚏几乎失足，乃骂曰："骚花娘，就是思量我，也须看什么所在！"

【注释】

①危桥：不稳当的桥。

【译文】

有一个乡下人从城里回到家，对妻子说："我在城里时打了无数个喷嚏。"妻子说："那都是因为我在家里想你了。"有一天，他挑了一担粪正走在一座摇摇晃晃的小桥上，忽然连打了几个喷嚏，差点连人带粪一起掉进河里，就骂道："这个骚婆娘，就是想我，也要看看是在什么地方！"

争座

【原文】

眼与眉毛曰："我有许多用处，你一无所能，反坐在我的上位。"眉曰："我原没用，只是没我在上，看你像个人哩？"

【译文】

眼睛跟眉毛说："我有许多用处，而你却一无是处，就是一个摆设，却在我的上面。"眉毛回答说："我的确没用，只是如果没有我在上面，看你还像个人吗？"

直背

【原文】

一瞎子、一矮子、一驼子，吃酒争座。各曰："说得大话的便坐头一位。"瞎子曰："我目中无人，该我坐。"矮子曰："我不比常人，该我坐。"驼子曰："不要争，算来你们都是直背（侄辈），自然让我坐。"

【译文】

一个盲人、一个矮子、一个驼背，在一起喝酒时都争着坐上位。最后互相商定："谁最能说大话谁就坐上位。"盲人说："我目中无人，我该坐上位。"矮子说："我不比常人，我该坐上位。"驼背说："不用争了，算来你们都是直背（侄辈），当然该让我坐上位。"

驼叔

【原文】

有驼子赴席，泰然上座。众客既齐，自觉不安，复趋下谦。众客曰："驼叔请上座，直（侄）背（辈）怎敢。"

【译文】

有一个驼背去赴宴，刚开始信心十足地坐在上座。可是等到客人们到齐后，自己却感到惴惴不安起来，又起身走向下座以显示自己比较谦逊有礼。众位客人说："驼叔请上坐，我们直（侄）背（辈）怎敢上坐。"

善屁

【原文】

有善屁者，往铁匠铺打铁锛[1]，方讲价，连撒十余屁。匠曰："汝屁直恁多，若能连撒百个，我当白送一把铁锛与你。"其人便放百个。匠只得打成送之。临出门又撒数个屁。乃谓匠曰："算不得许多，这几个小屁，乞我几只钯头钉罢。"

【注释】

①锛（bēn）：木工用的一种工具，用时向下向内用力砍，称"锛子"。

【译文】

有一个特别爱放屁的人到铁匠铺去打铁锛，正当讨价还价时，连放十多个响屁。铁匠说："你真能放屁，若能连放一百个，我就白送一把铁锛给你。"那个人听了后立刻放了一百个屁，铁匠不得不打了一把铁锛白送给他。那个人临出门时，又放了好几个屁，接着对铁匠说："算不了什么，这几个小屁换给我几只钯头钉就好了。"

祖师殿

【原文】

祖师殿中忽闻屁臭，众人互推不认，乃推祖师曰："汝为正祖，受十方香火，如何撒屁？"祖师惊起辩曰："尚有四将，何独推我？"四将亦辩曰："尚有龟、蛇。"蛇曰："我肚小撒不出，定是这个乌龟！"

一说，祖师辩曰："尚有四将。"四将互相推卸。关圣旁立关平曰："撒屁的定然脸红。”关圣大怒曰：“你是我的儿子，也来冤屈我！”

【译文】

祖师殿中忽然闻到一阵臭屁，众人互相推托，都说与自己无关，于是就都推到祖师身上，说：“你身为正祖，受十方香火，怎能放屁呢？”祖师吃惊地站起来争辩说：“还有四位将军呢，为什么偏要说是我？”四位将军也辩解说：“那还有龟、蛇呢。”蛇说：“我的肚子小放不出，一定是这个乌龟放的！”

另有一种说法是，祖师辩解说：“还有四位将军呢。”四位将军也互相推卸。立在关羽旁边的关平说：“放屁的人一定脸红。”关羽大怒道：“你是我的儿子，也来冤枉我！”

忍屁

【原文】

一女善屁，新婚随嫁一妪①、一婢，嘱以忍屁遮羞。临拜堂，忽撒一屁，顾妪曰：“这个老妈无体面。”少顷，又撒一屁，顾婢曰：“这个丫头恁可恶！”随后又一屁，左右顾而妪、婢俱不在，无可说得，乃曰：“这张屁股好没正经。”

【注释】

①妪（yù）：年老的女人。

【译文】

有一个年轻的女子特别爱放屁，结婚时身边带着一个老妇、一个丫鬟，嘱咐她们如果自己放屁让她们替自己掩护，以免在大家面前难堪。等到夫妻拜堂时，女子突然放了一个响屁，随即看着老妇说：“这个老妈不体面。”不一会儿，女子又放了一个响屁，瞅着丫鬟说：“这个丫头真可恶！”随后又放了一屁，左右瞅瞅，老妇、丫鬟都不在，没有人替她作掩护了，于是说：“这个屁股没正经。”

鋻头

【原文】

数人同舟，有撒屁者，众疑一童子，共鋻其头。童子哭曰：“阿弥陀佛，别人打我也罢了，亏那撒屁的乌龟担得这只手起，也来打我！”

【译文】

几个人一同坐船，有一个人放了一个屁，大家都怀疑是一个小孩放的，便都去打他的头。小孩哭道："阿弥陀佛，旁人打我也就算了，亏那放屁的乌龟王八也举得起手，也来打我！"

路上屁

【原文】

昔有三人行令。要上山见一古人，下山又见一古人，半路见一物件，后句要总结前后二句。一人曰："上山遇见狄青，下山遇见李白，路上拾得一瓶酒，不知是青酒是白酒。"一人曰："上山遇见樊哙，下山遇见赵盾，路上拾得一把剑，不知是快剑是钝剑。"一人云："上山遇见林放，下山遇见贾岛，路上拾得一个屁，不知是放的屁岛的屁。"

【译文】

从前有三个人行令，格式要求是上山看见一个古人，下山看见一个古人，半路上看见一样东西，最后一句要总结前后两句。一个人说："上山遇见狄青，

下山遇见李白，路上拾得一瓶酒，不知是青酒还是白酒。”另一个人说：“上山遇见樊哙，下山遇见赵盾，路上拾得一把剑，不知是快剑还是钝剑。”第三个人说：“上山遇见林放，下山遇见贾岛，路上拾得一个屁，不知是放的屁还是岛的屁。”

吃屁

【原文】

酒席间有撒屁者，众人互相推卸。内一人曰：“列位请各饮一杯，待小弟说了罢。”众饮讫，其人曰：“此屁实系小弟撒的。”众人不服曰：“为何你撒了屁，倒要我们众人吃？”

【译文】

酒席间有一个人放了一个屁，众人互相推赖都不承认。其中一个人说：“诸位请各喝一杯，我来告诉大家屁是谁放的。”大家都将酒喝了，那人说：“这个屁其实是我放的。”众人不快地说：“为何你放了屁，倒要我们大家吃？”

棹①面响

【原文】

一人方陪客，偶撒一屁。自觉愧甚，欲掩饰之，乃假将指头擦桌面作响声。客曰：“还是第一声像得紧。”

【注释】

①棹（zhuō）：桌子。

【译文】

有一个人正在陪客人，忽然放了一个屁。他感到十分羞愧，想加以掩饰，便假装用手指头摩擦桌面发出响声。客人说：“还是第一声最像。”

田鸡叫

【原文】

甲乙两亲家姆会亲，乙偶撒一屁，甲问曰：“亲家姆，甚响？”乙恐不雅，答曰：“田鸡叫。”甲曰：“为甚能臭？”乙曰：“死的呀。”又问：“适才会叫，如何是死的？”乙曰：“叫了就死的。”

【译文】

甲乙两个亲家母碰到一起，乙不慎放了一个屁。甲问道："亲家母，刚刚是什么响啊？乙恐觉得不雅，便尴尬地说："是青蛙在叫。"甲又问："那为什么会有臭味？"乙回答说："是一只死了的青蛙。"甲又问："刚才还在叫，这会怎么就死了呢？"乙回答："那是叫完后就死了。"

不默

【原文】

各行酒令要默饮。席中有撒屁者，令官曰："不默，罚一杯。"其人曰："是屁响。"令官曰："又不默，再罚一杯。"举座为之大笑。令官曰："通座皆不默，各罚一杯。"

【译文】

有几个人行酒令，约好的格式是静默不语，谁先出声谁就罚酒一杯。席中有一个人放了一个响屁，主令的人说："出声了，罚酒一杯。"那人辩解说："是屁响。"主令的人说："又出声了，再罚一杯。"在座的人听了，都憋不住哄堂大笑起

来。主令的人说："全坐席的人都不静默不语，各罚一杯。"

怕冷

【原文】

或问："世间何物不怕冷？"曰："鼻涕，天寒即出。"又问："何物最怕冷？"曰："屁，才离窟臀①，又向鼻孔里钻进。"

【注释】

①窟臀：方言，屁股。

【译文】

一人问："你们有谁知道世上什么东西最不怕冷？"一人回答："鼻涕，天越冷越往外流。"又问："什么东西最怕冷？"一人又回答说："屁最怕冷，刚从屁眼里跑出来，马上又从鼻孔里钻进去。"

长卵叹气

【原文】

一官到任，出票要唤兄弟三人。一胖子、一长子、一矮子备用，异姓者不许进见。一家有兄弟四人，仅有一胖三矮。私相计议曰："四人之中，胖矮俱有，单少一长人。只得将二矮缝一长裤。两个接起充作长人，便觉全备。"如计行之。官见大喜，簪花赏酒。三人一时荣宠。下矮压得受苦，在内哓哓，大有怨词。官听见，问："下面甚响？"众慌禀曰："这是长卵叹气。"

【译文】

有一个当官的人刚刚到任，写了一张告示贴在衙门口，想找三个兄弟当差：一个胖子、一个高个子、一个矮个子，并要求三人必须同姓，不然不要。一家有兄弟四人，但却是一胖三矮。私下商议说：

“四个人之中，胖子、矮个子都有，只少一高个子，不如我们将两个矮个子接起，缝一条长裤遮挡，冒充高个子。”四个人觉得这样完全满足了当官的要求，便按计划行事。当官的见到他们十分高兴，喝酒聊天，热闹非常，三个人感到十分荣幸。下边的矮个子由于长时间挨压受苦，在裤子内唉声叹气，还有怨愤之词。当官的听到裤子里有声音，问："里面怎么会有动静？"三个人慌忙禀报："这是长卯在叹气。"

 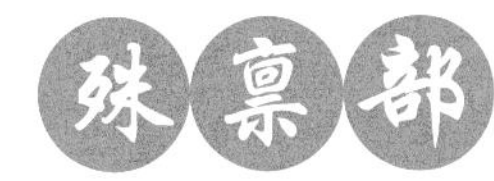

卷五 殊禀部

殊禀的意思是特殊的禀性。所谓“特殊的禀性”，是指性情不同于常人的人，所以本卷主要描写的是痴呆、善忘等人群的言行举止。从本章的名称来看，讽刺的趣味已经不言而喻。

一概明日

【原文】

有避债者，偶以事出门，恐人见之，乃顶一笆斗[①]而行。为一债家所识，弹其斗曰："嘶约如何？"姑应曰："明日。"已而雨大作，斗上点击无算。其人慌甚，乃曰："一概明日。"

【注释】

①笆斗：斗笠。

【译文】

有一个为了躲债从不外出的人，偶然有急事要出门，害怕别人看见他，就戴着一顶斗笠帽作掩护。但还是被一个债主认出来了，债主用手弹着躲债人头上的斗笠说："你答应还的债准备什么时候还？"欠债的人就想先应付他一下，就说："明天。"这时，忽然下起了大暴雨，雨点接连不断地敲击他头上的斗笠。那个人非常慌张，以为债主们都在用手敲击他的斗笠，就说："全都明天。"

忘了下米

【原文】

一人问造酒之法于酒家。酒家曰："一斗米，一两曲，加二斗水。相掺和，酿七日，便成酒。"其人善忘，归而用水二斗，曲一两，相掺和，七日而尝之，犹水也，乃往诮酒家，谓不传与真法。酒家曰："尔等不循我法耳。"其人曰："我循尔法，用二斗水，一两曲。"酒家曰："可有米么？"其人俯首思曰："是我忘记下米。"

【译文】

有一个人向酒家请教如何酿酒。酒家说："一斗米，一两曲，加二斗水，掺和在一起，酿造七天，便成了酒。"那个人记性不好，回来后，用二斗水，一两曲，相互掺和，七天后一尝，和水一样，于是就到酒家那里，说人家根本没传给他酿酒的真正方法。酒家说："你肯定是没按我说的办。"那个人说："我按你的办法，用了二斗水，一两曲。"酒家问："放了米没有呢？"那个人拍拍头，想想说："是我忘记放米啦！"

健忘

【原文】

苏人相遇于途，一人问曰："尊姓？"曰："姓张。"又问："尊号？"曰："东桥。"又问："尊居？"曰："阊门①外。"问者点头曰："是阊门外张东桥。"张骇曰："公缘何晓得我？"问者曰："方才都是你自说的！"

【注释】

①阊（chāng）门：城门名。在江苏省苏州市城西。

【译文】

有两个苏州人在路上遇到了，一个人问："请问贵姓？"答："姓张。"又问："请问你的名号？"答："东桥。"又问："住在哪儿？"答："阊门外。"问的人点头说："你就是阊门外的张东桥。"姓张的非常惊讶地问："相公怎么会认识我？"问的人说："刚才你自己说的嘛！"

不吃亏

【原文】

某甲性迂拙①，一日出外省戚②，适门外有一车，与他讲价，因嫌价贵，宁愿步行，拟在中途雇车，价必稍廉。不料走了半天，车少人稀，行将半路时，方见一车，索价反昂。某甲喃喃自语道："还是归去雇车较为便宜。"言罢，反奔回家，雇车复往。

【注释】

①迂拙：迂阔笨拙。

②省戚：看望亲戚。

【译文】

甲某性情愚笨，一根筋。一天他外出去看一个亲戚，路途较远，正好家门外就有一辆车，跟车夫讨价还价，嫌车价太贵，宁愿自己步行，打算在半路雇车，到时价钱一定便宜。没想到走了半天，车少人稀，越发荒凉。走到一半路时，才看见一辆车，此车要价反而更高。甲某喃喃自语道："还是回到家门口雇车比较便宜。"说完，他又折返回家，然后雇车再走。

大丈夫

【原文】

一人被其妻殴打，无奈，钻在床下，其妻曰："快出来。"其人曰："丈夫说不出去，定不出去。"

【译文】

有一个人被他的妻子殴打，没有办法，便钻到床底下躲避，他的妻子大声斥责："快出来。"这个人也很强硬地说："我堂堂大丈夫说话算数，说不出去，就不出去。"

引马入

【原文】

东道索祭文，训蒙师穷迫无措，乃骑东道马，急走荒郊，寻一瓦窑，忙下马奔入避之。其马踯躅[1]不肯入，蒙师在窑中急骂曰："你若会作祭文，便在外面立，我是不敢出头矣。"

【注释】

①踯躅（zhí zhú）：徘徊不前。

【译文】

主人请家中的教书先生写一篇祭文，教书先生写不出来，就骑了主人的马，急急忙忙逃到荒郊野外，看到一处瓦窑，慌慌张张下马跑进里面躲了起来。那匹马却犹豫着迟迟不肯进瓦窑去，先生在瓦窑中气急败坏地骂道："如

果你会作祭文，就在外面站着，我是不敢再露面了。”

瞎子吃鱼

【原文】

众瞎子打平伙吃鱼，钱少鱼小，鱼小人多，只好用大锅熬汤，大家尝尝鲜味而已。瞎子没吃过鱼，活的就往锅里扔，小鱼蹦在锅外，而众瞎不知也。大家围在锅前，齐声赞曰："好鲜汤！好鲜汤！”谁知那鱼在地上蹦，蹦在瞎子脚上，呼曰："鱼没在锅内，大家都要鲜死了。”

【译文】

几个盲人合伙凑钱买鱼吃，钱少到只能买到很小的鱼，鱼小但人又很多，只好用大锅熬汤喝，大家尝尝鲜味罢了。盲人没吃过鱼，鱼还是活的，就往锅里扔，小鱼蹦到了锅的外边，可是盲人却看不见。大家围在锅前，都称赞说："这汤真鲜！这汤真鲜！”谁知那条小鱼在地上蹦，蹦到了一个盲人的脚上，盲人大喊着说："幸亏鱼在锅外，若在锅内，大家不都要被鲜死了。”

痴疑生

【原文】

一秀才痴而多疑，夜在家曾读暗处，俟其妻过，突出拥之。妻惊惧大骂，秀才喜曰："吾家出一贞妇矣。”尝看史书，至不平处，必拍案切齿[①]。一日，看秦桧杀岳武穆，不觉甚怒，拍桌大骂不休。其妻劝之曰："家中只有十张桌，君已碎其八矣，何不留此桌吃饭也。”秀才叱之曰："你或与秦桧通奸耶？”遂痛打其妻。

【注释】

①切齿：齿相磨切。极端痛恨的样子。

【译文】

从前有一个秀才，又愚钝又多疑。有一天晚上，他躲在家里暗处读书，等到她的妻子没注意从旁边经过时，他突然跑出来抱住妻子。妻子吓了一跳，以为遇到了歹人，惊叫着拒绝，而且大吵大骂，秀才高兴地说："我家出了个贞洁烈女呀。”他在看史书时，读到不平的地方，一定会拍桌子痛骂，咬牙切齿。一天，他读到秦桧杀岳飞，不觉又很生气，拍桌子大骂不止。他的妻子劝他说："家里只有十张桌子，已经被你拍坏了八张，不如留下这张桌子吃饭用。"秀才斥责妻子说："你难道与秦桧通奸了？"就把他的妻子痛打了一顿。

我有马足

【原文】

一富翁不通文，有借马者，致信于富翁云："偶欲他出，祈假骏足一乘。"翁大怒曰："我就有两只脚，如何借得人？我的朋友最多，都要借起来，还要把我大卸八块呢？"友在旁解曰："所谓骏足者，马足也。"翁益怒曰："我的足是马足，他的腿是驴腿，他的头是狗头。"

【译文】

一个富翁文化水平有限，有一个想问他借马的人，给富翁写信道："偶尔有事需要外出，想借骏足一乘。"富翁看到后非常生气地说："我就只有两只脚，怎么能够借给别人呢？我的朋友那么多，如果都要像他这样借起来，还不把我大卸八块？"富翁的朋友在旁边解释说："所谓骏足，就是马足呀。"富翁更加生气地骂道："如果我的足是马足，那他的腿是驴腿，那他的头是狗头。"

可要开刀

【原文】

甲乙二人，各用一仆。甲仆性极灵敏，善于拍马，开出口来，都是吉利言语；乙仆性甚愚鲁，说出话来，每每不吉，主人屡次教导他终不见效。一日，乙携仆往甲处贺

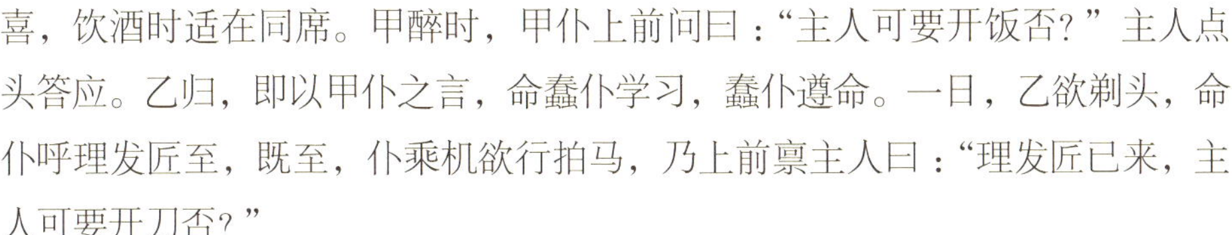

喜，饮酒时适在同席。甲醉时，甲仆上前问曰："主人可要开饭否？"主人点头答应。乙归，即以甲仆之言，命蠢仆学习，蠢仆遵命。一日，乙欲剃头，命仆呼理发匠至，既至，仆乘机欲行拍马，乃上前禀主人曰："理发匠已来，主人可要开刀否？"

【译文】

甲乙两个人，各有一个仆人。甲的仆人非常灵敏，善于溜须拍马，说出话来，都是吉祥语、好听的话；乙的仆人很愚笨，说出话来，往往都是不吉利、难听的话，主人多次教导他，他总是没什么改变。一天，乙带着仆人到甲处贺喜，喝酒时甲乙两人正好坐在一张桌子上。眼看着甲喝醉了，甲的仆人就机灵地上前问道："主人是不是可以开饭了？"甲点头答应了。乙回家后，就拿甲的仆人说的话，让自己愚蠢的仆人学习，愚仆便答应以后一定按主人的要求做。有一天，乙想剃头，吩咐仆人叫理发匠来，等到理发匠到了之后，仆人想乘机溜须拍马，就走上前向主人报告说："理发匠已经来了，主人是不是可以开刀了呢？"

真神人也

【原文】

二呆子相遇于路，忽拾钱三百，二人分来分去，苦不能均，此二百，则彼一百，此一百，则彼二百，扰攘①半晌，莫能决，各怒甚。一黠者②过，询其故，曰："此账本极难分派，无已，在下且作陈平，代输一筹，可乎？"乃纳己囊一百，二呆子各与一百。分毕，二呆子大惊曰："先生真神人也，我等二人尚分不均，不料先生作三人分之，且易易也。"再三称谢而去。

【注释】

①扰攘：吵闹。

②黠（xiá）者：狡猾的人。

【译文】

两个笨蛋走路，突然捡到了三百文钱。两个人想私自瓜分，但是分来分去，怎么也分不均匀，这个人二百，那个人就一百，这个人一百，那个人就二百，吵吵嚷嚷了半天，也没有解决，两个人都很生气。一个很狡猾的人正好路过这里，询问其中原因，说："这笔账本来就非常难算，没有别的办法，我就帮你们平分吧，我勉强替你们先拿走一份，怎么样？"于是就装到自己口袋里一百，给两个笨蛋各分一百。分完之后，两个笨蛋非常吃惊地感叹说："先生真是神人哪！我们俩怎么分也不平均，不料先生作三个人分它，却很容易就分好了。"于是再三道谢而去。

应急

【原文】

主人性急，仆有犯过，连呼家法不至，咆噪愈甚。仆人曰："相公莫恼，请先打两个巴掌应一应急！"

【译文】

主人性子急，有一天仆人犯了错，主人连连喊家人拿板子来惩戒仆人，可是半天板子也没有拿来，主人显得又急又气，暴躁异常。仆人说："相公先不要着急生气，请先打我两个巴掌应一应急吧！"

帽当扇

【原文】

有暑月戴毡帽而出者，歇大树下乘凉，即脱帽以当扇，扇讫谓人曰："今日若不戴此帽出来，几乎热杀。"

【译文】

有一个人在盛夏天气戴着冬天的毡帽外出，由于戴帽子捂得太热，便坐在大树底下乘凉，并且摘下毡帽当扇子扇，渐渐地凉快了，他对别人说："今天要不是戴这顶毡帽出来当扇子用，几乎要把我热死。"

买海蛳

【原文】

一人见卖海蛳者，唤住要买，问："几多钱一斤？"卖者笑曰："从来海蛳是量的。"其人喝曰："这难道不晓得！问你几多钱一尺？"

【译文】

有一个人看见卖海蛳的，叫住要买，问："多少钱一斤？"卖海蛳的人嘲笑他说："海蛳的价钱从来都是按尺寸大小算价钱的。"那个人为了掩饰自己的无知，叫嚷道："这难道不知道！我是问你多少钱一尺？"

善忘

【原文】

一人持刀往园砍竹，偶腹急，乃置刀于地，就园中出恭。忽抬头曰："家中想要竹用，此处倒有许多好竹，惜未带得刀来。"解毕，见刀在地，喜曰："天随人愿，不知哪个遗失这刀在此。"方择竹要砍，见所遗粪便骂曰："是谁狗东西，屙此脓血，几乎脏了我的脚。"须臾抵家，徘徊门外曰："此何人居？"妻适见，知其又忘也，骂之。其人怅然曰："娘子颇有些面善，不曾得罪，如何开口便骂？"

【译文】

有一个人拿着刀到竹园里去砍竹子，突然腹痛想要大便，于是把刀放在地上，就在竹园里大便。忽然抬头看见园子里的竹子，说："家里面要竹子用，这里倒有许多好竹子，可惜没有带刀来。"他解完后，看见他刚才放在地上的刀，高兴地说："天随人愿，不知是谁遗失了一把刀在这里。"刚刚选好了竹子想要砍，他又看见了地上自己拉的屎，便开口骂道："是哪个狗东西，拉此脓血在这里，差点踩了我一脚。"过了不久，他砍好竹子回了家，在自己家门口徘徊说："这是哪一户人家？"刚好妻子看见了他，知道他一时又忘记了，就开口骂他。这个人很惆怅，说："这位娘子很有些面熟，我又没有得罪你，为什么开口便骂？"

品茶

【原文】

乡下亲家进城探望，城里亲家待以松萝泉水茶。乡人连声赞曰："好！好！"亲翁以为彼能格物，因问曰："亲家说好，是茶叶好，还是水好？"乡人答曰："热得有趣。"

【译文】

乡下亲家进城看望城里亲家，城里亲家用松萝泉水茶招待。乡下亲家连声称赞道："好！好！"城里亲家以为他识货，能懂得东西的好坏，于是问道：

“亲家说好，是说茶叶好，还是说水好？”乡下亲家回答道：“是温度刚刚好。”

作揖

【原文】

两亲家相遇于途，一性急，一性缓。性缓者，长揖至地，口中谢曰：“新年拜节奉扰，元宵观灯又奉扰，端午看龙舟，中秋玩月，重阳赏菊，节节奉扰，未曾报答，愧不可言。”及说毕而起，已半晌矣。性急者苦其太烦，早先避去。性缓者视之不见，问人曰：“敝亲家是几时去的？”人曰：“看灯之后就不见了，已去大半年矣！”

【译文】

两个亲家在路上相遇，一个性急，一个性缓。性缓的亲家见了性急的亲家，一揖到地，嘴里道谢说：“每逢过年过节都要打扰府上，元宵节观灯又来打扰，端午节看龙舟，中秋节赏月，重阳节赏菊，每次都来打扰，又从来没有回报过，我心里感到非常惭愧。”等他说完以后，站直身子已经很久了。性急的亲家觉得他太烦，早已经回避走了。性缓的亲家四周一看，见不到性急的亲家，就问别人说：“请问我那亲家是什么时候走的？”别人回答说：“看完灯以后就不见了，已经走了大半年了呢！”

燃衣

【原文】

一最性急，一最性缓。冬日围炉聚饮，性急者坠衣炉中，为火所燃，性缓者见之从容谓曰：“适有一事，见之已久，欲言恐君性急，不言又恐不利于君，然则言之是耶？不言是耶？”性急者问以何事，曰：“火烧君裳。”其人遂曳衣而起，怒曰：“既然如此，何不早说？”性缓者曰：“外人道君性急，不料果然。”

【译文】

一个人性子特急，一个人性子特慢。有一年冬天两个人围着火炉喝酒，性急的人的衣服边角挨到了火炉，烧着了但却不自知，性慢的人看到后慢吞吞地说道：“现在有一件事情，我看见好长时间了，想说恐怕你性急，不说又怕对你不好，你说我到底是说呢？还是不说呢？”性急的人问他到底发生了什么事，性慢的人说：“火烧着了你的衣裳。”性急的人慌忙拉衣起来，恼怒道：“既然是这样，为什么不早说？”性慢的人说：“外人说你性急，你还真是急。”

卖弄

【原文】

一亲家新置一床，穷工极丽，自思：“如此好床，不使亲家一见，枉自埋没。”乃装有病，偃卧[1]床中，好使亲家来望。那边亲家做得新裤一条，亦欲卖弄，闻病欣然往探。即至，以一足架起，故将衣服撩开，使裤现出在外。方问曰：“亲翁所染何症，而清减至此？”病者曰：“小弟的贱恙，却像与亲翁的心病一般。”

【注释】

①偃卧：仰卧。

【译文】

有一个亲家做了一张新床，做工精巧华丽，自己心想：“这么漂亮的床，如果不让亲家看一看，实在埋没了它的奢华。”于是假装生病，睡在新床上，等待亲家前来探望。正巧那边亲家做了一条新裤子，也想要显摆显摆，听说亲家病了，穿上新裤子就高兴地前往探视。到了亲家房中，在床边坐下后，把一只脚架起，故意将衣服撩开，让新裤子露在外面。探视的亲家这才问：“亲家你得的是什么病，竟然愁闷成这个样子？”装病的亲家说：“小弟的病，和您的心病一样。”

佛像

【原文】

乡下亲家到城里亲家书房中，将文章揭看，摇首不已。亲家说："亲翁无有不得意的么？"答云："正是，看了半日，并没有一张佛像在上面。"

【译文】

乡下亲家到城里亲家的书房中，将书房里的书几乎都翻看了一遍，边翻边摇头。城里亲家看见了说："亲家，这些书你没有一本中意的吗？"乡下亲家回答说："是的，看了半天，上面并没有一张佛像。"

固执

【原文】

一父子性刚，平素不肯让人。一日，父留客饭，命子入城买肉。子买讫，将出城门，值一人对面而来，各不相让，遂挺立良久。父寻至见之，对子曰："你快持肉去，待我与他对立着。"

【译文】

有父子俩性子极犟，平素遇到事情认死理，从来不肯让人。一天，家中来了客人，父亲留他吃饭，让儿子进城买肉。儿子买肉后，刚要出城门，正碰上一个人从他对面走来，眼看两个人要撞上了，可是没有一个人让开，于是两个人就这么面对面地僵持着，谁也不让谁。过了很长时间，父亲见儿子还没有回来，就出门去找，找到这里看见了，对儿子说："你快拿肉回家去，让我和他僵持在这里。"

掇桶

【原文】

一人留友夜饮，其人蹙额坚辞。友究其故，曰："实不相瞒，贱荆①性情最悍，尚有杩子桶未倒。若归迟，则受累不浅矣。"其人攘臂②而言曰："大丈夫岂有此理，把我便……"其妻忽出，大喝曰："把你便怎么？"其人即双膝跪下曰："把我便倒。"

【注释】

①贱荆：谦称己妻。

②攘臂：捋袖伸臂。形容激愤。

【译文】

有一个人想留朋友在家吃晚饭，朋友眉头紧皱坚持要回去。主人追问为什么不留，朋友很难过地回答说："实不相瞒，我老婆十分强悍，家里还有便桶没有倒。如果回去晚了，又要被她打骂，我就受罪了。"主人冲他摆摆手，得意地说："大丈夫岂有此理，如果是我的话……"这时主人的妻子突然闯进来，大声喝斥道："如果是你怎么样？"主人马上双膝跪下说："如果是我，立刻去倒。"

痴婿

【原文】

人家有两婿，小者痴呆，不识一字。妻曰："姐夫读书，我爹敬他，你目不识丁，我面上甚不争气。来日我兄弟完姻，诸亲聚会，识认几字，也好在人前卖嘴。我家土库前，写'此处不许撒尿'六字，你可牢记，人或问起，亦可对答，便不敢欺你了。"呆子惟诺。至日，行至墙边，即指曰："此处不许撒尿。"岳丈喜曰："贤婿识字，大好。"良久，舅母出来相见，裙上有销金飞带，绣"长命富贵，金玉满堂"八字，坠于裙之中间。呆子一见，忙指向众人曰："此处不许撒尿。"

【译文】

有一户人家有两个女婿，小女婿是个痴呆，大字不识一个。他的妻子说："我姐夫读了很多书，我爹爹就敬佩他，你一个字认不得，我很没面子。明天我弟弟结婚，亲戚们都来喝喜酒，你到时候在他们面前认几个字，也好在人前显摆显摆。我家仓库土墙前，写着'此处不许撒尿'六个字，你要牢牢记住，如果有人问起来，你也好回答，人家就不会笑话你了。"呆子答应了。第二天，来到岳父家，当他走到土墙边时，就指着墙上的字念道："此处不许撒尿。"岳父高兴地说："贤婿认得字了，很不错。"过了一会儿，丈母娘从屋里出来相见，裙子上面有金字飘带，绣着"长命富贵，金玉满堂"八个字，垂在裙子中间。呆子一看，马上指着裙带对大家说："此处不许撒尿。"

请下操

【原文】

一武弁怯内，而带伤痕。同僚谓曰："以登坛发令之人，受制于一女子，何以为颜？"弁曰："积弱所致，一时整顿不起。"同僚曰："刀剑士卒，皆可以助兄君威。候其咆哮时，先令军士披挂，枪戟林立，站于两旁，然后与之相拒。彼慑于军威，敢不降服！"弁从之。及队伍既设，弓矢既张，其妻见之，大喝一声曰："汝装此模样，欲将何为？"弁闻之，不觉胆落，急下跪曰："并无他意，请奶奶赴教场下操。"

【译文】

有一个武官很怕老婆，而且身上常常带有被打的伤痕。同事对他说："你这样一个能在战场上发号施令的堂堂男子汉，却怕一个女子，还有什么脸面？"武官说："长期在她面前软弱所造成的，一时振作不起来。"同僚说："我们这些战场上的弟兄们，都可以给你助威。等她发威时，你叫军士们穿上战袍，带上弓箭兵器，整齐地站在你的两旁，然后与她对抗，她慑于军威，不会不低头降服！"武官听从了同僚的建议。等到队伍摆好阵，一切就绪，武官的老婆看见后，大喝一声道："你装模作样的，想要干什么？"武官听了，差点吓破了胆，急忙跪下说："并无别的意思，请奶奶赴教练场指导。"

虎势

【原文】

有被妻殴者，往诉其友，其友教之曰："兄平昔懦弱惯了，须放些虎势出来。"友妻从屏后闻之，喝曰："做虎势便怎么？"友惊，跪曰："我若做虎势，你就是李存孝①。"

【注释】

①李存孝：五代名将，曾经打死恶虎。

【译文】

有一个人遭到妻子殴打，到朋友家诉苦，朋友教导他说："你平日懦弱惯了，必须拿出虎威来。"这时，朋友的妻子恰好在屏风后听到此话，喝道："拿出虎威又能怎么样？"朋友十分惊恐，跪下说："我如果拿出虎威，你就是李存孝。"

访类

【原文】

有惧内者，欲访其类，拜十弟兄。城中已得九人，尚缺一个，因出城访之。见一人掇马桶出，众齐声曰："此必是我辈也。"相见道相访之意。其人摇手曰："我在城外做第一个倒不好，反来你城中做第十个。"

【译文】

有一个怕老婆的人，打算找十个同样怕老婆的人，结拜成弟兄。很快在城里面找到了九个人，还缺一个人，于是到城外寻找。看见一个人从家里出来拿着马桶，大家齐声道："这个人一定跟我们一样怕老婆。"于是过去说明来意，想与他结为兄弟。那个人慌忙摆手说："我在城外做怕老婆的男人中的老大都不情愿，怎会来你城中做第十个人？"

吐绿痰

【原文】

两惧内者，皆以积忧成疾，一吐红痰，一吐绿痰，因赴医家疗治。医者曰："红痰从肺出，犹可医；绿痰从胆出，不可医，归治后事可也。"其人问由胆出之故。对曰："惊破了胆，故吐绿痰。胆既破了，如何医得。"

【译文】

有两个人都很怕老婆，因为长期心情不好，烦忧咳嗽，一个痰中带血，一个痰中带绿，于是去医生那里治疗。医生说："痰中的血是从肺里出来的，还能医治；痰中那绿色的是从胆里出来的，不能医治了，回去准备准备后事吧。"吐绿痰的人问绿痰为什么是从胆里出来的，医生说："你已经吓破了胆，因此吐绿痰。胆既然已经破了，哪里还能医治得了。"

理旧恨

【原文】

一怕婆者，婆既死，见婆像悬于柩①侧。因理旧恨，以拳打之。忽风吹轴动，忙缩手，大惊曰："我是取笑作耍。"

【注释】

①柩（jiù）：装着尸体的棺材。

【译文】

有一个怕老婆的人，有一天老婆死了，看见老婆的遗像挂在棺材的一侧。因想到她以前经常对他恶语相向、拳打脚踢，恨意油然而生，便用拳头打老婆的遗像。忽然一阵风吹过来，遗像稍微动了一下，这个人不由得缩回手，十分惊讶地说："我是和你闹着玩呢！"

敕书

【原文】

一官置妾，畏妻，不得自由。怒曰："我只得奏一本去。"乃以黄秋裹绫历一册，从外擎回，谓妻曰："敕旨在此。"妻颇畏惧。一日夫出，私启视之，见正月大、二月小，喜云："原来皇帝也有大小。"看三月大、四月小，倒分得均匀。至五月大、六月小、七月大、八月大，乃数月小，乃大怒云："竟有这样不公道的皇帝，凉爽天气，竟被她占了受用，如何反把热天都派与我！"

【译文】

一个官员娶了一个漂亮的小老婆，因为害怕大老婆，所以不能天天跟小老婆在一起，很是苦恼。有一天，当官的忍无可忍，对大老婆说："我只好向皇帝奏一本了。"不一会儿，拿着一本历书，裹着黄色绫布，从外面跑回来，对大老婆说："圣旨在此。"大老婆听了十分害怕。有一天丈夫不在家，大老婆私自打开黄历偷看，看见上面写着正月大、二月小，高兴地说："原来皇帝也有大小老婆。"看到三月大、四月小，认为分得倒是均匀。看到五月大、六月小、七月大、八月大，以后很多都是月小，便大怒说："竟然有这样不公道的皇帝，凉爽的日子竟全部分给小老婆享用，反而把大热的日子都分给了我！"

吃梦中醋

【原文】

一惧内者，忽于梦中失笑。妻摇醒曰："汝梦见何事而得意若此？"夫不能瞒，乃曰："梦娶一妾。"妻大怒，罚跪床下，起寻家法杖之。夫曰："梦幻虚情，如何认做实事？"妻曰："别样梦许你做，这样梦却不许你做的。"夫曰："以后不做就是了。"妻曰："你在梦里做，我如何得知？"夫曰："既然如此，待我夜夜醒到天明，再不敢睡就是了。"

【译文】

有一个怕老婆的人，有一天晚上突然在睡梦中笑起来。妻子摇醒他问道："你梦到什么事这样高兴？"丈夫不敢隐瞒，回答说："梦到娶了一个小老婆。"妻子大怒，罚他跪在床下，还用棍杖家法伺候。丈夫说："做梦都是虚幻的，怎么能认为是真的呢？"妻子说："其他的梦随你做，这样的梦却不许你做。"丈夫说："以后不做就是了。"妻子说："你在梦里做，我怎么能知道？"丈夫说："既然如此，那我以后每晚睁着眼到天亮，这样就不会做梦了。"

葡萄架倒

【原文】

有一吏惧内，一日被妻挝①碎面皮。明日上堂，太守见而问之。吏权词以对曰："晚上乘凉，葡萄架倒下，故此刮破了。"太守不信。曰："这一定是你妻子挝碎的，快差皂隶拿来。"不意奶奶在后堂潜听，大怒，抢出堂外。太守慌谓吏曰："你且暂退，我内衙葡萄架也要倒了。"

【注释】

①挝（zhuā）：抓，用指挠。

【译文】

有一个官吏怕老婆，一天被妻子抓破脸皮。第二天上堂，太守看见了问他脸皮怎么破的，官吏支支吾吾的说："晚上乘凉，葡萄架倒了，因此刮破了。"太守不信，说："这一定是你妻子抓破的，我马上派衙役把她捉来问罪。"不料太守的老婆在后堂偷听到了这句话，非常生气，急忙跑到前堂。太守一见到老婆气势汹汹地来了，顿时慌了，对官吏说："你先暂时退下，我内衙的葡萄架也要倒了。"

捶碎夜壶

【原文】

有病其妻之吃醋者，而相诉于友，谓："凡买一婢，即不能容，必至别卖而后已。"一友曰："贱荆更甚，岂但婢不能容，并不许置一美仆，必至逐去而后已。"旁又一友曰："两位老兄劝你罢，像你老嫂还算贤慧。只看我房下，不但不容婢仆，且不许擅买夜壶，必至捶碎而后已。"

【译文】

有一个人的老婆好吃醋，他十分苦恼，诉苦给朋友听，说："每次买婢女，自己的老婆都不能容纳，最终卖掉婢女才甘心。一个朋友说："我那老婆更厉害，不但婢女不能容纳，并且不许添置一个长得有点姿色的女仆，一定要赶走才罢休。"旁边又一个朋友说："两位大哥息怒，两位老嫂还算贤慧。只看我那老婆，不但容不下婢仆，而且不许我擅自做主买夜壶，不然一定要把它捶得稀碎才罢休。"

手硬

【原文】

有相士对人谈相云："男手如枪，女手如姜。一生吃不了米饭，穿不了衣裳。"一人喜曰："若是这等说，我房下是个有造化的。"人问："何以见得？"答曰："昨晚在床上，嫌我不能尽兴，被她打了一掌，今日还是辣渍渍的。"

【译文】

有一个相面的先生跟人闲谈说："男手如枪，女手如姜，一生吃不了米饭，穿不了衣裳。"一个人听后高兴地说："如果像你说的这样，那么我的老婆是个

有造化的人。”别人问他“为何这样说”，那个人回答说：“昨晚在床上，嫌我不能尽兴，被她打了一掌，今天脸还火辣辣的。”

呆郎

【原文】

一婿有呆名。舅指门前杨竿问曰：“此物何用？”婿曰：“这树大起来，车轮也做得。”舅喜曰：“人言婿呆，皆耍也。”及至厨下，见研酱擂盆，婿又曰：“这盆大起来，石臼也做得。”适岳母撒一屁，婿即应声曰：“这屁大起来，霹雳也做得。”

【译文】

大家都说某人的女婿有点傻。舅舅指着门前的杨树问道：“这棵树可以做什么？”女婿说：“这树要是长大了，做车轮都行。”舅舅高兴地说：“别人说女婿傻，都是故意耍弄人。”等到进了厨房，看见研酱用的擂盆，女婿又说：“这盆要是再大点，都可以做石臼。”恰巧岳母放了一个屁，女婿马上应声道：“这屁要是再大点，都能像打雷。”

呆子

【原文】

一呆子性极痴，有日同妻至岳家拜门，设席待之，席上有生柿水果，呆子取来，连皮就吃。其妻在内窥见，只叫得“苦呀。”呆子听见，忙答曰：“苦倒不苦，惹得满口涩得紧着哩。”

【译文】

有一个人极为痴傻。有一天呆子跟妻子一起到岳父家拜访。岳父家设宴招待，席中有没有熟的柿子，呆子拿起来，连皮就吃。他的妻子在里边看见，叫道“苦呀。”呆子听见，马上答道：“苦倒不苦，只是弄得满嘴太涩了。”

携冻水

【原文】

一呆婿至妻家留饭，偶吃冻水美味，乃以纸裹数块，纳之腰间带归。谓妻曰：“汝父家有佳味，我特携来啖汝。”索之腰中，已消融矣。惊曰：“奇，如何撒出一脬[①]尿，竟自逃走了。”

【注释】

①脬（pāo）：尿囊。

【译文】

有一个女婿很是呆傻，有一天独自到岳父家，被留下来吃饭，碰巧吃结成冰的汤汁，觉得很是美味，于是用纸包了几块，装在口袋带回家里。他对妻子说：“你娘家有美味，我特意带点回来给你吃。”说着就到口袋去拿，冰冻的汤已经融化了。呆子大吃一惊道：“奇怪，我怎么撒了一泡尿，它竟然自己逃走了。”

不道是你

【原文】

新郎愚蠢，连朝不动，新人只得与他亲吻一嘴。其夫大怒，往诉岳母。曰：“不要恼她，或者不道是你罗。”

【译文】

新郎十分愚钝，结婚后很多天都没有跟新娘亲热，新娘只好在他嘴上亲了一口，暗示他一下。新郎大怒，到岳母那去告状。岳母说：“不要生她的气，她可能不知道是你哩。”

丈母不该

【原文】

女婿见丈人拜揖，遂将屁股一挖。丈人大怒，婿云：“我只道是丈母罗。”隔了一夜，丈人将婿责之曰：“畜生，我昨晚整整思量了一夜，就是丈母，你也不该。"

【译文】

有一个女婿见岳父撅着屁股向人作揖，便在岳父屁股上摸了一把。岳父大怒，女婿说："我以为是岳母呢。"过了一夜，岳父责怪女婿说："你这个畜生，我昨晚整整想了一夜，就是岳母，你也不该这样。"

事发觉

【原文】

一人奔走仓皇[①]，友问："何故而急骤若此？"答曰："我十八年前干差了一事，今日发觉。"问："毕竟何事？"乃曰："小女出嫁。"

【注释】

①仓皇：促而慌张。

【译文】

有一个人急匆匆地往外走，朋友问："是什么缘故走得这样急？"那个人回答说："我十八年前干错了一件事，今天才发觉。"朋友问："到底是什么事？"那个人回答说："把女儿嫁了。"

父各爨[①]

【原文】

有父子同赴席，父上座，而子径就对席者。同席疑之，问："上席是令尊[②]否？"曰："虽是家父，然各爨久矣。"

【注释】

①爨（cuàn）：烧火做饭。

②令尊：称对方父亲的敬词。

【译文】

有父子俩同在一张桌子上吃饭，父亲坐上座，而儿子径直坐在他的对面。同席的人疑惑不解，问道："上座那个人是不是你的父亲？"儿子回答："虽是家父，但各过各的日子已经很久了。"

烧令尊

【原文】

一人远出，嘱其子曰："有人问你令尊，可对以'家父有事出外，请进拜茶。'"又以其呆恐忘也，书纸付之。子置袖中，时时取看。至第三日，无人问者，以纸无用，付之灯火。第四日忽有客至，问："令尊呢？"觅袖中纸不得，因对曰："没了。"客惊曰："几时没的？"答曰："昨夜已烧过了。"

【译文】

有一个人要出远门，嘱咐其儿子说："如有人问你'令尊'呢，你可以回答说'家父有事外出了，请进屋里喝茶'。"但是那个人又想到他这个儿子呆笨，怕他忘记，于是又把刚刚说的话写在一张纸条上交给儿子。儿子把纸条放在口袋里装好，父亲走后，儿子经常把纸条拿出来看看。到了第三天，仍然没有人来拜访父亲，儿子认为纸条已无用处，便扔进灯火中烧掉了。第四天突然有客人来访，问道："令尊呢？"儿子在口袋中找父亲写的那张纸条却没有找到，于是回答说："没了。"客人大吃一惊，问道："什么时候没的？"儿子回答道："昨天夜里已经烧了。"

子守店

【原文】

有呆子者，父出门令其守店。忽有买货者至，问："尊翁有么？"答曰："无。"又问："尊堂有么？"亦曰："无。"父归知之，责其子曰："尊翁我也，尊堂汝母也，何得言无！"子懊怒，曰："谁知你夫妇两人，都是要卖的。"

【译文】

有一个开店做生意的人，他有一个呆笨的儿子，有一天他要出门办点事，就让他儿子在店里照看。突然来了一个买货的人，问道："尊翁有么？"儿子回答说："没有。"又问："尊堂有么？"儿子回答说："也没有。"父亲回来后，儿子把来人的问话告诉了父亲，父亲听完责怪儿子说："尊翁是我，尊堂是你母亲，怎么能说没有呢！"儿子也很恼怒，说："谁知道你夫妇两个人，都是要卖的。"

活脱话

【原文】

父戒子曰："凡人说话放活脱[①]些，不可一句说煞。"子问如何活脱时，适有邻家来借物件，父指而教之，曰："比如这家来借东西，看人打发，不可竟说多有，不可竟说多无；也有家里有的，也有家里无的，这便活脱了。"子记之。他日，有客到门问："令尊在家否？"答曰："我也不好说多，也不好说少；其实也有在家的，也有不在家的。"

【注释】

①活脱：灵活。

【译文】

父亲教育儿子说："人不管说什么话都要说得灵活点，不能把话说死。"儿子问如何才能把话说灵活，正好邻居家来借东西，父亲便以邻居借东西这件事来教导他，说："比如有人来借东西，你要看人打发对待，不能都说家里有很多，也不能都说家里没多少；有时候说家里有，有时便说家里没有，主要看是谁来借，这样说便灵活了。"儿子把父亲的话牢记在心。一天，家里有客人来了门口问道："令尊在家没有？"儿子回答道："我不好说多，也不好说少；其实也有在家的，也有不在家的。"

母猪肉

【原文】

有卖猪母肉者，嘱其子讳之。已而，买肉者至，子即谓曰："我家并非母猪肉。"其人觉之，不买而去。父曰："我已吩咐过，如何反先说起？"怒而挞①之。少顷，又一买者至，问曰："此肉皮厚，莫非母猪肉乎？"子曰："何如？难道这句话也是我先说起的？"

【注释】

①挞（tà）：用鞭棍等打人。

【译文】

有一个屠夫在卖老母猪肉，嘱咐儿子不要跟别人说是老母猪肉。不一会儿，来了一个买肉的人，儿子对那个人说道："我家卖的不是老母猪肉。"买肉的人一听此话便察觉起来，不买就走了。父亲十分生气，说："我已经跟你讲过了，不要提老母猪肉，为什么自己反而先说出来？"并且用棍子把儿子揍了一顿。不一会儿，又来了一个买肉的人，问道："这个肉皮这样厚，难道是母猪肉吗？"儿子说："怎么？难道这句话也是我先说起的？"

望孙出气

【原文】

一不肖子常殴其父，父抱孙不离手，爱惜愈甚。人问之曰："令郎不孝，你却钟爱令孙。何也？"答曰："不为别的，要抱他大来，好替我出气。"

【译文】

有一个人很不孝，经常殴打自己的父亲，而他的父亲却整天抱着孙子不离手，比以往更加疼爱。别人问道："你的儿子那么不孝，你却如此疼爱孙子。为什么？"老人回答说："不为别的，盼他长大，好替我出气。"

买酱醋

【原文】

祖付孙钱二文买酱油、醋，孙去而复回，问曰："哪个钱买酱油？哪个钱买醋？"祖曰："一个钱酱油，一个钱醋。随分买，何消问得？"去移时，又复转问曰："哪个碗盛酱油？哪个碗盛醋？"祖怒其痴呆，责之。适子进门，问以何故，祖告之。子遂自去其帽，揪发乱打。父曰："你敢是疯子？"子曰："我不是疯，你打得我的儿子，我难道打不得你的儿子？"

【译文】

有一个老头给孙子二文钱让他去买酱油和醋，孙子去了后很快又返回来，问道："哪少钱买酱油？哪少钱买醋？"爷爷说："一文钱买酱油，一文钱买醋。随意买，难道这还要问吗？"孙子走了不多时，再次返回来问道："哪个碗盛酱油？哪个碗盛醋？"爷爷一听，觉得孙子太痴呆，很是生气，便对孙子进行责罚。正巧这时儿子回来了看见自己的儿子正被责罚，忙问是什么缘故，老头如实相告。儿子一听便把头上的帽子拿下来，揪住自己头发乱打。老头说："你难道是疯了吗？"儿子回答说："我不是疯了，你打得我的儿子，我难道打不得你的儿子？"

劈柴

【原文】

父子同劈一柴，父执柯，误伤子指。子骂曰："老乌龟，汝眼瞎耶？"孙在旁见祖被骂，意甚不平。遂曰："狗靠出的，父亲可是骂得的么？"

【译文】

父子二人合力劈一根木头，父亲拿着斧子，不小心砍伤了儿子的手。儿子骂道："老东西，你眼睛瞎了吗？"孙子站在旁边见爷爷被骂，感到愤愤不平。于是喊道："你这狗生的杂种，父亲难道是可以骂得的人吗？"

悟到

【原文】

一富家儿不爱读书，父禁之书馆。一日，父潜伺窥[①]其动静，见其子开卷吟哦，忽大声曰："我知之矣！"父意其有所得，乃喜而问曰："我儿理会了什么？"子曰："书不可不看，我一向只道书是写成的，原来是刻板印就的。"

【注释】

①伺窥：暗中观望。

【译文】

有一个富人的儿子不喜欢读书，富人却把儿子禁闭在书房中，逼他看书。一天，富人从门缝里偷偷地看书房里的动静，见儿子翻开书小声地说着什么，突然大叫道："我知道了！"富人以为是儿子读书领悟到了什么，便十分高兴地问道："我儿领会了什么？"儿子回答说："书不能不看，我过去一直认为书是写成的，原来是刻板印成的。"

藏锄

【原文】

夫在田中耦耕[①]，妻唤吃饭，夫乃高声应曰："待我藏好锄头，便来也。"及归，妻戒夫曰："藏锄宜密，你既高声，岂不被人偷去？"因促之往看，锄果失矣。因急归，低声附其妻耳云："锄已被人偷去了。"

【注释】

①耦（ǒu）耕：泛指农事。

【译文】

丈夫在田里干活，妻子喊他回家吃饭，丈夫大声答道："等我藏好锄头，就回来吃饭。"丈夫回来后，妻子告诫丈夫道："藏锄头应该秘密进行，你高声叫喊，岂不会被别人偷去。”边说边催促丈夫去看，丈夫回到田间一看，锄头果然丢失了。于是急忙返回，低声附在妻子耳边说：“锄头已经被别人偷去了。”

较岁

【原文】

一人新育女，有以两岁儿来议亲者。其人怒曰：“何得欺我！吾女一岁。他子两岁。若吾女十岁，渠儿二十岁矣。安得许此老婿！”妻谓夫曰：“汝算差矣！吾女今年虽一岁，等到明年此时，便与彼儿同庚①，如何不许？”

【注释】

①同庚：同岁。

【译文】

有一个人刚生下一个女儿，便有另一个人来为自己两岁的儿子订娃娃亲。那个人大怒说：“为什么要欺辱我。我女儿一岁，他的儿子两岁；如果我女儿十岁时，那么他的儿子就二十岁了。怎么能嫁给这么老的人！”妻子对丈夫说：“你算错了！我们女儿今年虽然是一岁，但等到明年，便与他的儿子一样大了，为什么不能嫁？”

拾簪

【原文】

一人在枕边拾得一簪①，喜出望外，诉之于友。友曰：“此不是兄的，定是尊嫂的，何喜之有？”其人答曰：“便是，不是弟的，又不是房下的，所以造化。”

【注释】

①簪（zān）：古人用来插定发髻或连冠于发的一种长针。

【译文】

有一个人在自己家的枕边捡到了一根簪子，喜出望外，便告诉了朋友。朋友说：“它不是你的，就必定是你老婆的，有什么可高兴的？”那个人答道：“正因为不是我的，又不是我老婆的，所以觉得捡到了意外之财，很有福分。”

认鞋

【原文】

一妇夜与邻人有私，夫适归，邻人逾窗而出。夫攫[1]得一鞋，骂妻不已。因枕鞋而卧，谓妻曰："且待天明，认出此鞋，与汝算账！"妻乘其睡熟，以夫鞋易去之。夫晨起复骂，妻使认鞋。见是自己的，乃大悔曰："我错怪你了，原来昨夜跳窗的倒是我。"

【注释】

①攫（jué）：抓取。

【译文】

有一个妇女夜里正与邻居私通，丈夫正好回来撞见了，邻居仓皇跳窗而逃。丈夫伸手去抓却没有抓住，只抓到了奸夫的一只鞋，于是把妻子狠狠地大骂了一顿。晚上，丈夫枕着那只鞋睡觉，对妻子说："等到天亮时，认出这只鞋是谁的，我再跟你好好算账！"妻子乘丈夫睡熟时，用丈夫的鞋子换走了奸夫的那只鞋。丈夫早晨起来张口又骂，妻子让他好好认鞋，丈夫见鞋是自己的，于是十分后悔地说："我错怪你了，原来昨天晚上跳窗的是我自己。"

记酒

【原文】

有觞[1]客者，其妻每出酒一壶，即将锅煤画于脸上记数。主人索酒不已。童子曰："少吃几壶罢，家主婆脸上，看看有些不好看了。”

【注释】

①觞（shāng）：欢饮，进酒。

【译文】

有一个人不停地劝客人喝酒，他老婆每拿出一壶酒，就用锅底灰在脸上画一下以计数。主人一再要酒，仆童说：“老爷少喝几壶吧，夫人的脸实在有些不好看了。”

杀妻

【原文】

夫妻相骂，夫恨曰：“臭娼妇，我明日做了皇帝，就杀了你！”妇日夜忧泣不止。邻女解之曰：“哪有此事，不要听他。”妇曰：“我家这个臭乌龟倒从不说谎的，自养的儿女，前年说要卖，当真的旧年都卖去了。”

【译文】

有夫妻二人吵架，丈夫恶狠狠地骂道：“臭婆娘，我明日做了皇帝，就把你杀了！”妇人听了整天闷闷不乐，哭哭啼啼。女邻居劝她说：“哪里会发生这种事，不要听他胡说。”妇人说：“我家这个王八蛋倒是从来不讲假话，自己亲生的儿女，前年说要卖，去年当真都卖掉了。”

盗牛

【原文】

有盗牛被枷①者，亲友问曰：“汝犯何罪至此？”盗牛者曰：“偶在街上走过，见地下有条草绳，以为没用，误拾而归，故连此祸。”遇者曰：“误拾草绳，有何罪犯？”盗牛者曰：“因绳上还有一物。”人问：“何物？”对曰：“是一只小小耕牛。”

【注释】

①枷：古代刑法，将犯人上枷，写明罪状示众。

【译文】

有一个偷牛的人被披枷带锁示众，一个亲友看见了，就问他：“你到底犯了什么罪，竟然要受这样的责罚？”偷牛的人说：“我从街上走过，无意中看见地面上有一根草绳，以为是别人不要的东西，就把它捡起来拿回家了，没想到竟会遭到这种灾祸。”有一个过路的人听见了问：“你只是误捡了一根草绳，犯了什么罪呢？”偷牛的人说：“因为绳子上面还有一样东西。”过路的人问他是什么东西。偷牛的人说：“是一头小小的耕牛。”

籴①米

【原文】

有持银入市籴米者，失米袋于途，归谓妻曰：“今日市中闹甚，没得好失袋也。”妻曰：“你的莫非也没了？”答曰：“随你好汉便怎么？”妻惊问：“银子何在？”答曰：“这倒没事，我紧紧拴好在叉袋角上。”

【注释】

①籴（dí）：买进（粮食）。

【译文】

有一个人拿着银子去集市上买米，半路上把米袋丢了。回到家里，他对妻子说：“今天集市里面太吵闹了，很多人都丢失了米袋。”妻子问：“你的米袋莫非也丢失了？”丈夫回答说：“就算你是好汉又怎么样？还不是一样的丢。”妻子惊慌地问：“那么银子在哪？”丈夫回答说：“银子倒没事，我把它紧紧地拴好在米袋角上了。”

呆算

【原文】

一人家费纯用纹银，或劝以倾销八九成杂用，当有便宜。其人取元宝一锭，托熔八成。或素知其呆也，止倾四十两付之，而利其余。其人问：“元宝五十两，为何反倾四十？”答曰：“五八得四十。”其人遂曰：“吾为公误矣，用此等银反无便宜。”

【译文】

有一个人家里开支用度都用纯银子，银匠劝他把纯银熔铸成八成银子，掺二成其他的进去，那样会有便宜占。那个人取出一锭元宝，让银匠按他所说熔铸为八成银。银匠平素知道他呆头呆脑，只用了四十两熔铸，其余的扣留了起来，铸后给了那个人。那个人拿到后问："元宝五十两，为什么只熔铸四十两？"银匠回答说："五十两熔铸八成刚好得四十两。"于是那人说道："我听信了你的馋言，原来用这样的银子一点便宜都没有。"

代打

【原文】

有应受官责者，以银三钱雇邻人代往，其人得银，欣然愿替。既见官，官喝打三十，方受数杖，痛极。因私出所得银，尽贿行杖者，得稍从轻。其人出谢前人曰："蒙公赐银救我性命，不然几乎打杀。"

【译文】

有一个人犯了法，本应受官府责罚，他用三钱银子雇了一个邻居代替他前往官府领罚，邻居得到银子，很高兴地代替他去了。等见到官员后，官员吆喝打三十大板，刚挨了几板子，就已经疼痛难忍。于是邻居偷偷拿出那个人给他的三钱银子，全部贿赂给打板子的官吏，板子打得才轻了一点。邻居挨打后出了官府对雇他的那个人说："多亏你给了我三钱银子救了我的命，不然我肯定被他们打死！"

试试看

【原文】

新妇与新郎无缘，临睡即踢打，不容近身。郎诉之父，父曰："毕竟你有不是处，所以如此。"子曰："若不信，今晚你去睡一夜试试看。"

【译文】

新娘与新郎没有缘分，一到睡觉的时候，新郎想要亲热，新娘就踢打他，根本不让他靠近。新郎很苦恼，就告诉了父亲，父亲说："肯定你有做得不对的地方，所以才会这样。"儿子说："你要不信我的话，今天晚上你跟她睡一夜试试看。"

靠父膳

【原文】

一人廿岁生子，其子专靠父膳，不能自立。一日算命云："父寿八十，儿寿六十二。"其子大哭曰："这两年叫我如何过得去？"

【译文】

有个人二十岁时生的儿子，儿子长大成人后仍然靠父亲养活不能自立。一天算命先生对这对父子说："父亲能活到八十岁，儿子只能活到六十二岁。"儿子听了大哭起来："剩下的两年让我怎么活得下去呢？"

觅凳脚

【原文】

乡间坐凳，多以现成树丫叉为脚者。一脚偶坏，主人命仆往山中觅取。仆持斧出，竟日空回，主人责之。答曰："丫叉尽有，都是朝上生，没有向下生的。"

【译文】

农村坐的凳子，大多是用现成的树杈做凳子腿。一天有一条凳子腿坏了，主人让仆人到山里去寻找、取用树杈回来替换。仆人拿着斧子就上山了，到了晚上却两手空空地回来了，主人责备仆人这点小事也做不好。仆人回答说："山上的树杈倒是很多，但都是朝上长的，没有朝下长的，根本做不了凳子腿。"

访麦价

【原文】

一人命仆往枫桥打听麦价。仆至桥，闻有呼"吃扯面"者，以为不要钱的，连吃三碗径走。卖面者索钱不得，批其颊九下。急归谓主人曰："麦价打听不出，面价吾已晓矣。"主问："如何？"答曰："扯面每碗要三个耳光。"

【译文】

有一个人让家里的仆人到枫桥去打听麦子的价格，仆人到枫桥后，听到有人喊"吃扯面"，他以为人家喊他吃不要钱，接连吃了三碗就要走。卖扯面的找他要面钱，他死活不给，便打了他九个耳光。仆人急忙返回对主人说："麦子的价格没有打听出来，但扯面价格我已经晓得了。"主人问："价格是多少？"仆人回答说："扯面每碗要三个耳光。"

卧锤

【原文】

一人睡在床上，仰面背痛，俯卧肚痛，侧困腰痛，坐起臀痛，百医无效。

或劝其翻床，及翻动，见褥底铁秤锤一个垫在下面。

【译文】

有一个人只要睡到床上，仰着睡背痛，趴着睡肚痛，侧躺着睡腰痛，坐起来屁股痛，求治很多医生都没有得到根治。有人劝他翻翻床底，等到翻动床时，发现褥子下面垫着一个秤砣。

懒活

【原文】

有极懒者，卧而懒起，家人唤之吃饭，复懒应。良久，度其必饥，乃哀恳之。徐曰："懒吃得。"家人曰："不吃便死，如何使得？"复摇首漫曰："我亦懒活矣。"

【译文】

有一个人很懒，躺在床上懒得起来，家里的人喊他吃饭，他都懒得答应。过了好久，家里人猜想他一定饿了，便恳求他起来吃饭。懒人缓慢地说："懒得吃。"家里人说："不吃便要饿死，哪能不吃？"懒人摇摇头懒洋洋地说："我也懒得活了。"

白鼻猫

【原文】

一人素性最懒，终日偃卧不起，每日三餐亦懒于动口，恹恹[1]绝粒，竟至饿毙。冥王以其生前性懒，罚去轮回变猫。懒者曰："身上毛片，愿求大王赏一全体黑身，单单留一白鼻，感恩实多。"王问何故？答曰："我做猫躲在黑地里，鼠见我白鼻，认做是块米糕，贪想偷吃，凑到嘴边，一口咬住，岂不省了无数气力。"

【注释】

①恹恹（yān yān）：精神萎靡的样子。

【译文】

有一个人性情一向十分懒惰，整天睡在床上不起来，每天三餐也懒得张嘴，渐渐饿得精神萎靡，以致最后断绝了饭食，活活地饿死了。阎王因他生前性情懒惰，转世时罚他变成一只猫。懒人说："我变成猫后，身上的皮毛，恳求大王赏我一身黑色，唯独留一个白鼻子，我将十分感谢您。"阎王问他为什么？懒人答道："我做猫躲在黑暗的地方，老鼠见到我的白鼻子，它一定会以为是块米糕，便会贪想偷吃，等到它们凑到我嘴边时，我便可一口咬住，这样就省去了许多力气。"

露水桌

【原文】

一人偶见露水桌子，因以指戏写"谋篡"字样。被一仇家见之，夺桌就走，往府首告。及官坐堂，露水已为日色曝干，字迹减去。官问何事，其人无可说得，慌曰："小人有桌子一堂，特把这张来看样，不知老爷要买否？"

【译文】

有一个人偶然看到一张桌子满是露水，于是就用手指在桌面上写了"谋篡"等字闹着玩。没想到被他的一个仇人看见了，仇人夺过桌子就走，前往官府去告发他。等到官员上堂时，露水已经被太阳晒干了，字迹已经消失。官员问他有什么事情，他无话可说，便慌慌张张禀告说："小人有许多这样的桌子，特地拿了一张来给老爷看看式样，不知道老爷要不要买？"

衣软

【原文】

一乡人穿新浆布衣入城，因出门甚早，衣为露水打湿，及至城中，怪其顿软。事毕出城，衣为日色曝干，又硬如故。归谓妻曰："莫说乡下人进城再硬不起来，连乡下人的衣服进城都会绵软起来。”

【译文】

有一个农夫穿着新浆洗的衣服进城，因为出门太早，衣服被露水打湿了，等到了城里，衣服变得软绵绵的，他觉得十分惊疑。办完事从城里出来，衣服被日光晒干了，又跟在家时一样挺阔。农夫回到家后对妻子说：“不要说乡下人进城态度硬不起来，就是乡下人的衣服进了城里也都软绵绵的。”

椅桌受用

【原文】

乡民入城赴席，见椅桌多悬桌围坐褥。归谓人曰：“莫说城里人受用，连城里的椅桌都是极受用的。”人问其故，答曰：“桌子穿了绣花裙，椅子都是穿销金背心的。”

【译文】

乡下人进城喝喜酒，见到桌子有漂亮的花围布，椅子有软软的坐垫和靠背。回到乡下后对别人说：“不用说城里的人多么会享受生活，就是城里的桌椅都是极会享受的。”别人问是什么意思，乡下人回答说：“城里的桌子穿了绣花裙，椅子都是穿烫金背心的。”

咸蛋

【原文】

甲乙两乡人入城，偶吃腌蛋。甲骇曰：“同一蛋也，此味独何以咸？”乙曰：“我知之矣，决定是腌鸭哺的。”

【译文】

甲乙两个乡下人进城，偶然吃到了咸鸭蛋。甲吃惊地说：“都是跟我们乡下一样的鸭蛋，为何这些蛋却是咸的呢？”乙回答说：“我知道是怎么回事，肯定是腌制的咸鸭子下的蛋。”

看戏

【原文】

有演《琵琶记》者，而找《关公斩貂蝉》者。乡人见之，泣曰：“好个孝顺媳妇，辛苦了一生，竟被那红脸蛮子害了。”

【译文】

有一个戏班子演完《琵琶记》后，又接着演《关公斩貂蝉》。乡下人连看了这两出戏后，哭着说：“这么孝顺的媳妇，辛苦了一生，最后竟被那红脸蛮子害死了。（同一演员，两种角色，乡里人混为一谈了。）”

演戏

【原文】

有演《琵琶记》者，找戏是《荆钗逼嫁》。忽有人叹曰：“戏不可不看，极是长学问的，今日方知蔡伯喈的母亲就是王十朋的丈母。”

【译文】

有一个戏班子演完《琵琶记》后，接着又演《荆钗逼嫁》，看戏的人中忽然有个人很感慨地说：“戏还是要看的，看戏是能长学问的，今天才晓得蔡伯喈的母亲原来就是王十朋的丈母娘。”

祛[①]盗

【原文】

一痴人闻盗入门，急写“各有内外”四字，贴于堂上。闻盗已登堂，又写“此路不通”四字，贴于内室。闻盗复至，乃逃入厕中。盗踪迹及之，乃掩厕门，咳嗽曰：“有人在此！”

【注释】

①祛（qū）：除去，驱逐

【译文】

有一个傻瓜听见小偷撬门的声音，急忙写了“各有内外”四个字贴在外屋的墙上。接着听见小偷已经来到外屋的声音，又写“此路不通”四字贴于卧室的门上。可是他又听到小偷来到卧室的声音，只好逃入厕所躲避。小偷听到有声音，跟到厕所门前，那个傻瓜死死地拽住厕所门，咳嗽着说：“里面有人！”

复跌

【原文】

一人偶扑地，方爬起复跌。乃曰：“啐！早知还有此一跌，便不起来也罢了！”

【译文】

有一个人忽然摔了一跤，刚爬起来又跌倒了。于是他懊悔道：“唉！早知道还要再摔一跤，我还不如不起来了呢！”

缓踱

【原文】

一人善踱，行步甚迟。日将晡[①]矣，巡夜者于城外见之，问以何往。曰：“欲至府前。”巡夜者即指犯夜，擒捉送官。其人辩曰：“天色甚早，何为犯夜？”曰：“你如此踱法，踱至府前，极早也是二更了。”

【注释】

①晡（bū）：太阳已经不在正上方，一般指申时，即午后三点至五点。

【译文】

有一个人喜欢慢慢地走路，像蜗牛一样极为迟缓。太阳已经有点西斜了，巡夜的人在城外看到那人走得太慢，问他要到什么地方去，那个人回答说：“要到官府前面。”巡夜的人立即指责他违犯了夜间禁止行走的规定，便要捉拿他送去见官。那个人争辩说：“太阳还没落山，天还没有黑，为什么说我违犯了夜规？”巡夜的人答道：“像你这样慢慢地走，等走到官府前面，最早也要到二更天了。”

出辔头[1]

【原文】

有酷好乘马者，被人所欺，以五十金买驽马[2]一匹。不堪鞭策，乃雇舟载马，而身跨其上。既行里许，嫌其迟慢。谓舟人曰："我买酒请你，与我快些摇，我要出辔头哩。"

【注释】

①辔（pèi）头：驭牲口的嚼子和缰绳。

②驽马：不能快跑的马。

【译文】

有一个酷爱骑马的人，被人骗了，用五十两黄金买了一匹跑不快的马。他一路用鞭子抽打，这匹马终于，走不了了，于是他雇了一只船来运送这匹马，而自己骑在马上。走了约一里地后，这个人嫌船行走迟缓，便对划船的人说道："你给我摇快些，我买酒请你喝，我要快速前进啊！"

铺兵

【原文】

铺司递紧急公文，官恐其迟，拨一马骑之，其人赶马而行。人问其："如此急事，何不乘马？"答曰："六只脚走，岂不快于四只！"

【译文】

有一个邮差要递送紧急公文，当官的人恐怕他跑得慢，便调拨了一匹马让他骑，邮差却不骑马而是赶着马走。别人问他："公文这样紧急，怎么不骑马去送？"邮差回答说："我和它加起来六只脚跑，难道不比它四只脚跑得更快！"

鹅变鸭

【原文】

有卖鹅者，因要出恭，置鹅在地。登厕后，一人以鸭换去。其人解毕出视，曰："奇哉！才一时不见，如何便饿得恁般黑瘦了！"

【译文】

有一个卖鹅的人，因为要上厕所，便把鹅放在厕所外面的空地上。在他上厕所时，有个人悄悄地用一只鸭子换走了他的鹅。那个人上完厕所出来一看，说："真是奇怪！才一会儿不见，怎么就饿得又黑又瘦了！"

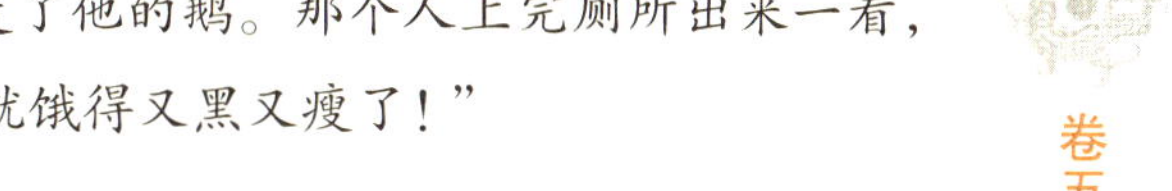

浼①匠迁居

【原文】

一人极好静，而所居介于铜、铁两匠之间，朝夕聒耳②，甚苦之。常曰："此两家若有迁居之日，我宁可做东款谢。"一日，二匠并至曰："我等欲迁矣，足下素许东道，特来叩领。"其人大喜，遂盛款之。席间问之曰："汝两家迁往何处？"答曰："他搬至我屋里，我即搬至他屋里。"

【注释】

①浼（měi）：央求，请求。

②聒（guō）耳：指声音刺耳。

【译文】

有一个人非常喜欢安静的环境，但是很不巧，他的左右邻居却一个是铜匠、一个是铁匠，从早到晚噪音不断，刺耳难听，他感到非常苦恼。因此，他常常说："如果这两家肯搬家离开这里的话，我宁愿做东设宴来感谢他们。"有一天，铜匠和铁匠一起来到他家，对他说："我们准备搬家了，你原来说过，只要我们搬迁你就做东请客，今天你就请客吧。"那个人非常高兴，马上就准备了丰盛的酒菜来款待铜匠和铁匠。席间，他问铜匠和铁匠："你们两家准备搬到哪里去呢？"铜匠和铁匠回答说："他搬到我家，我就搬到他家。"

澡堂漱口

【原文】

有人在澡堂洗浴，掬水入口而漱之。众各攒眉相向，恶其不洁。此人贮水于手曰："诸公不要愁，待我漱完之后，吐出外面去。"

【译文】

有一个人在澡堂里洗澡，捧了一捧水吸到嘴里漱口。众人相互看看，都皱着眉头，觉得很不干净，露出厌恶的表情。那个人看见了，手上捧着水说："大家不要担心，待我漱完之后，便把水吐到澡堂里。"

何往

【原文】

一人禀性[①]呆蠢不通文墨，途遇一友，友问曰："兄何往？"此人茫然不答。乃记"何往"二字，以问人。人知其呆，故为戏之曰："此恶语骂兄耳。"其人含怒而别。次日复遇前友，问："兄何往？"此人遂愤然曰："我是不'何往'，你倒要'何往'哩！"

【注释】

①禀性：先天具有的性情、素质。

【译文】

有一个人十分呆蠢，不通文理。有一天这个人外出，路上遇到一位友人，友人问道："你何往？"呆子听不懂什么意思，一脸茫然，没有回答就走了。但他记住了"何往"二字，问他人"何往"是什么意思。那个人知道他呆蠢，便有意逗他说："'何往'是骂你的话。"呆子非常生气地离开了。第二天，呆子碰到了那位友人，友人又说："你何往？"呆子一脸怒气地说："我不'何往'，你倒是'何往'哩！"

呆执

【原文】

一人问大辟。临刑，对刽子手曰："铜刀借一把来动手，我一生服何首乌[①]的。"

【注释】

①何首乌：植物名。蓼科，多年生缠绕草本，本名交藤，根、茎俱可入药。

【译文】

有一个人被判死刑。临行刑前，他对刽子手说："借一铜刀来砍吧，我一辈子服用何首乌的。"

信阴阳

【原文】

有平素酷信阴阳者，一日被墙压倒，家人欲亟[①]救。其人伸出头来曰："且慢，待我忍着，你去问问阴阳，今日可动得土否？"

【注释】

①亟（jí）：急切。

【译文】

有一个非常迷信的人，一天墙倒了把他砸在下面，家人想要赶紧救他出来。那个人伸出头来说："不急，我先忍着，你们去问问看风水的先生，今天是不是可以动土？"

热翁腿

【原文】

一老翁冬夜醉卧，置脚炉于被中，误热其腿，早起骂乡邻曰："我老人家多吃了几杯酒睡着了，便自不知，你们这班后生竟不来叫醒一声，难道烧人臭也不晓得？"

【译文】

有一个老头在寒冷的冬夜喝醉了酒，在被子里放了一个暖脚炉后就睡着了，早晨起来发现脚炉把大腿烫伤了，于是骂邻居道："我老人家多吃了几杯酒后醉得不省人事，不知道脚炉烫着大腿，可是你们这些晚辈竟不来把我叫醒，难道烧得人肉臭都不知道？"

合着靴

【原文】

有兄弟共买一靴，兄日着以拜客赴宴，弟不甘服，亦每夜穿之，环行室中，直至达旦①。俄而靴敝，兄再议合买，弟曰："我要睡矣。"

【注释】

①达旦：直到第二天早晨。

【译文】

有两个兄弟出钱合买了一双靴子。白天哥哥穿着靴子拜客赴宴，弟弟觉得吃亏了，也每天夜里穿上靴子，在屋里绕着圈走，直到天明。不久靴子坏了，哥哥跟弟弟商量再买一双靴子，弟弟说：“我要睡觉了。”

教象棋

【原文】

两人对弈象棋，旁观者教不置口。其一大怒，挥拳击之，痛极却步。右手摸脸，左手遥指曰：“还不上士！”

【译文】

有两个人在下象棋，一个旁观的人喋喋不休，教导其中一个人该如何如何。其中一个下棋的人十分恼怒，便挥舞拳头把他揍了一顿，那个人被打得十分疼痛，连连后退。那个人右手捂着脸，左手不停地比划说：“还不快上士！”

发换糖

【原文】

一呆子见有以发换糖者，谬谓凡物皆可换也。晨起袖中藏发一绺以往，遇酒肆即入饱餐。餐毕，以发与之，肆佣①皆笑。其人怒曰：“他人俱当钱用，到我偏用不得耶！”争辩良久，肆佣因发乱打。其人徐理发，曰：“整绺的与他偏不要，反在我头上来乱抢。”

【注释】

①肆佣：服务人员。

【译文】

有一个呆子看见有人用头发换糖，便错误地认为不管什么东西都可以用头发换。有一天早晨起来后，他在口袋里装了一绺头发出门了，看到酒馆便进去大吃一顿。吃饱后，呆子拿出头发交给酒馆，跑堂的人都大笑起来。呆子恼怒道：“别人的头发都可当钱用，轮到我为什么不能拿它换东西！”呆子和跑堂的人争辩了很长时间，还是坚持只给头发不给钱，跑堂的人很生气，揪住呆子的头发一顿好打。呆子缓缓地梳理自己的头发，说：“整绺的头发给他偏不要，反在我头上来乱抢。”

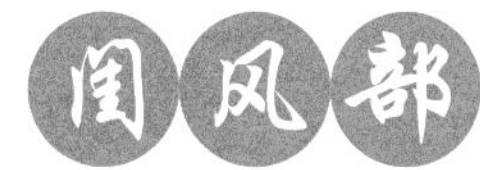

卷六 闺风部

闺风部主要描述了古代妇女的生活风俗，有新婚燕尔，有举案齐眉，有市井泼妇，有邻里乡情。语言通俗简明，即使描写夫妻生活，也是乐而不淫，聊博一笑。

拜堂产儿

【原文】

有新妇拜堂，即产下一儿。婆愧甚，急取藏之。新妇曰："早知婆婆这等爱惜，快叫人把家中阿大、阿二都领了来罢。"

【译文】

有一个新娘刚拜过堂成亲，就生下一个孩子。婆婆觉得很是难堪，怕别人笑话，急忙把孩子抱走藏起来。新娘说："早知道婆婆这样喜欢孩子，就叫人把家中老大、老二都领来算了。"

抢婚

【原文】

有婚家女富男贫，男家虑其赖婚，率领众人抢亲，误背小姨以出。女家人急呼曰："抢差了！"小姨在背上曰："不差，不差！快走上些，莫信，他哄你哩！"

【译文】

有两家人订了亲，男方家穷，女方家富，男方担心女方赖婚，于是就叫上几个人去抢亲，匆忙中误将小姨子当成新娘背走了。女方家人急忙追出来大叫："抢错了！"小姨子在背上说："没错，没错！赶快跑，不要相信，他们是故意哄骗你们的！"

两坦

【原文】

有一女择配，适两家并求。东家郎丑而富，西家郎美而贫。父母问其欲适谁家，女曰："两坦。"问其故，答曰："我爱在东家吃饭，西家去睡。"

【译文】

有一个女子到了该结婚的年龄，正赶上有两家人上门求婚。东家男子相貌丑，但有钱；西家男子长相俊美，但家穷。父母问女儿想嫁给哪一家，女子回答说："两家都愿意。"父母问她为什么，回答说："我喜欢去东家吃饭，去西家睡觉。"

谢周公

【原文】

一女初嫁，哭问嫂曰：“此礼何人所制？”嫂曰：“周公。”女将周公大骂不已。及满月归宁①，问嫂曰：“周公何在？”嫂云：“他是古人，寻他做甚？”女曰：“我要制双鞋谢他。”

【注释】

①归宁：回家省亲。指已嫁女子回娘家看望父母。

【译文】

有一个女子要出嫁，舍不得家人，哭着问嫂子：“结婚的制度是谁制定的？”嫂子说：“是周公。”女子听后，把周公的祖宗十八代都骂出来了。等到度完蜜月回到娘家，女子问嫂子说：“周公在哪里？”嫂子说：“他是古人，找他干什么？”女子回答说：“我要做双鞋谢谢他。”

舌头甜

【原文】

新婚夜，送亲席散。次日，厨师检点桌面，不见一顶糖人，各处查问，新人忽大笑不止。喜娘在傍，问：“笑甚么？”女答曰：“怪不得昨夜一个人舌头是甜津津的。”

【译文】

新婚之夜，送亲的人喝完酒都回去了。第二天，厨师收拾盘点桌面上的东西，发现不见了一顶糖人，便到处寻找，新娘突然大笑不止。喜娘在旁边问：“笑什么？”，新娘答道：“怪不得昨天晚上有个人的舌头是甜滋滋的。”

大话

【原文】

一女出嫁坐床，掌礼撒帐①云：“撒帐东，官人孱子②好撞钟。”女忙接口云：“弗怕。”喜嫔曰：“新娘子不宜如此口快。”新妇曰：“不是我也不说，才得进门，可恶他把这大话来吓我。”

【注释】

①撒帐：旧时婚礼，新夫妇交拜时，妇女各以金钱彩果散掷，叫“撒帐”。

②屪（liáo）子：男性生殖器。

【译文】

有一个女子拜堂后坐在床边，司仪撒帐说："撒帐东，官人屪子好撞钟。"新娘忙接口道："我才不怕。"喜娘说："新娘子不应该这样口快。"新娘说："我也不想这样，可是我刚刚进门时，他也用这句话来吓唬我。"

鹰啄

【原文】

一母生一子一女，而女尤钟爱。及遣嫁后，思念不已，谓其子曰："人家再不要养女儿，养得这般长成，就如被饿老鹰轻轻一爪便抓去了。"子曰："阿姆[①]，阿姆，他们如今正在那里啄着哩。"

【注释】

①阿姆：母亲。

【译文】

有一个母亲，生了一儿一女，她更喜欢女儿一点。女儿嫁了人之后，母亲经常想念她，对儿子说："一个女人再不要生养女儿，等到她长大成人嫁了婆家，就好像被饿老鹰轻轻一爪便抓去了一样，再也不能在身边待着了。"儿子说："妈妈，妈妈，他们现在正在那里啄着呢。"

不怕死的

【原文】

有新妇进门年余，孕已满月，临盆极难，胎转之际，腹中绞痛几欲死，迟两三日方下，视之男也。妇谓夫曰："吾为此一块肉，几濒于死。既有此子，宗祀可不绝。愿从此不睡合欢床，若再怀胎生产，我必不能活。君如念夫妇情，请异室独居，以救余生。”夫诺之，即遵阃[①]教，设榻别室。距子生已逾两月余，一夕更已深，夫展被登床，灭烛独卧，渐入黑甜乡，不复有他念矣。忽敲门声甚急，夫惊醒，问：“为谁？”妇曰：“我。”夫问：“汝为谁？”妇又曰：“我。”夫问：“汝究竟是谁？”妇隔窗，笑语曰：“不怕死的人来了，速开门。”

【注释】

①阃（kǔn）：内室；借指妇女。

【译文】

有一个新媳妇，结婚刚一年多，怀孕足月，在快生的时候难产，胎儿在肚子里转的时候，肚子痛得几乎都要死了，痛了两三天孩子才生下来，一看是个男孩。媳妇就对丈夫说：“我为了生这个孩子，差点连命都搭上了。既然有了儿子，可以传宗接代了。希望我们从此不睡在一起，如果再怀胎生产，我一定不能活了。夫君您如果念及夫妻之情，就请在其他房间单独住，以此让我安稳地度过余生。”丈夫答应了她，就按着她的要求，自己在别的屋子里放了床另住。离生孩子已经过了两个月，一天深更半夜，丈夫自己铺好了床，吹灭了灯独自躺下了，渐渐地进入了梦乡，不再有非分之想。忽然响起了急促的敲门声，丈夫惊醒，问：“是谁？”媳妇答道：“我。”丈夫又问：“你是谁？”媳妇又说：“我。”丈夫又问：“你究竟是谁？”媳妇隔着窗户，笑着回答说：“不怕死的人来了，快点开门。”

两来船

【原文】

一人遇两来船，手托在窗槛外，夹伤一指。归诉于妻，妻骇[①]然嘱曰：“今后遇两来船，切记不可解小便。”

【注释】

①骇：惊惧，害怕。

【译文】

有一个人坐船时，把手伸到窗户外面，被一艘对面过来的船夹伤了手指。他回来后把这件事告诉了妻子，妻子十分担心，嘱咐说：“今后坐船，看到对面有船开过来，千万别站在船边小便。”

命运不好

【原文】

一妇有淫行，每嫁一夫，辄有外遇，夫觉即被遣。三年之内，连更十夫，人问曰：“汝何故而堰蹇至此？”妇曰：“生来命运不好，嫁着的就要做乌龟。”

【译文】

有一个妇女行为淫荡，每嫁给一个丈夫，都会再有外遇，被丈夫察觉后丈夫便将其休了。三年之内，这个妇女连换了十个丈夫。有人问她：“你怎么落魄到这步田地？”妇人答道：“我生来命运不好，嫁的男人都要做乌龟。”

邻人看

【原文】

一妇诉其夫曰：“邻某常常看我。”夫曰：“睬他做甚？”妇曰：“我今日对你说，你不在意，下次被他看上了，却不关我事！”

【译文】

有一个妇人告诉她的丈夫说：“有个邻居经常盯住我看。”丈夫说：“你理他干什么？”妇人说：“我今天跟你说了，你不放在心上，要是下次给他看上了，可不关我的事！”

丝瓜换韭

【原文】

妻令夫买丝瓜，夫立门外候之。有卖韭者至，劝之使买。夫曰：“要买丝瓜耳。”卖者曰：“丝瓜痿阳，韭菜兴阳，如何兴阳的不买，倒去买痿阳的？”妻闻之，高声唤曰：“丝瓜等不来，就买了韭菜罢。”

【译文】

妻子让丈夫去买丝瓜，丈夫便立在门外等候。有个卖韭菜的人走了过来，劝他买韭菜。丈夫说：“我要买的是丝瓜。”卖韭菜的说：“丝瓜痿阳，韭菜壮阳，你怎么壮阳的不买，偏要买痿阳的呢？”妻子听到了，便高声叫道：“丝瓜没等着就算了，那就买韭菜吧。”

后园种韭

【原文】

有客方饭，偶谈“丝瓜痿阳，不如韭菜兴阳”。已而主人呼酒不至，以问儿，乃曰：“娘往园里去了。”问：“何为？”答曰：“拔去丝瓜种韭菜。”

【译文】

有一位客人正在吃饭，偶然谈起了丝瓜能痿阳，韭菜能壮阳。不久后主人叫女主人上酒，但女主人迟迟不来，便问儿子原因，儿子回答：“娘到菜园里去了。”主人问：“干什么去了？”儿子回答说：“去拔丝瓜苗种韭菜了。”

扇尸

【原文】

夫死，妻以扇将尸扇之不已。邻人问曰：“天寒，何必如此？”妇拭泪答曰：“拙夫①临终吩咐：‘你若要嫁人，须待我肉冷。’”

【注释】

①拙夫：谦称自己的丈夫。

【译文】

丈夫刚死，妻子连忙拿着扇子扇丈夫的尸体。邻居问道：“天气本来就冷，不必担心发臭，何必还要扇他？”妻子抹着眼泪说：“我男人临死前吩咐：‘你如果要嫁人，必须等我的尸体冷了。’”

七月儿

【原文】

有怀孕七个月即产一儿者，其夫恐养不大，遇人即问。一日，与友谈及此事。友曰：“这个无妨，我家祖亦是七个月出世的。”其人愕问曰：“若是这等说，令祖后来毕竟养得大否？”

【译文】

有一个妇人，刚怀孕七个月就生下了孩子，她的丈夫害怕孩子养不活，逢人就问这事。有一天，他和朋友谈到这件事。朋友说：“这有什么关系，我爷爷也是七个月就出生了。”丈夫吃惊地说：“若是这样说的话，你爷爷最后养大了没有？”

心在这里

【原文】

有置妾者，与妻行乐，妻曰：“你身在这里，心自在那里。”夫曰：“若然，待我身在那里，心在这里何如？”

【译文】

有一个娶了妾的人，与妻子在一起时，妻子对他说：“你身体在这里，心却在那里。”丈夫回答：“要不，让我身体在那里，心在这里怎么样？”

她大我大

【原文】

一家娶妾，年纪过长于妻。有卖婆见礼，问哪位是大？妾应云：“大是她大，大是我大。”

【译文】

有一个人讨了一个小老婆，年纪却比大老婆大。有个卖东西的老婆婆向她们请安，问谁是大的，谁是小的？小老婆说道：“地位是她大，年纪却是我大。”

罚真咒

【原文】

一人欲往妾处，诈称：“我要出恭，去去就来。”妻不许，夫即赌咒云：“若他往做狗。”妻将索系其足放去。夫解索，转缚狗脚上，竟往妾房。妻见久不至，收索到床边，起摸着狗背。乃骇云：“这死乌龟，我还道是骗我，却原来倒罚了真咒。”

【译文】

有一个人想到小老婆屋里去，对大老婆撒谎说："我要上厕所，去去就来。"大老婆不同意，丈夫就赌咒说："如果我到其他地方去，就变做狗。"大老婆将绳子系住丈夫的一只脚，自己握着绳子的一头就放他去了。丈夫离开大老婆处，赶紧解开绳子，把绳子拴在另一间屋的狗腿上，自己径直到了小老婆的房间。大老婆见丈夫出去很久了都不回来，就用手拉绳子收到床边，却摸到了狗背。于是吃惊地说："这王八蛋，我原来以为他是骗我，没想到他竟然赌了真咒。"

雷击

【原文】

有客外者，见故乡人至，问："家乡有甚新闻？"曰："某日一个霹雳，打死十余人，都是扒灰①老。"其人惊问曰："家父可无恙乎？"答曰："令尊倒幸免，令祖却在数内，一同归天了。"

【注释】

①扒灰：指与儿媳有染的人。

【译文】

有一个人在外做客，碰到老乡来访，问："家乡有什么新闻没有？"老乡答道："有一天打了一个雷，霹死了十来个人，都是扒灰老。"此人惊恐地问道："那我的父亲没事吧？"老乡说：'你父亲倒没有什么事，但你的祖父却在其中，一同归天了。"

偷弟媳

【原文】

一官到任，众里老参见。官下令曰："凡偷媳妇者站过西边，不偷者站在东边。"内有一老人慌忙走到西首，忽又跑过东来。官问曰："这是何说？"老人跪告曰："未曾蒙老爷吩咐，不知偷弟媳妇的，该立在何处？"

【译文】

有一个官员到任，各地老者都来参见。官员下令说："凡是偷儿媳的人站到西边，不偷的人站到东边。”其中有个老头慌里慌张地走到了西边，然后又跑回了东边。官员问：“你这是什么意思？”这位老人答道：“没有听到老爷吩咐，不知道偷弟媳的人应该站到哪一边？”

日进

【原文】

老年娶妾，欲结其欢心，说某处有田地若干，房屋若干。妾曰：“这都不在我心上。从来说家财万贯，不如日进分文的好。”

【译文】

有一个老头讨了一个小老婆，为了让小老婆高兴，便说自己有很多田地和房产。小老婆说：“这都不是我所关心的。从来人们都说家财万贯，不如日进分文的好。”

咬牙

【原文】

有姑媳孀居①。姑曰：“做寡妇须要咬紧了牙根过日子。”未几，姑与人私，媳以前言责之。姑张口示媳，曰：“你看，也得我有了牙齿方好咬。”

【注释】

①孀居：守寡。

【译文】

有婆媳两个人都死了丈夫成了寡妇。婆婆说：“做寡妇必须要咬紧了牙根过日子。”没多久，婆婆与人通奸，媳妇拿她过去说过的话责备她。婆婆张开没有牙的嘴给媳妇看，说道：“你看，我想咬紧牙根，也要有牙齿才好咬。”

藏年

【原文】

一人娶一老妻，坐床时，见面多皱纹，因问曰：“汝有多少年纪？”妇曰：“四十五六。”夫曰：“婚书上写三十八岁，依我看来还不止四十五六，可实对我说。”曰：“实五十四岁矣。”夫复再三诘之，只以前言对。上床后，更不过心，乃巧生一计曰：“我要起来盖盐瓮，不然，被老鼠吃去矣。”妇曰：“倒好

笑，我活了六十八岁，并不闻老鼠会偷盐吃。”

【译文】

有一个人娶了一个年纪很大的妻子，坐在床上时，看见她的脸上有很多皱纹，所以就问她说：“你有多大年纪？”老妇人回答：“四十五六岁。”丈夫说：“婚书上写着三十八岁，依我看来，你都不止四十五六岁，你应该如实告诉我。”老妇人回答：“实际上已经五十四岁了。”丈夫反复再三地追问她，她都坚持说自己五十四岁了。上床躺下以后，丈夫还是不放心，就巧生一计说：“我要起来把盐罐子盖上，不然的话，盐就被老鼠偷吃了。”老妇人说：“这倒好笑，我活了六十八岁，从没听说过老鼠会偷盐吃。”

丑汉看

【原文】

一妇人在门首，被人注目而看，妇人大骂不已。邻妪劝曰：“你又不在内室，凭他看看何妨？”妇曰：“我若把好面孔看看也罢，被这样呆脸看了，岂不苦毒？”

【译文】

有一个妇人站在大门外边，有一个过路人目不转睛地看她，妇人便对他骂个不停。邻居家一位老太太劝她说："你又不是在屋子里面，就让他看一看有什么要紧？"妇人回答说："如果让一个俊美的小伙子看一看倒也罢了，被这种既呆又丑的人看了，我能好受吗？"

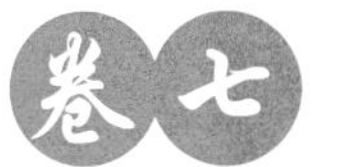

“世讳”是世俗所忌讳的事物，本卷主要描写帮闲、奉承、娼优等庸俗的社会风气，文中的各类人、事、物大多为人们所耻，可这种现象在社会上却比比皆是。透过现象来寻找弊病的根源，这种振聋发聩的揭露，也让当今社会不得不反思。

开路神

【原文】

金刚遇开路神，羡之曰："你我一般长大，我怎如你着好吃好。"开路神曰："阿哥不知，我只图得些口腹耳。若论穿着，全然不济，剥去一层遮羞皮，浑身都是篾片[1]了。"

【注释】

①篾（miè）片：薄竹片。

【译文】

金刚神遇到开路神，羡慕地说："我和你一样高大，却不如你吃得好、穿得好。"开路神回答说："阿哥您不知道，我只图些吃喝。如果论穿着，完全不行，剥去一层遮羞皮，浑身就都是篾片了，不像您有金刚之身。"

焦面鬼

【原文】

一帮闲途遇人家出丧，前有焦面鬼王，以为太老官人[1]也，礼拜甚恭。少顷，大雨如注，而鬼身上纸衣被雨濯去。闲汉曰："白日见鬼，我只道是大老官，却原来也是个篾片。"

【注释】

①太老官人：做官的人。

【译文】

有一个帮闲的人路上遇到一户人家出殡，丧葬队伍前面有焦面鬼王，他以为是一个做大官的人，因此对他十分恭敬地请安。不一会儿下起雨来，雨大如注，焦面鬼身上的纸衣被雨浇掉了，露出本来面目。那个闲汉说："白天见鬼，我只道是个当大官的，原来却也是个篾片。"

咽糠[1]

【原文】

一闲汉咽糠而出，忽遇大老官，留家早饭。答曰："适间用狗肉过饱，饭是吃不下了，有酒倒饮几杯。"既饮，忽吐而糠出焉。主见。惊问曰："你说吃了狗肉，为何吐此？”其人睨视良久，曰：“咦，我自吃的狗肉，想必狗曾吃糠来。”

【注释】

①糠：稻、麦、谷子等的子实所脱落的壳或皮。

【译文】

有一个闲汉一大早吃完糠后外出，路上突然遇到一个当大官的，大官留闲汉到家吃早饭。闲汉碍于情面回答说：“刚才吃了很多狗肉，饭是吃不下了，酒倒是可以喝几杯。”喝酒之后突然呕吐，糠被吐了出来。大官见此吃惊地问道：“你说吃了狗肉，为何吐出糠来？”闲汉斜着眼睛看着糠，想了很久，才回答道：“咦，我自己吃的是狗肉，想必那条狗曾经吃过糠。”

望烟囱

【原文】

富儿才当饮啖，闲汉毕集。因问曰：“我这里每到饭熟，列位便来，就一刻也不差，却是何故？”诸闲汉曰：“遥望烟囱内烟出，即知做饭，熄则熟矣，如何得错？”富儿曰：“我明日买个行灶①来煮，且看你们望甚么？”众曰：“你煨了行灶，我等也不来了。”

【注释】

①行灶：可以移动的灶。

【译文】

有一个富人，每当要吃饭的时候，

闲汉们都来了。因此，富人奇怪地问道：“我这里每到饭点的时候，各位就来了，一刻也不相差，你们怎么每次都来得这么巧？”众闲汉回答说：“远远地望见你家的烟囱内冒烟，就知道是在做饭，等烟灭了，就是饭熟了，我们就来了，怎么会弄错呢？”富人说：“我明天去买一个小炉子来煮饭，看你们还望什么。”众闲汉说：“你要是到了烧小炉子的地步，我们也不会来了。”

老白相

【原文】

荒岁，闲汉无处活口，值官府于玄妙观施粥。闲汉私议曰：“我等平昔鲜衣美食，今往吃，必贻人笑。”俄延久之，无奈腹中饿甚，曰：“姑待众饥民吃过，尾其后可也。”远望人散而往，则粥已尽矣，乃以指拉食釜杓间余粥。道士见而问之，答曰：“我等原是捞①白相耳。”

【注释】

①捞：同“老”。

【译文】

适逢荒年，闲汉们无以为生，连吃饭都成问题，正好官府在玄妙观施舍米粥。闲汉们暗地里商议说：“我们平日穿美衣、吃美食，好不风光，今天到那里吃粥，一定会被人耻笑。”过了半天，无奈肚子十分饥饿，说：“我们等饥民们吃过，悄悄地跟在他们后面吧。”闲汉们等了一会儿，看见众饥民散去之后，跑到粥锅边上，可是粥已没了，便用手指抠锅勺里粘着的一点点剩粥。道士看见后问他们是干什么的，闲汉们回答道：“我们原是老白相公。”

借脑子

【原文】

苏州人极奉承大老官。平日常谓主人曰：“要小子替死，亦所甘心。”一日主病，医曰：“病入膏肓，非药石所能治疗，必得生人脑髓配药，方可救得。”遍索无有，忽省悟曰：“某人平常自谓肯替死，岂吝惜一脑乎？”即呼之至，告以故。乃大惊曰：“阿呀，使勿得，吾里苏州人，从来无脑子个。”

【译文】

有一个苏州人非常喜欢拍有钱人的马屁。他平时经常信誓旦旦地对主人说："如果要我替你去死，我都甘心情愿。"有一天，主人生病了，医生说："病已深入到骨髓深处，吃药扎针都不能治好了，除非用活人的脑髓做药引子，才能救活。"主人派人到处寻找活人的脑髓，都找不到，忽然想起来说："某人平时常说心甘情愿替我去死，相信他绝不会舍不得一个脑髓吧？"于是就急忙把那个人叫来，向他说明叫他来的原因，那个人大吃一惊，说："哎呀，这可使不得，我们苏州人，从来都是不长脑子的。"

呵脬

【原文】

一帮闲，见大老官生得面方耳圆，遂赞不置口。其人曰："你又在此呵卵脬了。"

【译文】

有一个帮闲的人，见到一个长得面方耳圆的大官，于是溜须拍马，极尽谄媚。那个大官说："你又在这里瞎扯了。"

蛐蟮

【原文】

帮闲者自夸技能，曰："我件件俱精，天下无比。"一人曰："只有一物最像。"问是何物，答曰："蛐蟮[①]。"问："何以像他？"曰："杀之无血，剐之无肉，要长就长，要短就短，又会唱曲，又会呵脬。"

【注释】

①蛐蟮（qū shàn）：蚯蚓。

【译文】

有一个专门靠侍候有钱人玩耍而谋生的人常常自夸很有本事，说："我什么本领都精通，天下的人没有哪个比我强。"一个人听了说："有一种东西最像你。"问是什么东西，回答说："蚯蚓。"又问为什么像它，回答说："杀它没有血，剐它没有肉，要长就长，要短就短，又会唱曲子，还会溜须拍马讨人欢心。"

件件熟

【原文】

帮闲人，除夜与妻同饭，忽然笑曰："我想一生止受用得一个'熟'字。你看大老官，哪个不熟？私窠小娘，哪个不熟？游船上，哪个不熟？戏子歌童，哪个不熟？箫管唱曲的朋友，哪个不熟？"说未毕，妻忽大恸。其人问故，曰："天杀的！你既件件皆熟，如何我这件过年布衫，偏不替我赎（音熟）？"

【译文】

有一个靠伺候有钱人玩乐谋生的人，除夕的晚上和妻子一块吃团年饭，忽然得意地笑着说："我这一生凭一个'熟'字就混得很不错。你看有钱的大爷，哪个不熟？卖淫嫖娼的小娘子，哪个不熟？游乐船上，哪个不熟？唱戏唱歌的，哪个不熟？吹拉弹唱的朋友，哪个不熟？"还没等他说完，妻子忽然大哭起来。这个人问她为什么哭，妻子说："你这该死的，既然你件件都熟，为什么我那件过年要穿的衣服，偏偏不把它从当铺里赎（音同"熟"）回来？"

活千年

【原文】

一门客谓贵人曰："昨夜梦公活了一千年。"贵人曰："梦生得死，莫非不祥么。"其人遽转口曰："啐！我说差了。正是梦公死了一千年。"

【译文】

有一个专爱拍主人马屁的门客对他的主人说："我昨夜梦见您老活了一千年。"主人说："梦都是相反的，你梦见我活，可能就是死，恐怕是不吉利。"那个人急忙改口说："呸，我说错了，我是梦见您老死了一千年。"

屁香

【原文】

有奉贵人者，贵人偶撒一屁，即曰："哪里伽楠香？"贵人惭曰："我闻屁乃谷气，以臭为正。今反香，恐非吉兆。"其人即以手招气嗅之，曰："如今有点臭了。"

【译文】

有一个人喜欢对有钱有势的人溜须拍马，谄媚奉承，有钱人偶然放了一个屁，那个人马上说道：“哪里来的伽楠香？”有钱人听到后十分不安地说：“我听说屁是五谷之气，臭是正常的，现在反而香，恐怕不是什么好事。”那个人立即用手在空中招气一闻，说：“现在闻起来有点臭了。”

婢子

有婢生子，既长，或问其号。子谦逊久之，乃曰：“贱号小梅。”问：“尊公原号何梅？”答曰：“非也，乃家母名腊梅耳。”

【译文】

有一个丫鬟生了儿子，长大了后，有人问他的号。他谦逊很久才说：“贱号叫小梅。”有人问：“令尊的字号是什么梅呢？”回答说：“不是呀，是家母名叫腊梅。”

尿壶骂

【原文】

一仆人之使，俗言鼻里。鼻也，出倾夜壶。归告主人曰：“阿爹，方才尿鳖骂我。又骂阿爹。”主人曰：“胡说！尿鳖如何会骂人？”小使曰：“起初骂了我鼻，后连声骂曰：‘鼻鼻鼻，鼻鼻鼻。’岂不把阿爹都骂在里头了？”

【译文】

有一个地方的方言，把仆人叫做鼻里。有一天，仆人出去倒尿壶，回来后向主人诉说道：“阿爹，刚才尿壶骂我又骂阿爹。”主人说：“胡说！尿壶怎么会骂人？”仆人说：“起初它骂了我鼻，后来连声骂道：‘鼻鼻鼻，鼻鼻鼻。’那不是把阿爹你都骂在里头了？”

屁股痛

【原文】

麻苍蝇与青苍蝇结为兄弟。青蝇引麻蝇到一酒席上，麻蝇恣意饮啖，被小厮拿住。将竹签插入屁股，递灯草与他使棍，半日才得脱身。遇着青蝇，泣诉曰：“承你挈带，吃倒尽有，只是屁股痛得紧。”

【译文】

麻苍蝇和青苍蝇结拜为兄弟。一天，青苍蝇带麻苍蝇来到一桌酒席上，麻苍蝇就肆意妄为地大吃大喝起来，不料被仆人捉住。仆人用竹签插进麻苍蝇的屁股，另一端拴在一根灯草上，让苍蝇飞耍，麻苍蝇半天才脱身逃掉。麻苍蝇遇见青苍蝇，哭着对它说：“多谢你带路，吃的倒是丰盛，只是屁股疼得厉害。”

寿板

【原文】

有好男风者，夜深投宿饭店，适与一无须老翁同宿。暗中以为少童也，调之。此翁素有臀风，欣然乐就。极欢之际，因许之以制衣打簪，俱云不愿。问所欲何物，答曰：“愿得一副好寿板。”

【译文】

有一个男人喜欢男人，夜深时投宿在一家饭店里，当时正好和一个没有胡子的老头同宿一室。他以为是一个少年人，就暗中调戏着老头。这个老头平常也喜欢男风，欣然接受了。两个人行到极兴之时，那个人就许诺老头要给他做衣服、打首饰，老头都说不想要。那个人就问老头想要什么，老头回答说：“想要一副好棺材。”

豁拳

【原文】

嫖客与妓密甚，相约同死。既设鸩酒①二瓯，妓让客先饮，客饮毕，因促妓。妓伸拳曰："我的量窄，与你豁了这盅罢。"

【注释】

①鸩（zhèn）酒：毒酒。

【译文】

有一个嫖客跟妓女关系十分亲密，不求同年同日生，但求同年同日死，于是相约一起死。不久倒了两小杯毒酒，妓女让嫖客先喝，嫖客喝了之后，便催促妓女喝。妓女端起装着毒酒的酒盅说："我的酒量小，这盅还是给你喝算了。"

梦里梦

【原文】

妓与客久别复会，各道相思。妓云："我无夜不梦见与你同食、同眠、同游戏，乃是积想所致。"客曰："我亦梦之。"妓问曰："梦怎的？"客曰："我梦见你不梦见我。"

【译文】

妓女与嫖客久别后相会，各自述说相思之情。妓女说："我没有一晚上不梦见跟你一起吃饭、一起睡觉、一起游玩，这都是思念太深的缘故。"嫖客说："我也梦见了你。"妓女问道："梦见我什么？"嫖客说："我梦见你根本就没有梦见我。"

年倒缩

【原文】

一商人嫖妓，问其青春几何？妓曰："十八。"

越数年，商人生意折本，仍过其家，妓忘之。问其年，则曰：“十七。”又过数年，入其家问之，则曰：“十六。”商人忽涕泣不止。妓问何故，曰：“你的年纪，倒与我的本钱一般，渐渐的少了。想到此处，能不令人伤心？”

【译文】

有一个商人去妓院找妓女玩乐，问这个妓女多大年龄了，妓女说：“十八岁。”过了几年，商人做生意亏了本，路过妓院又遇到那个妓女，妓女已经忘记他了。商人问妓女多大年龄，妓女回答说：“十七。”又过了几年，商人来到妓院，再一次碰到那个妓女，问她多大年龄，妓女回答说：“十六。”商人止不住哭了起来。妓女问他为什么哭，商人说：“你的年纪，倒是与我的本钱一样，越来越少了。想到这里，能不伤心吗？”

父多一次

【原文】

子好游妓馆，父责之曰：“不成器的畜生，我到娼家十次，倒有九次见你！”子曰：“这等说来，你还多我一次，反来骂我？”

【译文】

儿子喜欢逛妓院，父亲责骂道：“不成器的畜生，我到妓院十次，倒有九次遇到你！”儿子回答说：“这样说来，你还比我多去一次，为什么反倒要骂我？”

缠住

【原文】

一螃蟹与田鸡结为兄弟，各要赌跳过涧①，先过者居长。田鸡溜便早跳过来，螃蟹方行，忽被女子撞见，用草捆住。田鸡见他不来，回转唤云：“缘何还不过来？”蟹曰：“不然几时来了，只因被这歪剌骨②缠住在此，所以耽迟来不得。”

【注释】

①涧：夹在两山之间的水沟。这里指小水沟。

②歪剌骨：骂人的话，相当于“不正经的人”。

【译文】

一只螃蟹和一只青蛙想要结拜为兄弟，它们打赌跳过前面那条水沟，谁先跳过去谁就是兄长。青蛙轻轻一跳就早早地过了水沟，螃蟹刚要走，忽然被一个女人抓住，用草把它捆住了。青蛙见螃蟹迟迟不过来，便转身叫道："你怎么还不过来？"螃蟹说："本来我早就可以过来了，只因为被这个贱人缠住了，所以耽误过不来。"

龟渡

【原文】

有一士欲过河，苦无渡船。忽见有一大龟，士曰："乌龟哥，烦你渡我过去，我吟诗谢你。"龟曰："先吟后渡。"士曰："莫被你哄，先吟两句，何如？"龟曰："使得。"士吟曰："身穿九宫八卦，四海龙王也怕。"龟喜甚，即渡士过河。士续曰："我是衣冠中人，不与乌龟答话。"

【译文】

有一个秀才打算过河，但是没有渡船，所以非常着急。忽然他看见了一只大乌龟，秀才说："乌龟哥，麻烦你驮我过河去，我作一首诗感谢你。"乌龟说："你先作诗，然后我再渡你。"秀才说："你不要骗我呀，我先作两句诗，怎么样？"乌龟说："可以。"秀才便吟道："身穿九宫八卦，四海龙王也怕。"乌龟听了如此高的赞美之词，非常高兴，就把秀才驮过了河。秀才过了河，又续了两句："我是衣冠中人，不与乌龟答话。"

骨血

【原文】

妓接一西客，临去，欲暖其心，伪云："有三个月身孕，是你的骨血，须来一看。"客信之，如期果至。妓计困，乃以小白犬一只置儿篮内，蒙被而诳客，曰："儿生矣，熟睡不可搅动他。"客启视狗身，乃大喜，抚犬曰："果是咱亲骨血，在娘胎里就穿上羊皮袄子了。"

【译文】

妓女接了一位西方寒冷地区来的客人，在临别之际，想温暖他的心，便谎称说："我已经有了三个月的身孕，是你的骨血，到时必须回来看一下。"客人相信了，到时候果然来了。妓女无计可施，便把一只小白狗放到了小孩子的摇篮里，蒙上被子想骗过客人，并说："儿子已经出生，现在睡着了，你不要去打搅他。"客人打开被子一看是狗身，不禁大喜，并摸着小狗说："果然是我的亲骨肉呀，在娘胎里就穿上羊皮袄子了。"

妻当稍

【原文】

一人好赌，日夜不归。已破家，止剩一妻，乃以出稍。不几掷，复输去。因请再饶一掷，赢家曰："讲绝了稍做妻，如何又饶？"答曰："其中有一缘故，房下还是室女，作少了价钱，饶一掷不为过。"赢家曰："那有此理？"曰："你若不信，只看我自做亲以来，何曾有一夜在家里？"

【译文】

有一个人好赌，日夜不归家。结果输得倾家荡产，就剩下了一个妻子，便拿来押作赌注。掷了没几下，又输光了。他要求再掷一把，赢家说："讲好了只是一次，怎么又要掷？"他回答说："其中有缘故的，我的妻子还是个处女，价格定得太低了，掷一把也不过分。"赢家说："哪有这样的道理？"那个人说："你如果不信，可以看看我自从结婚以来，哪一夜是在家里过的？"

取头

【原文】

好赌者，家私①输尽，不能过活，取绳上吊。忽见一鬼在梁上，云："快拿头来！"此人曰："也亏你开得这口，我输到这般地位，还来问我要头！”

【注释】

①家私：家产。

【译文】

有一个好赌的人，家里的东西都被他输光了，活不下去了，便拿绳子上吊。栓绳子的时候一抬头，忽然发现房梁上有一个鬼，鬼说：“快拿你的头来！”这个人说：“亏你开得了这口，我输到这般地步，还要向我要头！”

捉头

【原文】

按君①访察。匡章、陈仲子及齐人，俱被捉。匡自信孝子，陈清客②，俱不请托。惟齐人有一妻一妾，馈送显者③求解。显者为见按君，按君述三人罪状，都是败坏风俗的头目，所以访之。显者曰：“匡章出妻屏子，仲子离母避兄，老公祖捉得极正当。那齐人是叫化子的头，也捉他做甚么？”

【注释】

①按君：官名，即巡按御史。

②清客：旧时在富贵人家帮闲凑趣的门客。

③显者：有势力的人。

【译文】

巡按御史微服访查匡章、陈仲子与齐人，三个人都被抓起来。匡章自信是一个孝子，陈仲子想自己只是一个清客而已，所以两个人都没有托人说情或行贿。只有齐人有一妻一妾，他很害怕，便向有势力的人行贿，请求为其疏通。这个有势力的人为此就去找巡按御史说情，巡按御史叙述了三个人的罪行，都是败坏风俗的要犯，所以访察抓了他们。这个有势力的人听完他们的罪行后，说：“匡章抛妻弃子，仲子别母避兄，老祖公你抓得十分正确。可是那齐人只是叫花子的头，你抓他干什么？”

白日鬼

【原文】

法师上坛，焰口施食。天将明矣，正要安寝，又见一班披枷带锁、折手断脚的饿鬼索食。师问："阳世作何生理，受此果报？"众云："皆是拐骗子、做中保①、镶局害人的。"又问："夜间为何不来同领法食？"答曰："我们一班，都是白日鬼。"

【注释】

①中保：做保的人。

【译文】

法师登上佛坛，口中念念有词，向鬼魂施舍吃食。天快亮了，法师刚要睡觉，又看见一群披枷带锁、断手断脚的饿鬼前来索要吃的。法师问："你们活着的时候是干什么活的，受此恶报？"饿鬼们说："都是拐骗子，做保、开赌场害人的。"法师又问："夜里为什么不来一同领取吃食？"饿鬼们回答说："我们这些人，都是白日鬼。"

分子头

【原文】

一人生平惯做分头，克扣人家银钱，死后阎王痛恨，发在黑暗地狱内受罪。进狱时，即云："列位在此，不见天日，何不出一公分，开个天窗！"

【译文】

有一个人一生惯做分头，克扣人家钱财，死后因为阎王痛恨他的这种行为，把他发往黑暗地狱里受罪。分头进入地狱后，马上说道："诸位在此，不见天日，为何不每人出一分钱，开个天窗。"

穿窬①

【原文】

一士人夜读，见偷儿穴墙有声。时炉内滚汤正沸，提汤潜伺穴口。及墙既穿，偷儿先以脚进，士遂擒住其两腿，徐以滚汤淋之。贼哀告求释，士从容谓曰："多也不敢奉承，只尽此一壶罢。"

【注释】

①窬（yú）：从墙上爬过去。

【译文】

有一个读书人看书看到很晚，听见小偷挖墙的声音。此时炉内开水正沸腾，便提着开水壶暗暗地等在挖墙的地方。等到墙被挖穿，小偷先将脚伸进来，那个人马上按住小偷的两条腿，慢慢地用开水浇淋。小偷哀嚎求饶，那个人从容地对小偷说："多了也没有，只浇这一壶就算了。"

新雷公

【原文】

雷公欲诛忤逆①子，子执其手曰："且慢击。我且问你，是新雷公，还是旧雷公？"雷公曰："何谓？"其人曰："若是新雷公，我竟该打死；若是旧雷公，我父忤逆我祖，你一向在那里去了？"

【注释】

①忤（wǔ）逆：不孝敬父母。

【译文】

雷公要劈死不孝子，这个不孝子拉住雷公的手说："你先等一会。我来问你一下，你是新雷公还是老雷公？"雷公说："你问这话是什么意思？"不孝子说："如果是新雷公，我就该被你打死；如果是老雷公，那么我父亲不孝顺我爷爷的时候，你又到哪里去了？"

叫城门

【原文】

一人最好唱曲，探亲回迟，城门已闭，因叫开门。管门者曰："你唱一曲我听，便放你进来。"此人曰："唱便唱，只是我唱，你要答应。"管门曰："依你。"其人先说白云："叫周仓！"城上应曰："嗄。""关爷爷在城外了，还不快迎！"复应曰："嗄。"其人曰："你既晓得关出你爷在城外，就该开门，如何还敢要我唱曲？"

【译文】

有一个人很喜欢唱歌，有一天走亲戚回来晚了，城门已经关了，于是就上前叫门。守城门的人说："你唱一首歌给我听听，我就放你进来。"唱歌的人说："唱就唱，只是我唱时，你要答应。"守门人说："好吧。"唱歌的人先念了一句对白："叫周仓！"城上答应："是！"唱歌的人又念一句对白："关爷爷在城外了，还不快迎！"守门人又答应："是！"唱歌的人说："你既然知道你关爷爷在城外，就该赶快开门，怎么还敢叫我唱歌？"

老鳏①

【原文】

苏州老鳏，人问："有了令郎么？"答云："提起小儿，其实心酸。前面妻祖与妻父定亲，说得来垂成了，被一个天杀的用计轟退了。致使妻父不曾娶得妻母，妻母不曾养得贱内②，至今，小儿杳然。"

【注释】

①鳏（guān）：指没有妻子的男人。

②贱内：谦称自己的老婆。

【译文】

苏州有一个老光棍，有个人问他说："有儿子吗？"老光棍回答说："一提起我的小儿，实在让我心酸。当初，我妻子的爷爷给我老丈人订亲，眼看着要成功了，却被一个该死的王八蛋设计搅散了。所以我的老丈人没娶成丈母娘，而丈母娘也就没能生下我老婆，直到今天，我的儿子也就没有踪影。"

抵偿

【原文】

老虎欲吃猢狲，狲诳曰："我身小不足以供大嚼。前山有一巨兽，堪可饱餐，当引导前去。"同至山前，一角鹿见之，疑欲啖己，乃大喝云："你这小猢狲，许我十二张虎皮，今只拿一张来，还有十一张呢？"虎惊遁，骂曰："不信这小猢狲这等可恶，倒要拐我抵销旧账！"

【译文】

老虎要吃猢狲，猢狲说："我身体太小根本不够你吃。前面山上有一头巨兽，足够你饱餐，我可以带你前去。"猢狲带着老虎到了前面的山上，有一只角鹿见到它们，害怕老虎要吃自己，灵机一动大声喝道："你这小猢狲，答应拿十二张虎皮送给我，现在只拿一张来，还有十一张呢？"老虎听到这话十分惊慌，赶忙逃跑，并骂道："没想到这小猢狲这样可恶，倒要拐我到这里来抵销它的旧账！"

不利语

【原文】

一翁无子，三婿同居。新造厅房一所，其长婿饮归，敲门不应，大骂牢门为何关得恁早！翁怒，呼第二婿诉曰："我此屋费过千金，不是容易挣的，出此不利之语，甚觉可恶。"次婿曰："此房若卖也，只好值五百金罢了。"翁愈怒，又呼第三婿述之。三婿云："就是五百金，劝阿伯卖了也罢，若然一场天火，连屁也不值。"

【译文】

有一个老人没有儿子，只有三个女儿，各自成家后，就和三个女婿住在一起。老人新造了一所房子，一次大女婿外出喝酒很晚才回来，敲门没有人开门，就大骂这牢门怎么关得这样早！老人很生气，就对第二个女婿说："我造这房子花了千金，不是容易挣来的，居然说是牢房，说出这样不吉利的话，实在可恶。"二女婿说："这所房子如果要是卖掉的话，最多只能卖五百金罢了。"老人更加生气，又把三女婿叫来诉说这件事。三女婿说："就算是只值五百金，我劝您老还是卖了吧，不然一场大火烧了，连个屁也不值。"

吹喇叭

【原文】

乐人夜归，路见偷儿挖一壁洞，戏将喇叭插入吹起。内惊觉追赶，遇贼问云："你曾见吹喇叭的么？"

【译文】

有一个专门给人吹奏乐曲的人很晚才回家，路上发现有一个小偷把一户人家的墙挖开了一个洞，便恶作剧地将喇叭插入墙洞里吹了一会。主人听到喇叭声非常吃惊，马上出来追赶，恰好遇到了小偷，问道："你有没有看见一个吹喇叭的人？"

戒狗肉

【原文】

乞儿戒吃狗肉，众丐劝曰："不必。"曰："我不食之久矣。"众曰："你便戒他，他却不戒你。"

【译文】

有一个小乞丐说从此不吃狗肉了，众乞丐都劝道："你不需要这样做。"小乞丐说："我都已经不吃狗肉很长一段时间了。"众乞丐说："你就是从此不再吃它，它看见你还是一样的会咬你。"

病烂腿

【原文】

一乞儿病腿烂，仰卧市中。狗见之欲饫[①]，乞儿曰："畜生！少不得是你口里食，何须这般性急！"

【注释】

①饫（yù）：饱食。

【译文】

有一个小乞丐的腿坏死腐烂了，他走不了就睡在街市的地上。狗见到小乞丐腿上的烂肉，就想吃。小乞丐骂道："你这个畜生！少不了有一天要被你吃掉，你急什么！"

吃荇[①]叶

【原文】

清客贫甚，晨起无米，煮荇叶食之而出。少顷，赴富儿席。饮空心酒过多，遂大哕[②]，而荇叶出焉。恐人嘲笑，乃指而言曰："好古怪，早上吃白滚汤时，用不多几个莲心，如何一会子小荷叶出得恁快？"

【注释】

①荇（xìng）：多年生草本植物，叶略呈圆形，浮在水面，根生水底，夏天开黄花，结椭圆形蒴（shuò）果。全草可入药。

②哕：呕吐。

【译文】

有一个清客很穷，早晨没有米下锅，就煮了一锅荇菜叶当早饭。不一会儿，他到了一个富人家里，富人请他喝酒。因为肚子里没有饭，空着胃喝酒太多，他就呕吐起来，把荇菜叶也一块吐出来了。他怕别人笑话他，就用手指着荇菜说："好奇怪，早晨喝莲子汤，没吃几粒莲子，怎么这么快就在肚子里长出小荷叶来了？"

作仆

【原文】

有投靠作仆者。自言："一生不会横撑船[①]，不肯缩退走，见饭就住的。"

主人喜而纳之。一日，使捻河泥，辞曰：“说过不会横撑船。”又使其插秧，曰：“说过不会缩退走。”主人愤甚，伺其饭，辄连进不止，乃以“见饭就住”语责之。其人张口向主人曰：“请看，喉咙内曾见饭否？”

【注释】

①横撑船：原意指做出乎意料之事。

【译文】

有一个人想找一份仆人的差事，自己介绍说：“一生不会横撑船，不肯缩退后走，见饭就住（止）。”有一户人家的主人听到他的介绍后很高兴地录用了他。一天，主人让他撑船去河中间挖一点河泥，仆人推辞说：“我说过不会横撑船。”主人又让他到田间去插秧，仆人回答说：“我说过不会缩退走。”主人非常愤怒，偷偷地观察他吃饭，发现他每餐都能连吃好几大碗，于是主人就用他之前说过的“见饭就住”的话来斥责他。没想到仆人张嘴向主人说：“请看，喉咙里看得见饭吗？”

卷八 僧道部

僧道部主要描述了和尚、道士、尼姑的生活、言行。古时出家人一般分为两种，一种是在寺庙中修身，一种是云游四海，游荡江湖。无论哪种出家人，都应该是四大皆空，看破红尘，有很高的精神境界。而僧道部所描写的这些和尚、道士，展现出了作为世俗人群的一面，或虚伪、或愚俗、或平庸，令人捧腹。

追度牒①

【原文】

一乡官游寺，问和尚吃荤否。曰："不甚吃。但逢饮酒时，略用些。"曰："然则汝又饮酒乎？"曰："不甚吃。但逢家岳妻舅来，略陪些。"乡官怒曰："汝又有妻，全不像出家人的戒行。明日当对县官说，追你度牒。"僧曰："不劳费心，三年前贼情事发，早已追去了。"

【注释】

①度牒（dié）：文书、证件；旧时作为和尚的身份证明。

【译文】

有一个地方官到寺院游玩，问寺里的一个和尚，你吃不吃肉。和尚说："不经常吃，只是在宴请客人喝酒时，稍微吃一点。"地方官说："这么说来，你还喝酒呀？"和尚又说："也不怎么经常喝，只是在妻舅来的时候，陪他喝一点。"地方官一听大怒，说："你还有妻子呀，看来你根本就没有出家人的样子，明天我就对县官说，把你的度牒收回去。"和尚说："不劳您费心，三年前就因为我做贼被抓，早就把度牒收回去了。"

掠缘簿

【原文】

和尚做功德①回，遇虎，惧甚，以铙钹②一片击之。复至，再投一片，亦如之。乃以经卷掠去，虎急走归穴。穴中母虎问故，答曰："适遇一和尚无礼，只扰得他两片薄脆，就掠一本缘簿过来，不得不跑。"

【注释】

①做功德：诵经、念佛、布施等。

②铙钹（náo bó）：一种敲击乐器。

【译文】

有一个和尚化缘布施回来，路上遇到一只大老虎，心中十分害怕，扔了一片铙钹到老虎身上，希望可以击退它。老虎躲开后又扑过来，和尚只好又扔了一片，老虎躲开后又跑回来。和尚没办法了，只好拿经卷向老虎扔去，老虎看见经卷急忙掉头跑回洞里。洞里母老虎问它为什么慌乱地跑回来，老虎回答说："刚才遇到一个和尚真是没有礼貌，只吃了他两片薄脆，他就丢一大本化缘簿过来，我不得不跑。"

鬼王撒尿

【原文】

大族出丧，路逢大雨，女眷人等避于路傍檐下。和尚没处存身，暂躲开路神腹内。少顷，一僧从神腰里伸头探望，看雨住否。诸女眷惊曰："我们回避，开路神要撒尿哩！"

【译文】

一家贵族办丧事，半路下起了大雨，女眷等人都躲在了路旁的屋檐下避雨。做法事的和尚们无处藏身，便暂躲到开路神的肚子里。过了一会儿，有一个和尚从开路神的腰部伸出头来探望，看雨停了没有。那些女眷见到后惊呼："我们快回避一下，开路神要撒尿了！"

发往丰都

【原文】

有素不信佛事者，死后坐罪甚重。乃倾其冥资，延请僧鬼作功课，遍觅不得。问人曰："此间固无僧乎？"曰："来是来得多，都发往丰都了。"

【译文】

有一个人一向不相信神佛鬼怪，阎王很生气，等他死后变成鬼来到阴间后，阎王给他判了极重的罪。这个鬼就拿出家中所有的资财，请做了鬼的和尚为他诵经念佛，以求有个超度，可是他到处都找不到鬼僧。就问一个鬼："阴间没有变成鬼的和尚吗？"回答说："来了很多，全都打入丰都鬼城了。"

忏悔

【原文】

孝子忏悔亡父，僧诵普庵咒。至"南无佛佗耶"句，孝子喜曰："正愁我爷难过奈何桥，多承佗过了。"乃出金劳之。僧曰："若肯从重布施，连你娘等我也佗了去罢。"

【译文】

有一个孝子为了超度死去的父亲生前的罪孽，请和尚念诵普庵咒以超生。念诵到"南无佛佗耶"句时，孝子高兴地说："正愁我爹过不了奈何桥，承蒙你给驮过去了。"孝子拿出很多钱慰劳和尚。和尚说："你如果肯给更多的钱，连你娘我也驮过去。"

追荐①

【原文】

一僧追荐亡人，需银三钱，包送西方。有妇超度其夫者，送以低银。僧遂念往东方，妇不悦。以低银对，即算补之，改念西方。妇哭曰："我的天。只为几分银子，累你跑到东又跑到西，好不苦呀！"

【注释】

①追荐：诵经礼忏，超度死者。

【译文】

一个和尚为死人超度，需要收银子三钱，包送到西天极乐世界。有一个妇女想要超度她死去的丈夫，只给了二钱银子，和尚也不说少，只是口中念念有词地说往东走，妇女一听不是叫他丈夫到西方去，就很不高兴地责问了和尚。和尚怪她钱给少了，妇女立刻赔着笑脸又补给他一钱银子，此时和尚又改念往西方走。这个妇女哭喊着说："我的天啊，只为这点银子，累得你跑到东又跑到西，你好苦呀！"

哭响屁

【原文】

一人以幼子命犯孤宿，乃送出家。僧设酒款待，子偶撒一屁甚响，父不觉大恸①。僧曰："撒屁乃是常事，何以发悲？"父曰："我想小儿此后要撒这个响屁，再不能够了。"

【注释】

①大恸（tòng）：大哭。

【译文】

一个人请人给自己家的小孩子算命，算命的人说他命中注定要出家当和尚才能长大长寿，于是这个人就送儿子去当和尚。寺院里的和尚很高兴，设酒宴款待他，吃饭时小孩偶然放了一个响屁，父亲不由得大哭起来。和尚说："放屁乃是常事，你哭什么呢？"父亲说："我想小儿从今以后要放这么响的屁，是万万不能的了。"

闻香袋

【原文】

一僧每进房，辄闭门口呼"亲肉心肝"不置。众徒俟其出，启钥镉觑之，无他物，惟席下一香囊耳。众疑此有来历，乃去香，实以鸡粪。僧既归，仍闭门取香囊，且嗅且唤曰："亲肉心肝呀，你怎么这等臭。非撒了一屁么？"

【译文】

有一个和尚每次回到他自己的卧室，总是立刻关上房门，口里"心肝宝贝"地叫个不停。徒弟们等他外出时，就拿出钥匙打开房门一探究竟。可是寻遍了他的卧室，也没发现任何可疑的东西，只有席子下藏有一个香囊。徒弟们觉得这个香囊必定非同寻常，就想捉弄他一下，他们把里面的香粉拿走，塞进鸡粪。和尚回来后，仍然马上关上门取出香囊，一边闻一边大叫道："心肝宝贝呀，你怎么这样臭，难道是你放屁了吗？"

见和尚

【原文】

有三人同行，途遇穿一破裤者。一友曰："这好像猎户张豝[①]。"一人曰："不然。还似渔翁撒网。"又一人曰："都不确。依我看来，好像一座多年破庙。"问："为何？"答曰："前也看见和尚，后也看见和尚。"

【注释】

①张豝（bā）：豝，母猪；张豝，将母猪撑开以备处理。

【译文】

有三个人一同在路上走，遇到一个穿破裤子的人。一人说："这好像猎人在处理母猪。"另一人说："不对，是像渔翁在撒网打鱼。"又一个人说："都不是，依我看来，好像一座多年的破庙。"二人问他为什么，回答说："前面看见和尚，后面也看见了和尚。"

没骨头

【原文】

秀才、道士、和尚三人，同船过渡。舟人解缆稍迟，众怒骂曰："狗骨头，如何这等怠慢！"舟人忍气渡众下舡，撑到河中。停篙问曰："你们适才骂我狗骨头，汝秀才是甚骨头？讲得有理，饶汝性命，不然推下水去！"士曰："我读书人攀龙附凤[①]，自然是龙骨头。"次问道士，乃曰："我们出家人，仙风道骨，自然是神仙骨头。"和尚无可说得，乃慌哀告曰："乞求饶恕，我这秃子，从来是没骨头的。"

【注释】

①攀龙附凤：指巴结投靠有权势的人以获取富贵。

【译文】

秀才、道士、和尚三人，一起坐船过河。艄公解缆绳稍微慢了一点，三个人就骂道："狗骨头，为什么这样慢！"艄公听了十分生气，但仍然忍气摆船。

船到河中心时，停船问道：“你们刚才骂我狗骨头，你秀才是什么骨头？说得有理，饶你性命，否则推下水去！”秀才说：“我们读书人攀龙附凤，自然是龙骨头。”艄公又问道士，道士说：“我们出家人仙风道骨，自然是神仙骨头。”和尚没有什么可说，便慌忙哀求道：“求您老饶了我吧，我这秃子，是从来没有骨头的。”

杜徐①

【原文】

一僧赴宴而归，人问坐第几席，答曰：“首席是姓杜的，次席是姓徐的，杜徐之下，就是贫僧了。”

【注释】

①杜徐：音“肚脐”。

【译文】

有一个和尚赴宴回来，别人问他坐在第几席，和尚回答说：“首席是姓杜的，第二席是姓徐的，杜徐的下面，就是贫僧我了。”

头眼

【原文】

一僧与人对弈，因夺角不能成眼，躁甚头痒。乃手摩头顶而沉吟曰：“这个所在，有得一个眼便好。”

【译文】

有一个和尚与人下围棋，在棋盘四角争来争去都做不成眼，和尚烦躁得脑袋发痒。于是手摸头顶、眼看棋盘沉吟说：“这个地方，如果做成一眼，那就太好了。”

问秃

【原文】

一秀才问僧人曰："秃字如何写？"僧曰："不过秀才的尾巴弯过来就是了。"

【译文】

有一个秀才想取笑和尚，就问："你知道秃字怎么写吗？"和尚回答道："我当然知道，只不过是把秀才的屁股翘上来就是了。"

当真取笑

【原文】

一和尚途行，一小厮叫曰："和尚、和尚，光头浪荡。"僧怒云："一个筋头，翻在你娘肚上。"妇怒曰："我家小厮，不过作耍，为何出此粗言？"僧曰："娘娘，难道小僧当真，何须着急？"

【译文】

有一个和尚走在路上，一个小孩看见了就高声喊道："和尚、和尚，光头浪荡。"和尚听了生气，就回敬道："一个筋斗，翻到你娘肚皮上。"小孩的母亲听了生气地说："我家小孩，不过是跟你开玩笑，你为什么说这样粗鲁的话？"和尚回答说："娘子，我也不当真，着什么急嘛？"

跳墙

【原文】

一和尚偷妇人，为女夫追逐。既跳墙，复倒坠，见地上有光头痕。遂捏拳即指痕土上如冠子样，曰："不怕道士不承认。"

【译文】

有一个和尚与一个妇女正在偷情，被妇女的丈夫发现了，拔腿就跑，丈夫在后面不停地追赶。和尚只好翻墙而过，结果头朝下倒栽了下去，在泥地上留下了光头的印子。和尚握着拳头在地上压出了一个帽子的形状，说："不怕道士不承认。"

驱蚊

【原文】

一道士自夸法术高强，撇得好驱蚊符，或请得以贴室中。至夜蚊虫愈多。往咎道士。道士曰："吾试往观之。"见所贴符曰："原来用得不如法耳。"问："如何用法？"曰："每夜赶好蚊虫，须贴在帐子里面。"

【译文】

有一个道士自夸法术高明，胜人一筹，尤其是驱蚊符做得好，有人求他做了一个驱蚊符，贴在卧室里。不想到了晚上蚊虫更多，那个人就跑到道士那里责骂他。道士说："待我去看看再说。"道士见了那个人所贴的驱蚊符说："原来是用的方法不对。"那个人问："那该怎么用？"道士说："要想每天晚上赶走蚊虫，必须将驱蚊符贴在蚊帐里面。"

谢符

【原文】

一道士过王府基，为鬼所迷，赖行人救之，扶以归。道士曰："感君相救，无物可酬，有避邪符一道，聊以奉谢。"

【译文】

有一个道士路过王府的墓地，被鬼所迷，差点丧命，幸亏被一个过路人相救，扶他回来。道士说："感谢你出手相救，没什么东西可以酬谢，只有避邪符一道送给你，略表谢意。"

养汉尼

【原文】

有尼姑同一妓者，死见阎王。王问妓，曰："汝前世做何生理？"妓曰："养汉接客。"王判云："养汉接人，方便孤身。发还阳世，早去超生。"问尼姑："你是何人？"答曰："吃素念佛。"王亦判云："吃素念经，佛口蛇心。一百竹片，打断脊筋。"尼哀告曰："不瞒大王说，小妇人虽是个尼姑，其实背地里养汉，做私窠子①的。"

【注释】

①私窠（kē）子：私娼。

【译文】

有一个尼姑与一个妓女死后一同去见阎王。阎王问妓女，说："你生前是干什么的？"妓女回答说："养汉接客。"阎王判道："养汉接客，解决了单身男子的苦恼。判你返还人间，早去超生。"阎王又问尼姑："你是什么人？"尼姑回答说："吃斋念佛。"阎王听后判道："吃斋念经，佛口蛇心。打一百大板，打断她的脊筋骨。"尼姑听后哀求说："不瞒大王说，小妇人我虽说表面上是一个尼姑，其实背地里养汉，做暗娼。"

 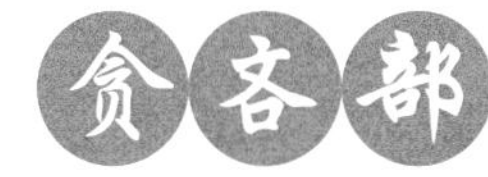

贪吝部主要描写古代生活中贪婪而又吝啬的丑相，深入揭露这种现象的本质，语言夸张而又诙谐、幽默，一针见血地批判当时社会人们的劣性和不良风气。贪吝的人在今天也是大有人在的，所以，本部分内容有借古喻今的意义。

开当

【原文】

有慕开典铺者，谋之人，曰："需本几何？"曰："大典万金，小者亦须千计。"其人大骇而去。更请一人问之，曰："百金开一钱当亦可。"又辞去。最后一人曰："开典如何要本钱，只须店柜一张，当票数纸足亦。"此人乃欣然。择期开典。至日，有持物来当者。验收讫，填空票计之。当者索银，答曰："省得称来称去，费坏许多手脚。待你取赎时，只将利银来交便了。"

【译文】

有一个人羡慕开当铺的人发大财，他也想开一间当铺，于是就请教别人，说："开一个当铺需要多少本钱？"别人回答说："如果开大当铺，需要上万金，开小当铺也得上千金。"那个人听了，大吃一惊地走了。又向另外一个人请教，那个人对他说："开当铺，只要有一百金的本钱就行了。"那个人听了后，又走了。最后又请教一个人，这个人说："开当铺哪还要什么本钱？只要有一张柜台，有一本当票就够了。"那个人听了，觉得这个人讲的有道理，便很高兴地选了个好日子开张营业了。不一会儿，就有一个人拿了东西来当，他验收完后，就给当东西的人开了一张空头当票。当东西的人向他要钱，他说："你拿着这当票就行了，省得银子称来称去的，造成许多麻烦。你在取赎东西时，把利钱给我就行了。"

请神

【原文】

一吝者，家有祷事，命道士请神，乃通诚请两京神道。主人曰："如何请这远的？"道士答曰："近处都晓得你的情性，说请他，他也不信。"

【译文】

有一个吝啬鬼，家中要做法事，让道士请神驱邪，道士口中念念有词，请的都是离得很远的两京神道。主人说："为何请那么远的？"道士回答说："近处的神都知道你为人吝啬，说请他，他也不信。"

酒煮滚汤

【原文】

有以淡酒宴客者。客尝之，极赞府上烹调之美。主曰："粗肴未曾上桌，何以见得？"答曰："不必论其它，只这一味酒煮白滚汤，就妙极了。"

【译文】

有一个人请客人喝酒，水多酒少，酒味很淡。客人品尝之后，大力称赞他家很会烹调。主人说："粗粮饭菜还没有上桌，你都还没有吃过，怎能就说好呢？"客人说："别的不说，就这一道酒煮白开水，就已经妙极了。"

大眼

【原文】

主人自食大鱼，却烹小鱼供宾，误遗大鱼眼珠于盘，为客所觉。因戏言："欲求鱼种，归蓄之池。"主谦曰："此小鱼耳，有何足取。"客曰："鱼虽小，难得这双大眼睛。"

【译文】

有一个人自己吃大鱼，却做小鱼给客人吃，装鱼的时候一不小心把大鱼的眼珠子装到了客人的小鱼的盘子里，结果被客人发现了。客人开玩笑地说："我想要这条鱼的鱼种，拿回家放到池塘里养着。"主人谦虚地说："你那个是小鱼，有什么值得要的。"客人说："鱼虽然小，但是难得有这双大眼睛。"

萝卜作证

【原文】

有学博者，宰鸡一只，伴以萝葡制馔[①]，邀请青衿二十辈食之。鸡魂赴冥司[②]告曰："杀鸡供客，此是常事，但不合一鸡供二十余客。"冥司曰："恐无此理。"鸡曰："萝葡作证。"及拘萝葡审问，答曰："鸡你欺心，那日供客，只见我，何曾见你？博士家风类如此。"

【注释】

①馔（zhuàn）：食物。

②冥司：阴间的长官。

【译文】

有一个学识渊博的人，杀了一只鸡，加上萝卜一起煮了一大锅，邀请二十位朋友来家里吃饭。鸡死之后，它的魂灵到九泉之下的阎罗王那里去告状说："杀鸡给客人吃，这本来是正常的事，但也不应该一只鸡供二十个客人吃。"阎罗王说："恐怕没有这样的事吧。"鸡说："不信可以问萝卜，萝卜可以作证。"于是阎罗王就派小鬼抓来了萝卜审问，萝卜却说："鸡你昧着良心说话，那天请客吃饭，只看见我，什么时候见到过你？博学人家的风气几乎都是这样的。"

出外难

【原文】

客人雇船往杭州，清早打米煮饭，梢婆背着客人，将淘过湿米偷起一大碗，放在灶头里。客人瞧见不便明言，坐在官舱内，连声高叫曰："在家千日难，出外一时好。"梢婆曰："客人说错了，在家千日好，出外一时难，因何反说呢？"客人曰："你既晓得我难，把灶头里一碗米，求你放在锅里罢！"

【译文】

有一个客人雇了一艘船前往杭州，大清早起来划船的老婆婆要洗米煮饭，只见她背着客人，把淘过的湿米偷起一大碗，藏在锅台的最里边。客人瞧见后不好意思明说，就坐在船舱里高声说："在家千日难，出外一时好。"划船的老婆婆说："客人您说错了，在家千日好，出外一时难，为什么说反了呢？"客人说："既然你知道我难，锅台里的一碗米，求你放在锅里吧！"

厕吏

【原文】

一吏人贪婪无厌，遇物必取，人无不被害者。友人戏之曰："观汝所为，他日出身除是管厕混斯无所耳。"吏曰："我若司厕，一般有钱欲登厕者，禁之不许，彼必赂我；本不登厕者，逼之登厕，彼无奈何，岂患不赂我耶？"

【译文】

一个官吏贪得无厌，看见什么有用的东西都要拿，没有人不被他坑害的。有一个朋友开玩笑地对他说："我看你的所作所为，以后要想你不这样，除非让你管厕所。"这个官吏却说："我如果管厕所，一般有钱的人想上厕所，我偏不让他用，他一定会贿赂我；原来不想上厕所的，我就逼他上厕所，他没有办法，难道还愁他不贿赂我吗？"

各挑行李

【原文】

兄弟三人经商投宿，共买一鱼烹调在案。长兄唱驻云飞一句曰："这个鱼我要中间一段儿。"二兄唱曰："我要头和尾，谁敢来争嘴？"三弟曰："喳，汤儿是我的。"仆夫初犹觊望①，或得沾味，闻此则绝望矣，进前作揖唱曰："告君知，明日登程，各自挑行李，那时节辛勤怨得谁，那时节辛勤怨得谁？"

【注释】

①觊（jì）望：企望。

【译文】

兄弟三人出门做生意，半路上在一家旅馆住下，合伙买了一条鱼，做好了之后放在桌子上。长兄唱《驻云飞》中的一句道："这个鱼儿我要中间一段儿。"二兄唱道："我要头和尾，谁敢来争嘴？"三弟唱道："喳，汤儿是我的。"仆人最初还在那偷偷地看，以为或许能够跟着尝到点儿味，听到这儿就彻底失望了，上前作揖唱道："跟你们讲，明日走路，各人的行李各人挑，那时候辛苦怨得了谁，那时候辛苦怨得了谁？"

谢赏

【原文】

一官坐堂，偶撒一屁，自说"爽利"二字。众吏不知，误听以为"赏吏"，冀①得欢心，争跪禀曰："谢老爷赏！"

【注释】

①冀：希望，期望。

【译文】

有一位官吏坐在公堂上，突然放了一个屁，感觉浑身通泰，于是自言自语地说了"爽利"两个字。他手下的官吏们不知根底，听成了"赏吏"二字，于是都希望得到大人的欢心，便争着跪下说："谢老爷奖赏！"

好放债

【原文】

一人好放债。家已贫矣，止馀斗粟，仍谋煮粥放之。人问曰："如何起利？”答曰：“讨饭。”

【译文】

有一个人喜好放债，家里已穷得没有什么东西可以拿去放债了，只剩斗米，仍想着煮粥放债。别人问他：“怎样收取利息？”那个人回答说：“借给他粥让他还我米饭。”

大东道

【原文】

好善者曰：“闻当日佛好慈悲，曾割肉喂鹰，投崖喂虎，我，欲效之。但鹰在天上，虎在山中，身上有肉，不能使啖。夏天蚊子甚多，不如舍身斋了蚊。”乃不挂帐，以血饲蚊。佛欲试其虔诚，变一虎啖之。其人大叫曰：“小意思吃些则可，若认真这样大东道，如何当得起！”

【译文】

有一个乐善好施的人说：“听说佛祖慈悲好行善，曾经割自己的肉喂老鹰，也曾割自己的肉喂悬崖下的老虎。我要效仿他，但老鹰在天上，老虎在深山里，我身上的肉他们吃不到。夏天蚊虫极多，不如舍身专门喂养蚊虫算了。”于是不再挂蚊帐，每天用自己的血来喂养蚊虫。佛祖想要试验他是否真的虔诚，变做一只老虎来吃他，那个人大叫道：“小点的吃客吃点倒可以，但如果真的来了这样一个大吃客，叫我如何承受得起！”

打半死

【原文】

一人性最贪，富者语之曰：“我白送你一千银子，与我打死了罢。”其人沉吟良久，曰：“只打我半死，与我五百两何如？”

【译文】

有一个人十分贪婪，富人对他说：“我白送你一千两银子，让我打死你吧。”那个人盘算了半天，回答道：“你只把我打个半死，给我五百两怎么样？”

命穷

【原文】

乡下亲家新制佳酿。城里亲家慕而访之，冀其留饮。适亲家他往，亲母命子款待，权为荒榻留宿。其亲母卧房止隔一壁。亲家因未得好酒到口，方在懊闷，值亲母桶上撒尿，恐声响不雅，努力将臀夹紧，徐徐滴沥而下。亲家听见，私自喜曰："原来才在里面滤酒哩。想明早得尝其味矣。"亲母闻言，不觉失笑，下边松动，尿声急大，亲家拍掌叹息曰："真是命穷，可惜滤酒榨袋，又撑破了。"

【译文】

乡下亲家新酿了好酒。城里亲家听说后去拜访，希望能留在乡下亲家的家里好好地喝上一杯。很不凑巧乡下亲家外出了，亲家母让儿子留城里亲家在破屋子里勉强住一晚。亲家母卧室与城里亲家的卧室只有一墙之隔。城里亲家因为没喝到好酒，正在烦恼，恰巧亲家母在桶上撒尿，因怕尿声太大被城里亲家听见不雅，便尽力把屁股夹紧，尿徐徐滴沥而下，声音细小。不巧还是被城里亲家听见了，他暗自高兴地说："原来刚刚在里面滤酒哩，想来明早就可以尝到酒味了。"亲家母听到他说的话，忍不住笑了起来，一下子屁股松动，尿

声又急又大，城里亲家拍掌叹息道："真是没有好命，可惜滤酒的袋子，又撑破了。"

兄弟种田

【原文】

有兄弟合种田者，禾既熟，议分。兄谓弟曰："我取上截，你取下截。"弟讶其不平，兄曰："不难，待明年，你取上，我取下，可也。"至次年，弟催兄下谷种，兄曰："我今年意欲种芋头哩。"

【译文】

有两个兄弟合伙种稻子，稻子已经成熟，二人商议如何分配。哥哥对弟弟说："我要上半截，你要下半截。"弟弟听了十分吃惊，认为不公平，哥哥开导他说："这好办，等到明年，你要上半截，我要下半截，这样就公平了。"弟弟同意了。到了第二年春天，弟弟催促哥哥播撒稻种，哥哥说："我今年打算种芋头哩。"

合伙做酒

【原文】

甲乙谋合本做酒，甲谓乙曰："汝出米，我出水。"乙曰："米若我的，如何算账？"甲曰："我绝不亏心，到酒熟时，只还我这些水罢了，其余多是你的。"

【译文】

甲乙两个人商议合伙酿酒，甲对乙说："你出米，我出水。"乙说："米如果我出，最后如何算账？"甲说："我绝不占你的便宜，到酿好酒时，把我的水还给我就行了，其余的全都归你。"

翻脸

【原文】

穷人暑月无帐，复惜蚊烟费，忍热拥被卧。蚊其面，邻家有一鬼脸，借而带之。蚊口不能入，谓曰："汝不过惜一文钱耳，如何便翻了脸？"

【译文】

有一个穷人夏天没有蚊帐，又舍不得点蚊香，忍耐着暑热盖着被子睡觉。这样蚊子就咬不到他的身上，但是他的脸露在外面，蚊子便来叮咬他的脸，于是，他向邻居借来一个鬼脸带在脸上。蚊子再也咬不着他的脸，说道："你不过就是舍不得一文钱罢了，怎么还翻了脸？"

画像

【原文】

一人要写行乐图，连纸笔颜料，共送银二分。画者乃用水墨于荆川纸上，画出一背像。其人怒曰："写真全在容颜，如何写背？"画者曰："我劝你莫把面孔见人罢。"

【译文】

有一个人请画师画一幅行乐图，连同纸笔颜料在内，只给了画师二分银子。于是画师在荆川纸上用墨水画了一个人的背影。那个人见了大怒道："画像全在人的容貌，为什么画背影？"画师说："我就是劝你不要拿脸来见人罢了。"

许日子

【原文】

一人性极吝啬，从无请客之事。家僮偶持碗一篮，往河边洗涤①，或问曰："你家今日莫非宴客耶？"僮曰："要我家主人请客，除非那世里去！"主人知而骂曰："谁要你轻易许下他日子！"

【注释】

①洗涤（dí）：清洗。

【译文】

有一个人极其吝啬，从来没请过客。有一天家里的仆僮拿着满满一篮子碗，到河边去刷洗，有人看见了问道："难道你家今天请客？"仆僮回答说："要我家主人请客，除非下辈子！"主人知道了此事骂道："谁让你轻易许下他日子的！"

携灯

【原文】

有夜饮者，仆携灯往候。主曰：“少时天便明，何用灯为？”仆乃归。至天明，仆复往接，主责曰：“汝大不晓事，今日反不带灯来，少顷就是黄昏，叫我如何回去？”

【译文】

有一个晚上在外喝醉酒的人，仆人打着灯笼去接他。主人说：“再过一会儿天就亮了，拿灯来有什么用呢？”仆人于是回去了。天亮了，仆人又去接他，主人责怪道：“你太不懂事了，昨晚带灯现在反而不带灯来，一会就是黄昏，叫我怎么回去？”

不留客

【原文】

客远来，久坐，主家鸡鸭满庭，乃辞以家中乏物，不敢留饭。客即借刀，欲杀己所乘马治餐。主曰：“公如何回去？”客曰：“凭公于鸡鸭中，告借一只，我骑去便了。”

【译文】

有一个客人远道而来，坐了很久，主人家里本是鸡鸭满院，但仍然借口说家里困难，不便留客人吃饭。客人听了心里很不是滋味，他马上借刀，打算杀掉自己骑的马来做菜。主人说：“你把你的马杀了，那你怎么回去？”客人说：“请你在你家这些鸡鸭中，借我一只，我骑着回去就是了。”

不留饭

【原文】

一客坐至晌午，主绝无留饭之意。适闻鸡声，客谓主曰：“昼鸡啼矣。”主曰：“此客鸡不准。”客曰：“我肚饥是准的。”

【译文】

一个客人一直坐到中午，眼看都到饭点了，主人却毫无留饭之意。正好听到鸡打鸣，客人对主人说：“鸡报时该吃午饭了。”主人说：“这只别人家的鸡报时不准。”客人说：“我肚子饿是准的。”

射虎

【原文】

一人为虎衔去，其子执弓逐之，引满欲射。父从虎口遥谓其子曰：“我儿，须是兜脚射来，不要伤坏了虎皮，没人肯出价钱。”

【译文】

一个人被老虎叼去，他的儿子拿着弓箭急忙去追赶，拉开弓正准备要射。父亲从虎口处远远地对儿子喊道：“儿子，你一定要射老虎的脚，不要伤害、破坏了虎皮，不然没有人肯出好价钱。”

吃人

【原文】

一人远出回家，对妻云：“我到燕子矶，蚊虫大如鸡。后过三山硖，蚊虫大如鸭。昨在上新河，蚊虫大如鹅。”妻云：“呆子，为甚不带几只来吃？”夫笑曰：“它不吃我就够了，你还敢想去吃它！”

【译文】

有一个人出了趟远门，回家后对妻子说：“我到燕子矶，蚊虫大如鸡。后过三山硖，蚊虫大如鸭。昨在上新河，蚊虫大如鹅。”妻子说：“呆子，为什么不带几只回来吃？”丈夫笑道：“它不吃我就不错了，你还敢想去吃它！”

悭吝①

【原文】

一人性最悭吝，忽感痨瘵②之疾，医生诊视云：“脉气虚弱，宜用人参培补。”病者惊视曰：“力量绵薄，惟有委命听天可也。”医生曰：“参既不用，须以熟地代之，其价颇贱。”病者摇首曰：“费亦太过，愿死而已。”医知其吝啬，乃诈言曰：“别有一方，用干狗屎调黑糖一二文服之，亦可以补元神。”病者跃然起问：“不知狗屎一味，可以秃用否？”

【注释】

①悭（qiān）吝：吝啬。

②痨瘵（zhài）：肺结核病，俗称肺痨。

【译文】

有一个人最为抠门，忽然得了肺结核，医生诊断说："脉气虚弱，最好用人参补补身体。"这个病人十分吃惊，看着医生说："身体虚弱，只好听天由命了。"医生说："人参如果不用，必须用熟地代替，熟地的价钱很便宜。"病人摇头说："太浪费钱了，我情愿去死。"医生知道他吝啬，便戏弄他说："还有一种药方，用干狗屎伴着红糖一二钱服下去，也可以补身子。"病人兴奋地问道："不晓得能不能只单独用狗屎，而不用红糖？"

卖粉孩

【原文】

一人做粉孩儿出卖，生意甚好。谓妻曰："此后只做束手的，粉可稍省。"果卖去。又曰："此后做坐倒的，当更省。"仍卖去。乃曰："如今做垂头而卧者，不更省乎？"及做就，妻提起看曰："省则省矣，只是看看不像个人了。"

【译文】

一个人卖馒头，全部用面粉捏成小孩子的形状，生意非常好。他对妻子说："以后只做手贴着身子的，那样可节省一些面粉。"结果也卖掉了。那人又对妻子说："以后只做坐着的，那样更节省。"结果仍然卖掉了。接着他又对妻子说："如果做低头躺着的，不更节省吗？"等到做完了，妻子拿起来说："省倒是省了，只是看着不像人了。"

独管裤

【原文】

一人谋做裤而吝布，连唤裁缝，俱以费布辞去。落后一裁缝曰："只须三尺足矣。"其人大喜，买布与之。乃缝一脚管，令穿两足在内。其人曰："迫甚，如何行得？"缝匠曰："你脱煞要省，自然一步也行不开的。"

【译文】

有一个人想做一条裤子，又怕多费布花冤枉钱，一连找了好几个裁缝，都因为嫌弃浪费布没做成。最后一个裁缝说："只需要三尺布就足够了。"那个人十分高兴，买了三尺布交给了裁缝。裁缝于是缝了一只裤腿，让他把两条腿都穿在里边。那个人说："着急的时候，该怎么迈步？"裁缝说："你拼命要省，自然一步也行走不了了。"

莫想出头

【原文】

一性吝者，买布一丈，命裁缝要做马衣一件，裤一条，袜一双，余布还要做顶包巾。匠每以布少辞去，落后一裁缝曰："我做只消八尺，倒与你省却两尺，何如？"其人大喜，缝者竟做成一长袋，将此人从头顶口用绳收紧。其人曰："气闷极矣。"匠曰："遇着你这悭吝鬼，自然是气闷的。省是省了，要想出头却难哩！"

【译文】

有一个人十分抠门，买了一丈布，想让裁缝做一件马褂，一条裤子，一双袜子，剩余的布还要做顶帽子。许多裁缝都因为布不够用而推辞掉，最后有个裁缝说："我做只需用八尺布，还可以为你省下两尺布，怎么样？"那个人听了十分高兴。几天后裁缝竟然做成一个长口袋，将那人从头套到脚，之后用绳绑紧袋口，可谓帽子、马褂、裤子、袜子都有了。那个人说："太闷了。"裁缝回答道："遇着你这个吝啬鬼，自然是要被郁闷死。布省是省了，但想要出头却难哩！"

因小失大

【原文】

有造方便觅利者。遥见一人撩衣，知必小解。恐其往所对邻厕，乃伪为出恭，而先踞其上。小解者果赴己厕。其人不觉，偶撒一屁，带下粪来，乃大悔恨，曰："何苦因小失大。"

【译文】

有一个人在路旁建了一个厕所，目的是能获得路人的大小便以用来肥田。有一天，他远远看见一个行人撩起衣服，知道行人要小便。他怕行人上邻居家的厕所，于是假装大便，抢先蹲到邻居家的厕所，行人果然去了他家的厕所。他蹲在邻居家厕所，偶然放了一个屁，带下粪便来，于是十分懊悔，说："何苦因小失大。"

七德

【原文】

一家延师，供馔甚薄。一日，宾主同坐，见篱边一鸡，指问主人曰："鸡有几德？"主曰："五德。"师曰："以我看来，鸡有七德。"问："为何多了二德？"答曰："我便吃得，你却舍不得。"

【译文】

有一户人家聘请了一个教书先生，供给的一日三餐很差。有一天，主人与教书先生坐在一起，看到院子的篱笆边站一只鸡，教书先生指着鸡向主人问道："你觉得鸡有几德？"主人说："五德。"教书先生说："在我看来，鸡应该有七德。"主人问："为什么多了二德？"教书先生回答说："我便吃得，你却舍不得。"

粪鸡

【原文】

东家供师甚薄，久不买荤。一日，粪缸内淹死一鸡子，烹以为馔，师食而疑之，问其徒，徒以实告，师愤甚。少顷，主人进馆，师忙执笤帚一把，塞其口中，逼使尽食。东家曰："笤帚如何吃得？"师曰："你既不肯吃笤帚，如何倒叫先生吃粪鸡（音同箕）[①]！"

【注释】

①粪鸡：音近“畚箕”（běn jī），盛器，多用以盛笤帚所扫起之垃圾。

【译文】

有一户人家聘了一个教书先生，但是每餐供给的饭食很差，很长时间也没有荤菜。有一天，主人家的一只鸡掉到粪缸内淹死了，主人觉得丢了可惜，便煮给先生吃。先生尝后感觉味道不正常，有一股粪味，便去问他的学生是什么原因，学生以实相告，先生十分愤怒。不一会儿，主人来到书房，刚刚进门先生就急忙拿起一把笤帚，塞进主人嘴中，逼他全部吃了。主人说：“笤帚怎么能吃？”先生说：“你既不能吃笤帚，为何反倒让我吃粪鸡（畚箕）！”

恶神

【原文】

一神道险恶，赛者必用生人祭祷。有酬愿者，苦乏人献。特于供桌中挖一孔，藏身在桌下，而伸头于桌面，俟神举箸，头忽缩下。神大怒，骂曰：“这班小鬼都是贼，才得举箸，如何嗄饭[1]就一些没有了！”

【注释】

①嗄（á）饭：菜肴。

【译文】

有一个恶神极其险恶凶残，如有求于他，需用活人去祭奠。有个人要实现一桩心愿打算求恶神帮忙，由于缺少活人祭奠而十分苦恼。于是，他事先在供桌上挖了一个洞，把自己的身子藏在桌下，只把头露在桌面上，等到恶神举起筷子去夹人头的时候，

他突然就把头缩回到桌面下。恶神大怒，骂道："这些小鬼都是贼，我才举起筷子，怎么一下子菜肴就一点也没有了！"

下饭

【原文】

二子同餐，问父用何物下饭。父曰："古人望梅止渴，可将壁上挂的腌鱼，望一望吃一口，这就是下饭了。"二子依法行之，忽小者叫云："阿哥多看了一眼。"父曰："咸杀了他。"

【译文】

两个儿子准备吃饭，可是一点菜都没有，就问父亲用什么东西下饭。父亲说："古人望梅止渴，不如我们就仿效古人，家里墙壁上还挂有咸鱼干，你们就看一眼吃一口白米饭，这样下饭就行了。"两个儿子依言而行。饭刚吃了一半，忽然小儿子叫道："哥哥多看了咸鱼干一眼。"父亲回答说："咸死他。"

吃榧①伤心

【原文】

有担榧子在街卖者，一人连吃不止。卖者曰："你买不买，如何只吃？"答曰："此物最能养脾。"卖者曰："你虽养脾，我却伤心。"

【注释】

①榧（fěi）：为红豆杉科植物香榧的种子。

【译文】

有一个人挑着榧子在街上叫卖，有一个人站在装榧子的竹筐前老是吃。卖榧子的人说："你不要光顾着吃，到底买不买？"那个人回答道："这种东西对脾很有好处。"卖榧子的人说："你倒是养脾了，我却伤心了。"

一味足矣

【原文】

一先生开馆，东家设宴相待。以其初到加礼，乃宰一鹅奉饮。饮至酒阑①。先生谓东翁曰："学生取扰的日子正长，以后饮馔，务须从俭，庶得相安。"因指盘中鹅曰："日日只此一味足矣，其余不必罗列。"

【注释】

①阑：尽。

【译文】

有一个教书先生被新聘到一户人家教书，主人设宴款待，因为教书先生第一次来，以显示对先生的尊重，特地宰杀一只鹅。酒快喝完的时候，先生对主人说："我在你家打扰的日子很长，以后一日三餐，一定不要铺张浪费，才能在一起相处得安心和睦。"接着指着盘中没有吃完的鹅肉说："每天只要这一个菜就够了，其余的就不要了。"

卖肉忌赊

【原文】

有为儿孙做马牛者。临终之日，呼诸子而问："我死后，汝辈当如何殡殓？"长子曰："仰体大人惜费之心，不敢从厚，缟衣①布衾，一寸之棺，一寸之椁②，墓道仅以土封。"翁攒眉良久，责其多费。次子曰："衣衾棺椁，俱不敢用，但择稿荐③一条，送于郊外，谓之火葬而已。"翁犹疾其过奢。三子默喻父意，乃诡词以应曰："吾父爱子之心，无所不至，既经殚力于生前，岂惜捐躯于死后？不若以大人遗体，三股均分，暂作一日之屠儿，以享百年之遗泽，何等不好。"翁乃大笑曰："吾儿此语，适获我心。"复戒之曰："对门王老三，惯赖肉钱，断断不可赊。"

【注释】

①缟（gǎo）衣：旧时居丧或遭其他凶事时所穿的白色衣服。

②椁（guǒ）：套在棺材外面的大棺材。

③稿荐：草席。

【译文】

有一个人为儿孙做了一辈子牛马。他临死之前，叫来三个儿子问道："我死了之后，你们打算如何安葬我？"大儿子说："我们已领会您怕浪费的心思，所以不打算厚葬，打算用白粗布盖上尸体，里面用一寸厚的内棺，外面用一寸厚的套棺，坟墓只用土埋。"老头皱眉想了很久，责备他太浪费。二儿子说："衣服、被盖、内棺、外棺，都不敢用，只用一条草帘子，把尸体裹好送到郊外，用火烧掉就行了。"老头仍然认为过于奢侈。三儿子领会了父亲的心意，便骗他说："父亲为我们操劳关心，无微不至，既然生前拼命劳作，难道在死后会吝惜捐躯吗？不如把您的遗体，砍成三段分给三个儿子，我们就充当一天的屠夫把肉卖给他人，这样便可实现父亲的遗愿，又可以让我们得利，是再好不过的了。"老头于是大笑说："我儿的这番话，正合我的心思。"接着又告诫儿子们说："对门王老三，一贯买肉赖账，千万不要赊给他。"

咬嚼不过

【原文】

一人死后，转床殡殓，诸亲及众妇绕灵而哭。只见孝帏①裂碎，到处飞扬，皆称怪像，特往关魂问之。乃曰："无他。只是当众人咬嚼不过耳。"

【注释】

①孝帏：悬挂在灵床或灵柩前的帷帐。

【译文】

有一个人死后，换床殡殓，各位亲朋好友及一帮妇女围绕着灵柩哭泣。忽然灵床前的帷帐裂碎，到处飞扬，众人都觉得这种情况很不正常，特地请了他的鬼魂来问什么原因。他的魂魄回答说："没有别的，只不过是被你们吵得忍无可忍罢了。"

蘸酒

【原文】

有性吝者，父子在途，每日沽酒一文，虑其易竭，乃约用箸头蘸尝之。其子连蘸二次，父责之曰："如何吃这般急酒！"

【译文】

父子俩都十分吝啬。有一次二人要赶很远的路，每天只买一文钱的酒，两个人担心喝得太快，便约定不许喝，只能用筷头蘸着吃。儿子连蘸两次，父亲斥责儿子说："干什么喝得这么急！"

吞杯

【原文】

一人好饮，偶赴席，见桌上杯小，遂作呜咽之状。主人惊问其故，曰：

“睹物伤情耳。先君去世之日，并无疾病，因友人招饮，亦似府上酒杯一般，误吞入口，咽死了的。今日复见此杯，焉得不哭？”

【译文】

有一个人好喝酒，偶然间去参加宴席，见桌上酒杯很小，觉得喝酒不过瘾，于是假装难过哭泣的样子。主人惊奇地问他为何哭泣难过，那个人回答说：“睹物思人啊，我父亲去世那天，并不是因为疾病，而是由于朋友相邀饮酒，结果用的酒杯也像您府上的酒杯一样小，不小心吞到肚子里去了，因此被噎死了。今天又见到跟那个酒杯一样小的酒杯，怎么能不伤心难过呢？”

好酒

【原文】

父子扛酒一坛，路滑跌翻。其父大怒，子伏地痛饮，抬头谓父曰：“快些来么，难道你还要甚菜？”

【译文】

父子俩抬着一坛酒，因为路滑摔跤，酒坛子跌翻了，酒撒了一地。父亲爬起来后非常生气，儿子却趴在地上猛喝洒在地上的酒，偶尔抬起头对父亲说：“快趴下喝呀，难道你还要等什么下酒菜？”

恋席

【原文】

客人恋席，不肯起身。主人偶见树上一大鸟，对客曰：“此席坐久，盘中肴尽，待我砍倒此树，捉下鸟来，烹与执事侑①酒，何如？”客曰：“只恐树倒鸟飞矣。”主云：“此是呆鸟，他死也不肯动身的。”

【注释】

①侑（yòu）：劝人吃喝。

【译文】

有一个客人贪恋酒席，迟迟不肯离席。主人碰巧看见树上有只大鸟，便对客人说：“这宴席已经吃很久了，盘里的菜也没了，等我砍倒那棵大树，捉下那只鸟来，煮熟给您下酒，怎么样？”客人说：“只怕树砍倒了鸟也飞啦。”主人说：“这是一只呆鸟，它死也不肯动身的。”

恋酒

【原文】

一人肩挑磁壶，各处货卖。行至山间，遇着一虎，咆哮而来。其人怆甚，忙将一壶掷去，其虎不退。再投一壶，虎又不退。投之将尽，止存一壶，乃高声大喊曰："畜生畜生，你若去，也只是这一壶；你就不去，也只是这一壶了！"

【译文】

有一个人肩挑一些磁壶，到处去叫卖。有一天走到一座山上，遇到一只老虎，凶猛地向他扑来。此人十分害怕，忙将一个磁壶扔过去，老虎却不肯退走。又扔了一个磁壶，老虎还是不退。于是他不断地把磁壶扔过去，眼看磁壶即将扔完了，只剩下最后一个磁壶了，于是高声大叫道："畜生畜生，你如果离开，也就扔这最后一个磁壶给你了；你即便不离开，也只是扔这最后一个瓷壶给你了！"

四脏

【原文】

一人贪饮过度，妻子私相谋议曰："屡劝不听，宜以险事动之。"一日，大饮而哕。子密袖猪膈[①]，置哕中，指以谓曰："凡人具五脏，今出一脏矣，何以生耶？"父熟视曰："唐三藏尚活世，况我有四脏乎！"

【注释】

①膈（gé）：动物体腔中分隔胸腹两腔的膜状肌肉。

【译文】

有一个人喜欢贪杯，妻子和儿子暗地里商量说："多次劝说他戒酒都不听，我们要用惊险的事来惊醒他。"有一天那个人又喝醉了酒，酒后呕吐了不少污物。儿子在袖子里偷偷地藏了一个猪膈，悄悄地放到吐出的污物之中，然后指着猪膈对父亲说："凡人共有五脏，现在你吐出一脏，还怎么活下去呢？"父亲仔细看了一会说："唐三藏只有三脏还能活，何况我还有四脏呢！"

寡酒

【原文】

一人以寡酒劝客，客曰："不如拿把刀来杀了我罢。"主愕然，问："劝酒无非好意，何出此言？"客曰："其实当你寡（音同"剐"）不过了。"

【译文】

有一个人请客人喝酒却没有菜，还一直劝他喝，客人说："不如拿把刀来杀了我吧。"主人十分吃惊，问道："劝酒全是好意，为何说这样的话？"客人说："其实我以为你要寡（剐）我。"

梦戏酌

【原文】

一人梦赴戏酌，方定席，为妻惊醒，乃骂其妻。妻曰："不要骂，趁早睡去，戏文还未半本哩！"

【译文】

有一个人做梦去看戏，刚刚到戏院里坐稳，被妻子惊醒了，于是大骂妻子不该吵醒了他的好梦。妻子说："不要骂，赶紧去睡吧，戏文可能还未演到一半哩！"

梦美酒

【原文】

一好饮者，梦得美酒，将热而饮之。忽被惊醒，乃大悔曰：“早知如此，恨不冷吃。”

【译文】

有一个好喝酒的人，做梦时得到一壶好酒，打算温热了以后再喝，突然被惊醒了，于是十分懊悔，说：“早知如此，不如趁冷就喝了。”

截酒杯

【原文】

使僮斟酒不满，客举杯细视良久，曰：“此杯太深，当截去一段。”主曰：“为何？”客曰：“上半段盛不得酒，要他何用？”

【译文】

仆僮给客人斟酒总是只倒不满，客人心里很不高兴，端着酒杯看了许久，说：“这个酒杯太深了，应当截去一段。”主人说：“为什么？”客人说：“上半部分装不了酒，要它有什么用？”

切薄肉

【原文】

主有留客饭，仅用切肉 碗，既嚣且少。乃作诗以诮之，曰：“君家之刀利且锋，君家之手轻且松。切来片片如纸同，周围披转无二重。推窗忽遇微小风，顿然吹入五云中。忙忙令人觅其踪，已过巫山十二峰。”

【译文】

主人挽留客人在家吃饭，仅仅做了一碗切肉，肉切得很薄，而且也很少，显得极为吝啬。客人心里很不高兴，于是作诗一首讥讽，道：“君家之刀利且锋，君家之手轻且松。切来片片如纸同，周围披转无二重。推窗忽遇微小风，顿然吹入五云中。忙忙令人觅其踪，已过巫山十二峰。”

满盘多是

【原文】

客见座上无肴，乃作意谢主人，称其太费。主人曰：“一些菜也没有，何云太费？”客曰：“满盘都是。”主人曰：“菜在那里？”客指盘曰：“这不是菜，难道是肉不成？”

【译文】

客人见桌子上面没有一点菜，心里不高兴，于是故意感谢主人，说主人太破费。主人说：“一点菜也没有，怎能说太破费？”客人说：“满桌子都是啊。”主人说：“菜在哪里？”客人指着空盘子说：“这不是菜，难道还是肉？”

滑字

【原文】

一家延师，供膳菲薄①。时值天雨，馆僮携午膳至，肉甚少。师以其来迟，欲责之。僮曰：“天雨路滑故也。”师曰：“汝可写滑字我看，如写得出，便饶你打。”僮曰：“一点儿，一点儿，又是斜坡一点儿，其余都是骨了。”

【注释】

①菲薄：微薄。指物的数量少。

【译文】

有一户人家聘请了一个教书先生，一日三餐供给的饭食都很少，先生心里不舒服。有一天正赶上下雨，主人家的仆僮送来午饭，只有一点点肉。教书先生借口饭送晚了，想要斥责他。仆僮说：“是天下雨路滑的缘故。”教书先生说：“你写个滑字给我看，如果写得出来，便饶了你。”仆僮说：“一点儿，一点儿，又是斜坡一点儿，其余都是骨了。”

不见肉

【原文】

一母命子携萝卜一篮，往河边洗涤，久之不归。母往寻之，但存萝卜，知儿失足坠河，淹死水中。因大哭曰：“我的肉，我的肉，但见萝卜不见肉。”

【译文】

有一个妇女让儿子拿着一篮萝卜，到河边去洗，过了很长时间都还没回来。于是母亲就到河边去找他，走到河边一看，只见到萝卜还在，就知道儿子可能失足掉进河里，被河水淹死了。于是痛哭道："我的肉，我的肉，只见萝卜不见肉。"

和头多

【原文】

有请客者，盘飧[①]少而和头多，因嘲之曰："府上的食品，忒煞富贵相了。"主问："何以见得？"曰："葱、蒜、萝卜，都用鱼肉片子来拌的；少刻鱼肉上来，一定是龙肝、凤髓[②]做和头了。"

【注释】

①飧（sūn）：晚饭。

②龙肝、凤髓：比喻极难得的珍贵食品。

【译文】

有一个人请客，每盘菜肴都是佐料多而肉菜少，客人于是嘲讽道："府上的菜肴，太富贵相了。"主人问："为什么这么说？"客人回答说："你看葱、蒜、萝卜这样的家常素菜，都用鱼肉片子做配菜；等一会儿要是鱼肉上来，一定是龙肝、凤髓做配菜了。"

盛骨头

【原文】

一家请客，骨多肉少。客曰："府上的碗想是偷来的。"主人骇曰："何出此言？"客曰："我只听见人家骂说：'偷我的碗，拿去盛骨头！'"

【译文】

有一户人家请客，所做的肉菜都是骨头而没有什么肉。客人心里不痛快，说："府上的碗想是偷来的。"主人十分震惊，说："你怎么说出这样的话？"客人说："我听见有人骂道：'偷我的碗，拿去盛骨头！'"

收骨头

【原文】

馆僮怪主人每食必尽，只留光骨于碗，乃对天祝曰："愿相公活一百岁，小的活一百零一岁。"主问其故，答曰："小人多活一岁，好收拾相公的骨头。"

【译文】

家僮怨恨主人每次吃饭必定吃光，只在碗里留下骨头，自己一点肉都吃不到，于是对天祝愿说："愿主人活到一百岁，小的活到一百零一岁。"主人问仆僮为何这样祝愿，仆僮回答说："小人我多活一岁，好给相公您收骨头。"

涂嘴

【原文】

或有宴会，座中客贪馋不已，肴梗既尽。馆僮愤怒而不敢言，乃以锅煤涂满嘴上，站立傍侧。众人见而讶之，问其嘴间何物，答曰："相公们只顾自己吃罢了，别人的嘴管他则甚。"

【译文】

在一次宴席上，宾客们都很好吃，菜肴已经吃光，一点都没有剩下。家僮很生气却不敢说，于是用锅底灰把嘴巴涂得很黑，站立在客人旁边。众人看见后十分惊讶，问他嘴上是什么东西，家僮回答说："你们的嘴只顾自己吃就是了，哪里还去管别人的嘴。"

索烛

【原文】

有与善啖者同席，见盘中俱尽，呼主翁拿烛来。主曰："得无太早乎？"曰："我桌上已一些不见了。"

【译文】

有一个人与一个贪吃的人一起吃饭，很快盘中的菜就被他吃光了，便招呼主人拿蜡烛来。主人说："现在点蜡烛是不是太早了？"那个人回答说："我桌上已经什么都看不见了。”

借水

【原文】

一家请客，失分一箸。上菜之后，众客朝拱举箸，其人袖手而观。徐向主人曰：“求赐清水一碗。”主问曰：“何处用之？”答曰：“洗干净了指头，好拈菜吃。”

【译文】

有一户人家请客吃饭，少摆了一双筷子。大家举起筷子互让吃菜，没拿到筷子的那个人一动不动地看着。等了一会儿，那个人对主人说：“请您端给我一碗清水。”主人问道：“干什么用？”那个人回答说：“洗干净手指，好捏菜吃。”

善求

【原文】

有作客异乡者，每入席辄狂啖不已，同席之人甚恶之。因问曰：“贵处每逢月蚀①，如何护法？”答曰：“官穿公服群聚，率兵校持兵击鼓为对，俟其吐出始散。”其人亦问同席者曰：“贵乡同否？”答曰：“敝处不然，只是善求。”问：“如何求法？”曰：“合掌了手，对黑月说道：‘阿弥陀佛，脱煞凶了，求你省可吃些，剩点与人看看罢。’”

【注释】

①月蚀：即月食。

【译文】

有一个到外乡做客的人，每次入席吃饭都狂吃不停，同桌的人都很厌恶他。因此同桌的人问他：“你们家乡在碰到月食的时候，怎么办？”他回答说：“官府里的人会穿公服聚集起来，率领军人拿着武器击鼓奏乐，等到月亮出来之后散去。”他也向同桌的人问道：“贵处的做法是不是也是这样呢？”同桌的人回答说：“我们这里不是那样做，都是祈求。”他怎么个求法，同桌的人回答道：“我们双手合十对着月食说：‘阿弥陀佛，太过凶残了，请你发点慈悲少吃些吧，剩下点给大家看看吧。’”

好啖

【原文】

甲好啖，手不停箸，问乙曰："兄如何箸也不动？"乙还问曰："兄如何动也不住？"

【译文】

甲爱吃，每次吃饭手不停筷，问乙道："你为何不动筷子？"乙反问道："你为何筷动不停？"

同席不认

【原文】

有客馋甚，每入座。辄餮[①]餐不已。一日与之同席，自言曾会过一次。友曰："并未谋面，想是老兄错认了。"及上菜后，啖者低头大嚼，双箸不停。彼人大悟，曰："是了，会便会过一次，因兄只顾吃菜，终席不曾抬头，所以认不得尊容，莫怪莫怪。"

【注释】

①餮（tiè）：贪食。

【译文】

有一个人极馋，每次入席都旁若无人，十分贪吃。有一次，有一个人和他一起吃饭，贪吃者说曾和他见过一面。朋友说："我们并没有见过面，想是老兄您认错了。"等到上菜后，贪吃者低头大嚼，一双筷子忙个不停。朋友突然醒悟，说："对了，我们确实见过一次，因你只顾吃菜，整个宴席间不曾抬头，所以不记得你的模样，莫怪莫怪。"

喜属犬

【原文】

一酒客讶同席者饮啖太猛，问其年，以属犬对。客曰：“幸是属犬，若属虎，连我也都吃下肚了。”

【译文】

有一个酒客见一个同席的人吃东西狼吞虎咽，感到十分惊讶，便问那个人有多大岁数了，那个人回答说：“属狗的。”酒客说：“幸亏属狗，如果属虎，连我恐怕也都吃下肚了。”

问肉

【原文】

一人与瞽者同席，先上东坡肉一碗，瞽者举箸即钳而啖之。同席者恶甚。少焉复来捞取，盘中已空如也。问曰：“肉有几块？”其人愤然答曰：“九块。”瞽者曰：“你倒吃了八块么？”

【译文】

有一个人与一个瞎子同席吃饭，先上来一碗东坡肉，瞎子不顾别人，马上拿起筷子夹了一块吃了起来。那个人十分厌恶。不一会儿盲人又来夹肉，盘中的肉已经吃光了。盲人不甘心地问道：“一共有几块肉？”那个人没好气地回答道：“九块。”盲人说：“你居然吃了八块吗？”

吃黄雀

【原文】

两人同席共饮，碗内有黄雀四只，一人贪食其三，谓同席者曰：“兄何不用？”其人曰：“索性放在兄腹中，省得他们拆了对。”

【译文】

两个人同席饮酒，碗里共有四只黄雀，其中一人贪吃，一个人居然吃了三只，贪吃的人对同席的人说：“你为什么不吃？”同席的人回答说：“索性你连这一只也吃了吧，都吃到你的肚子里，省得他们拆了对。”

罚变蟹

【原文】

一人见冥王，自陈一生吃素，要求个好轮回。王曰："我哪里查考，须剖腹验之。"既剖，但见一肚馋涎。因曰："罚你去变一只蟹，依旧吐出了罢。"

【译文】

有一个人死后见了阎王，说自己在阳间一生吃素，希望投胎的时候能有一个好的去处。阎王说："我怎么知道你说的话是不是真的呢，我要剖腹检验一下。"剖腹后，只见一肚子油水。于是阎王判道："罚你投胎成一只螃蟹，把油水变成口水吐出来算了。"

不吃素

【原文】

一人遇饿虎，将遭啖，其人哀恳曰："圈有肥猪，愿将代己。"虎许之，随至其家。唤妇取猪喂虎，妇不舍，曰："所有豆腐颇多，亦堪一饱。"夫曰："罢么，你看这样一个狠主客，可肯吃素的么？"

【译文】

有一个人遇到饥饿的老虎，将要被老虎吃掉。那个人哀求老虎说："我家养有一头大肥猪，愿意用肥猪代替我给你吃。"老虎答应了，跟随他到了家里。那个人招呼妻子把肥猪牵来喂老虎，妻子舍不得，说："家里有很多豆腐，也够老虎吃饱了。"丈夫说："算了吧，你看这样一个凶狠的主，难道是肯吃素的吗？"

淡酒

【原文】

有以淡酒宴客者，客向主人索刀。主问曰："要他何用？"曰："欲杀此壶。"又问："壶何可杀？"答曰："杀了他，解解水气。"

【译文】

有一个人请客吃饭，用很淡的酒给客人喝，客人向主人借一把刀。主人问："要刀干什么？"客人说："用刀割开酒壶。"主人又问；"为什么要割开它？"客人说："割开它，散散水气。"

淡水

【原文】

河鱼与海鱼攀亲，河鱼屡往，备扰海鱼。因语海鱼："亲家，何不到小去处下顾一顾？"海鱼许焉。河鱼归曰："海头太太至矣。"遣手下择深港迎之。海鱼甫至港口便返，河鱼追问其故，答曰："我吃不惯贵处这样淡水。"

【译文】

河里的鱼与海里的鱼结成亲家，河鱼经常去找海鱼玩，十分打扰海鱼。因此河鱼对海鱼说："亲家，何不到我家去玩玩？"海鱼欣然同意。河鱼回家对妻子说："海里亲家母要来了。"派手下选一深水处迎接。海鱼刚到港口就返回去了，河鱼追问原因，海鱼答："我吃不惯你家这样的淡水。"

索米

【原文】

一家请客，酒甚淡。客曰："肴馔只此足矣，倒是米求得一撮出来。"主曰："要他何用？"答曰："此酒想是不曾下得米，倒要放几颗。"

【译文】

一家人请客，给客人喝的酒酒味很淡。客人说：“菜有这一些就行了，只是米要拿一点出来。”主人说：“要米干什么？”客人回答：“我想这酒当初在酿的时候可能没有放米，所以现在要放几粒在里面。”

贫窭（jù）是贫穷的意思，本卷主要描写的角色有穷人与富人、讨债者与逃债者，还有鬼神、窃贼。这些人物性格不一，形象各样，有些让读者哭笑不得，有些让读者抚掌大笑，笑完后又发人深省，意味无穷。

啖[1]馄饨

【原文】

一妻病，夫问曰："想甚吃否？"妻曰："除非好肉馄饨，想吃一二只。"夫为治一盂，意欲与妻同享。方往取箸回，而妻已染指啖尽，止余其一。夫曰："何不并啖此枚？"妻攒眉曰："我若吃得下此只，不害这病了。"

【注释】

①啖（dàn）：吃的意思。

【译文】

妻子病了，丈夫问她："想吃点什么？"妻子回答说："想吃一两个鲜肉馄饨。"丈夫就为她做了一大盆，想和妻子一同分享。没想到等他刚刚从厨房拿筷子回来，妻子已经用手抓着吃完了，只剩下一个馄饨在盆子里面。丈夫就问："为什么不把这个馄饨也一起吃掉？"妻子皱着眉头说："我如果吃得下这个馄饨，就不会生病了。"

白伺候

【原文】

夜游神见门神夜立，怜而问之曰："汝长大乃尔，如何做人门客，早晚伺候，受此苦辛？"门神曰："出于无奈耳！"曰："然则有饭吃否？"答："若他要吃饭时，又不要我上门了。"

【译文】

夜游神看见门神晚上在门口站岗，很可怜他，就问道："你长得这样高大，为什么却要做人家的门客呢，白天黑夜地伺候，这样受罪？"门神回答说："我也是没办法呀！"夜游神说："既然这样，那有没有饭吃呢？"门神回答说："他吃饭的时候，又不要我这个门神上门了。"

吃糟饼[1]

【原文】

一人家贫而不善饮，每出啖糟饼二枚，便有酣意。适遇友人问曰："尔晨饮耶？"答曰："非也，吃糟饼耳。"归以语妻，妻曰："呆子，便说酒对，也装些体面。"夫颔之。及出，仍遇此友，问如前，以吃酒对。友诘之："酒热吃乎，冷吃乎？"答曰："是熯[2]的。"友笑曰："仍是糟饼。"既归，而妻知之，答曰："汝如何说熯？须云热饮。"夫曰："我知道了。"再遇此友，不待问，即夸云："我今番的酒是热吃的。"友问曰："你吃几何？"其人伸手曰："两个。"

【注释】

①糟饼：用做酒剩下的渣子做的饼。

②熯（hàn）：用极少的油煎。

【译文】

有一个穷人没有什么酒量，每次吃两个酒糟做的饼，就有了醉意。有一次出门，刚好遇到一位朋友，朋友见他有些醉意，就问他："你今天早上喝酒了？"穷人回答说："没有，只不过吃了糟饼而已。"回到家里，穷人告诉了妻子，妻子说："傻瓜，你就说吃了酒，也好装得体面一些。"丈夫点头答应了。再次出门，又遇到了那位朋友，朋友仍像上一次那样问他，他就以喝酒来对答。朋友追问他说："酒是温热了吃的，还是冷着吃的？"穷人回答说："是煎着吃的。"朋友笑着说："你根本没有喝酒，还是吃了糟饼。"回家以后，妻子知道了，责怪他说："你怎么能说是煎着吃的呢？应该说是热了吃的。"丈夫回答说："我知道了。"再一次遇到那位朋友，穷人还没有等他相问，就马上夸口说："我今天的酒是热了吃的。"朋友问他："你吃了多少？"穷人伸出两个手指头得意地说："两个。"

好古董

【原文】

一富人酷嗜古董，而不辨真假。或伪以虞舜[1]所造漆碗，周公挞伯禽之杖，与孔子杏坛所坐之席求售，各以千金得之。囊资既空，乃左执虞舜之碗，右持周公之杖，身披孔子之席，而行乞于市，曰："求赐太公九府钱一文。"

【注释】

①虞舜：三皇五帝之一，传说目有双瞳而取名重华，字都君。生于姚墟，故姓姚。今山东省诸城市万家庄乡诸冯村人。

【译文】

有一个富人酷爱古董，但分不清真伪。有一个人骗他说有虞舜时所制的漆碗，周公挞伯禽的手杖和孔子杏坛所坐的席子要卖，富人以为都是真的，富人倾其所有，分别用千金买来。由于没有钱了，他左手拿着虞舜之碗，右手拄着周公之杖，身披孔子之席，在街上乞讨，说："请赐给太公九府钱一文。"

不奉富

【原文】

千金子骄语人曰："我富甚，汝何得不奉承？"贫者曰："汝自多金，于我何与而奉汝耶？"富者曰："倘分一半与汝何如？"答曰："汝五百我五百，我汝等耳，何奉焉？"又曰："悉以相送，难道犹不奉我？"答曰："汝失千金，而我得之，汝又当趋奉我矣。"

【译文】

有一个富人拿着一千金傲慢地对穷人说："我十分富有，你为何不奉承我？"穷人说："你有许多钱，跟我有什么关系，而让我奉承你？"富人说："假如我分给你一半钱，你奉承我怎么样？"穷人回答说："你有五百我也有五百，我们有一样多的钱，我为什么还要奉承你呢？"富人又说："我把钱全部给你，难道你还不奉承我吗？"穷人回答说："如果那样，你没有钱，而我却有钱了，你倒是应该奉承我了才对。"

穷十万

【原文】

富翁谓贫人曰："我家富十万矣。"贫人曰："我亦有十万之蓄，何足为奇。"富翁惊问曰："汝之十万何在？"贫者曰："你平素有了不肯用，我要用没得用，与我何异？"

【译文】

富翁对穷人说："我家有十万家财。"穷人说："我家也有十万家产，有什么大惊小怪的。"富翁吃惊地问道："你的十万家产在哪里？"穷人说："你一向有钱舍不得用，我想用钱却没钱用，你和我有什么区别？"

失火

【原文】

一穷人正在欢饮，或报以家中失火。其人即将衣帽一整，仍坐云："不妨。家当尽在身上矣。"或曰："令正却如何？"答曰："她怕没人照管？"

【译文】

有一个穷人正在外边喝酒喝得高兴，有人告诉他家里失火了。穷人马上将衣帽上下整理了一下，仍然坐着不动说："不怕，我的全部家当都穿在身上呢。"报信的人说："你妻子怎么办？"穷人回答说："她还怕没人照管？"

夹被

【原文】

暑月有拥夹被卧者。或问其故。答曰："阿哟，棉被脱热。"

【译文】

有一个人在大热天抱着棉被睡觉。有人问他为什么这样，那个人回答说："哎呦，棉被解热啊。"

金银锭

【原文】

贫子持金银锭行于街市，顾锭叹曰："若得你硬起来，我就好过日子了。"旁人代答曰："要我硬却不能够。除非你硬了凑我。"

【译文】

穷人拿着冥元宝在街市里行走，瞧着手中软塌塌的金银锭慨叹说："如果你硬起来变成真的，我的日子就好过了。”旁人代替冥元宝答道：“要我硬起来是不行的，除非你硬了（指死了），来将就我（意思是：人死了就能用得上冥元宝了）。”

妻掇茶

【原文】

客至乏人，大声讨茶。妻无奈，只得自送茶出。夫装鼾，乃大喝云：“你家男人哪里去了？”

【译文】

客人到家里来拜访，却没有人出来迎接，客人便大喊要茶喝。妻子无可奈何，只得亲自出来送茶。丈夫不愿见客，假装打鼾睡觉，于是客人大声喊道：“你家里的男人哪里去了？”

唤茶

【原文】

一家客至，其夫唤茶不已。妇曰：“终年不买茶叶，茶从何来？”夫曰：“白滚水也罢。”妻曰：“柴没一根，冷水怎得热？”夫骂曰：“狗淫妇！难道枕头里就没有几根稻草？”妻骂曰：“臭王八！那些砖头石块难道是烧得着的？”

【译文】

有一户人家来了客人，丈夫不停地招呼妻子快快给客人倒茶。妻子说：“一年到头不买茶叶，哪来的茶？”丈夫说：“白开水也可以。”妻子说：“柴禾都没有一根，怎么烧开水？”丈夫骂道：“死婆娘！难道枕头里就没有几根稻草？”妻子反骂道：“王八蛋！那些砖头石块难道是烧得着的？”

留茶

【原文】

有留客吃茶者，苦无茶叶，往邻家借之。久而不至，汤滚则溢，以冷水加之。既久，釜[1]且满矣，而茶叶终不得。妻谓夫曰：“茶是吃不成了，不如留他洗个浴罢。”

【注释】

①釜：古代的一种锅。

【译文】

有一个人留客人喝茶，可是却没有茶叶，很是苦恼，便到邻居家去借。邻居答应一会就送来，可是很长时间邻居也没有送茶叶来。锅中的水烧开后往外溢，妻子就不断地往锅里添加凉水。过了半天，锅里的水已经满了，而茶叶最终也没有送来。妻子对丈夫说："茶是吃不成了，不如留他洗个澡算了。"

怕狗

【原文】

客至乏仆，暗借邻家小厮掇茶，至客堂后，逡巡①不前。其人厉声曰："为何不至？"僮曰："我怕你家这只凶狗。"

【注释】

①逡（qūn）巡：因为有所顾虑而徘徊或不敢不前。

【译文】

一天家里来了客人，主人暗借邻居家的小孩冒充自己家的仆人来倒茶，小孩来到客厅，迟迟不敢上前进茶。主人大声斥责道："为何还不过来？"小孩说："我怕你家这只凶狗。"

食粥

【原文】

一人家贫，每日省米吃粥。怕人耻笑，嘱子讳之，人前只说吃饭。一日，父同友人讲话，等久不进，子往唤曰："进来吃饭。"父曰："今日手段快，缘何煮得恁早？"子曰："早倒不早，今日又熬了些清汤。"

【译文】

一个人家中贫困，为了节约米，每天只煮稀粥吃。怕人笑话，嘱咐儿子不要说出去，在别人面前只说吃的是大米饭。一天，这个人和邻居站在门外闲聊，儿子等了很久他都未进家门，于是在门内喊："阿爸，进来吃饭。"父亲说："今天动作快，为何这么早就把饭煮好了？"儿子说："早倒是不早了，今天又熬了一锅稀粥。"

鞋袜讦[①]讼

【原文】

一人鞋袜俱破，鞋归咎于袜，袜又归咎于鞋，交相讼之于官。官不能决，乃拘脚跟证之。脚跟曰："小的一向逐出在外，何由得知？"

【注释】

①讦（jié）：斥责别人的过失；揭发别人的阴私。

【译文】

有一个人的鞋子、袜子都破了，鞋子怪袜子，袜子又怪鞋子，二者分别向当官的诉讼。当官的分辨不清，便拘拿脚跟做证。脚跟说："小的一向都在鞋袜的外面，怎么能够知道呢？"

被屑挂须

【原文】

贫家盖稿荐[①]，幼儿不知讳，父挞而戒之曰："后有问者，但云盖被。"一日，父见客，而须上带荐草，儿从后呼曰："爹爹，且除去面上被屑着。"

【注释】

①稿荐：稻草、麦秸等编成的垫子。

【译文】

有一户贫寒人家没有棉被，睡觉时只能盖草帘子，小孩不懂事到处去说，父亲打他之后告诫说："以后如果有人问睡觉时盖的是什么，就说盖的是棉被。"有一天，父亲去拜见客人，胡须上面粘着草屑，儿子从后面喊道："爹爹，快除掉你脸上粘着的被屑吧。"

烧黄熟

【原文】

清客见东翁烧黄熟香，辄掩鼻不闻，以其贱而不屑用也。主人曰："黄熟虽不佳，还强似府上烧人言、木屑。"清客大诧曰："我舍下何曾烧这两件？"主人曰："蚊烟是甚么做的？"

【译文】

有一个帮闲的门客看见主人烧黄熟，虽然味道很香，但总是捂起鼻子不闻，以表示黄熟便宜根本不屑一用。主人说："黄熟虽然不名贵，但是强过你家烧的砒霜、碎木屑。"门客十分惊异地说："我家什么时候烧过这两件东西？"主人回答说："蚊烟是什么做的？"

拉银会

【原文】

有人拉友作会，友固拒之不得，乃曰："汝若要我与会，除是跪我。"其人既下跪，乃许之。旁观者曰："些须会银，左右要还他的，如此自屈，吾甚不取。"答曰："我不折本的，他日讨会钱，跪还我的日子正多哩！"

【译文】

有一个人邀友助会，友人一再拒绝却还是不行，于是说："你如果要我助会，除非给我下跪。"那个人立即跪下，友人不得不答应助会。旁观的人说："只是借些会钱，早晚是要还他的，竟然如此委曲求全，我是很不赞成的。"那个人回答说："我是不赔本的，以后他讨要会钱，向我下跪的日子多着呢！"

兑会钱

【原文】

一人对客，忽转身曰："兄请坐，我去兑还一主会银，就来奉陪。"才进，即出。客问："何不兑银？"其人笑曰："我曾算来，他是痴的，所以把会银与我。我若还他，是我痴的了。"

【译文】

有一个人在路上遇到了客人，突然转身说："老兄请到我家稍坐一会，我去兑还某人的会银，马上就回来奉陪。"客人刚一进去，那个人就出来了。客人问："你怎么没有给某人兑会银？"那个人笑道："我曾暗自想过，某人是个愚钝的人，所以才会把会银给我，我如果兑还给某人，那我就成为愚钝的人了。"

剩石砂

【原文】

一穷人留客吃饭，其妻因饭少，以鹅卵石衬于添饭之下。及添饭既尽，而石出焉。主人见之愧甚，乃责妻曰："瞎眼奴才，淘米的时节，眼睛生在那里？这样大石砂，都不拿来拣出！"

【译文】

有一个穷人留客人吃饭，妻子因为饭少，用鹅卵石垫在添饭碗的下面，只在上面铺上薄薄的一层米饭。等到添饭的时候，添饭碗中的饭很快没有了，鹅卵石便露了出来。主人见此十分难为情，便斥责妻子道："瞎眼奴才，淘米的时候，眼睛长在哪里了？这样大的石砂，都不拣出来！"

饭粘扇

【原文】

一人不见了扇子，骂曰："拿我的扇子去做羹饭①！"旁人曰："扇子如何做得羹饭？"其人曰："你不晓得，我的扇子，糊掇许多饭粘在上面。"

【注释】

①羹饭：羹汤和饭。

【译文】

有一个人扇子不见了，骂道："偷拿我的扇子去做羹饭！"旁边的人说："扇子怎能做得羹饭？"那个人回答说："你不知道，我的扇子，粘了许多饭粒在上面。"

破衣

【原文】

一人衣多破孔，或戏之曰："君衣好像棋盘，一路一路的。"其人笑曰："不敢欺，再着着，还要打结哩。"

【译文】

有一个人衣服破了很多洞，别人开玩笑对他说："你的衣服好像棋盘，纵横交错。"那个人笑道："不瞒你说，再穿一穿，还要打结哩。"

借服

【原文】

有居服制而欲赴喜筵者，借得他人一羊皮袄，素冠而往。人知其有服也，因问："尊服是何人的？"其人见友问及，以为讥诮其所穿之衣，乃遂视己身，作色而言曰："是我自家的，问他怎么？"

【译文】

有一个人正在服丧期间，却要去参加喜筵，借了他人一件羊皮袄，未戴帽子就去了。别人晓得他正在服丧，便问他："在为家中谁人服丧？"那个人听见别人问这个，以为是讥诮他穿的衣服，于是看着自己的这身衣服，生气地说道："是我自己的，问它干什么？"

酒瓮①盛米

【原文】

一穷人积米三四瓮，自谓极富。一日与同伴行市中，闻路人语曰："今岁收米不多，止得三千余石。"穷人谓其伴曰："你听这人说谎，不信他一分人家，有这许多酒瓮。"

【注释】

①瓮（wèng）：一种盛水或酒等的陶器。

【译文】

有一个穷人积存粮食三四瓮，便自以为十分富有。有一天与同伴走在街市上，听到有人说："今年收成不太好，只有三千余石。"穷人对其同伴说："你

听这个人多能吹牛，我就不信他这样的人家，有这么多的酒瓮。"

遇偷

【原文】

偷儿入贫家，遍摸无一物，乃唾地开门而去。贫者床上见之，唤曰："贼，有慢了，可为我关好了门去。"偷儿曰："你这样人家，亏你还叫我贼。我且问你，你的门关他做甚么？"

【译文】

小偷来到一户贫寒人家，没有寻到一件值钱的东西，于是呸了一口便开门而去。穷人在床上看到了，招呼道："贼，不好意思，为我关好了门再走。"小偷回答道："你这样的穷人家，亏你还叫我贼。我倒要问你，你的门还关它干什么？"

被贼

【原文】

穿窬①入一贫家，其家止蓄米一瓮，置卧床前。偷儿解裙布地，方取瓮倾米，床上人窃窥之，潜抽其裙去，急呼有贼。贼应声曰："真个有贼，刚才一条裙在此，转眼就被贼戻养的偷去了。"

【注释】

①穿窬（yú）：从墙上爬过去。

【译文】

一天晚上，窃贼进入一户贫穷人家，其家只有一瓮米，把它放在床前。小偷脱掉自己的裙子铺在地上，刚要搬瓮倒米，被床上主人发现，主人偷偷观察，悄悄抽走裙子，大喊有贼。小偷应声说道："真的有贼，刚才有一条裙子在这里，转眼就被贼养的偷去了。"

羞见贼

【原文】

穿窬往窃一家，见主人向外而睡，忽转朝里。贼疑其素有相识，欲遁去。

其人大呼曰："来，不妨，因我家乏物可敬，无颜见你罗！"

【译文】

有一个小偷到一户人家去偷东西，本来见主人是脸朝外睡的，突然又转身脸向里睡了。小偷怀疑主人认识自己，故意不想见，于是打算赶快逃走。谁知主人大声喊道："进来吧，不要紧，只因我家没有东西给你，实在是没脸见你啊！"

望包荒

【原文】

贫士素好铺张，偷儿夜袭之，空如也，唾骂而去。贫士摸床头数钱，追赠之，嘱曰："君此来，虽极怠慢，然在人前，尚望包荒！"

【译文】

有一个穷人平时好面子，佯装自己很富有，小偷夜里去他家偷窃，但其家中空无一物，于是唾骂而去。穷人拿出床头里藏着的钱，追上小偷赠送给他，一再嘱咐说："你这次来，虽然十分怠慢，但是请你在他人面前多多说我的好话，要替我圆谎啊！"

借债

【原文】

有持券借债者，主人曰："券倒不须写，只画一幅行乐图来。"借者问其故，答曰："怕我日后讨债时，便不是这副面孔耳。"

【译文】

有一个人拿着借据向主人借债，主人说："借据倒不用写了，你只要画一幅行乐图来。"借债的人问为什么，主人回答说："怕我日后讨债时，你便不是这副高兴的面孔对我了。"

变爷

【原文】

一贫人生前负债极多，死见冥王，王命鬼判查其履历①。乃惯赖人债者。来世罚去变成犬马，以偿前欠。贫者禀曰："犬马之报，所偿有限，除非变了他们的亲爷，方可还得。”王问何故，答曰：“做了他家的爷，尽力去挣，挣得论千论万，少不得都是他们的。”

【注释】

①履历：个人经历的简要说明。

【译文】

有一个穷人生前欠了很多人的债，死后见到冥王，冥王让鬼判查清他在阳间的所作所为。经查该人是一个欠债不还的人，于是冥王判他投胎变成犬马，以偿还前世所欠时债。穷人禀报阎王说：“犬马所能偿还的实在有限，除非变为他们的亲爹，才能偿还得了。”冥王问其原因，穷人回答说：“做了他家的亲爹，为子孙拼命挣钱，即使挣得成千上万，最后还不都是他们的。”

梦还债

【原文】

欠债者谓讨债者曰：“我命不久矣，昨夜梦见身死。”讨债者曰：“阴阳相反，得生也。”欠债者曰：“还有一梦。”问曰：“何梦？”曰：“梦见还了你的债。”

【译文】

欠债人对讨债人说：“我命已不长了，昨天夜里梦见我死了。”讨债人说：“阴阳相反，梦见死反而是活。”欠债人说：“我昨晚还做了一个梦。”讨债人说：“什么梦？”欠债人说：“梦见我已经还了你的钱。”

说出来

【原文】

一人为讨债者所逼，乃发急曰：“尔定要我说出来么？”讨债者疑其发己心疾，嘿然①而去。

如此数次。一日，发狠曰："由你说出来也罢，我不怕你！"其人又曰："真个说出来？"曰："真要你说。"曰："不还了。"

【注释】

①嘿然：沉默无言的样子。

【译文】

有一个人被讨债者所逼，语气急促地说："你一定要我说出来吗？"讨债人怀疑他犯了心脏病，于是不情愿地走了。一连多次都是如此。一天，讨债人下决心说："由你说出来算了，我不怕你！"欠债人又说："你真的要我说出来？"讨债人说："真的要你说。"欠债人说："不还了。"

坐椅子

【原文】

一家索债人多，椅凳俱坐满，更有坐上者。主人私谓坐者云："足下明日早些来。"那人意其先完己事，乃大喜，遂扬言发散众人。次日明即往，叩其相约之意。答曰："昨日有亵坐，甚是不安。今日来，可占把交椅。"

【译文】

有一户人的家里来了很多讨债的，桌椅、板凳都坐满了，还有的坐在门槛上。主人悄悄地对坐门槛的人说："你明天早些来。"那个人以为先要还他的债，十分高兴，于是劝说他人全部散去。第二天，那个人天刚亮就来了，说明了昨天相约之意。欠债人说："昨天有所怠慢，让你坐了门槛，我很是不安。今天让你早点来，可先占一把坐椅。"

扛欠户

【原文】

有欠债屡索不还者，主人怒，命仆辈潜伺其出，扛之以归。至中途，仆暂息。其人曰："快走罢。休在这里，又被别人扛去，不关我事。"

【译文】

有一个欠债的人，讨债人屡次索要都不还，讨债人十分愤怒，让仆人们等他外出时，就把他家东西扛回来以充当欠债。行到中途，仆人们暂时歇息，不巧遇到欠债人。欠债人说："快走吧，歇在这里，如果又被别人扛去，不关我的事。"

拘债精

【原文】

冥王命拘蔡青，鬼卒误听，以为拘债精也，遂摄一欠债者到案。王询之，知其谬，命鬼卒放回。债精曰 :“其实不愿回去。阳间无处藏身，正要借此处一躲。”

【译文】

冥王让小鬼们到阳间捉拿蔡青，小鬼听错了，以为是拘债精，于是拘捕来一个欠债的人到案。冥王询问后，知道拘捕错了，让鬼卒把他放回去。欠债人说 :“我其实不愿回去。人间找我讨债的人太多了，我已经没有地方藏身，正好借此地来躲躲。”

卷十一　讥刺部

讥刺部主要描写古代各类人群的生活百态，对芸芸众生的世俗现象加以嘲讽，辛辣有力，妙趣横生，让人忍俊不禁，又值得玩味。讥刺部所讽刺的对象比较广泛，所以人物上和其他部分有重复，但是本部分内容是以嘲讽为主。

素毒

【原文】

人问："羊肉与鹅肉。如何这般毒得紧？"或答曰："生平吃素的。"

【译文】

有一个人问："羊肉与鹅肉为什么有这样大的腥臊气？"另一个人回答说："是因为它们一生都吃素而从来没有吃过荤。"

笑话一担

【原文】

秀才年将七十，忽生一子。因有年纪而生，即名"年纪"。未几又生一子，似可读书，命名"学问"。次年，又生一子，笑曰："如此老年，还要生儿，真笑话也。"因名曰"笑话"。三人年长无事，俱命入山打柴，及归，夫问曰："三子之柴孰多？"妻曰："年纪有了一把，学问一点也无，笑话倒有一担。"

【译文】

有一个秀才年近七十，他的妻子突然生了一个儿子。因为年岁已高才生了儿子，就取名为"年纪"。过了一年，又生了一个儿子，看模样像一个读书的人，便取名为"学问"。第三年，又生了一个儿子，秀才笑道："这样大的岁数了，还能得子，真是笑话。"于是取名为"笑话"。三个儿子长大后无事可做，秀才让他们全部进山打柴，等到回来，丈夫问妻子说："三个人谁打的柴多？"妻子说："年纪有了一把，学问一点也没有，笑话倒是有一担。"

引避

【原文】

有势利者，每出逢冠盖，必引避。同行者问其故，答曰："舍亲。"如此屡屡，同行者厌之。偶逢一乞丐，亦效其引避，曰："舍亲。"问："为何有此令亲？"曰："但是好的，都被尔认去了。"

【译文】

有一个爱慕虚荣的人，出门遇到达官显贵路过时，就避在一边。同行的人问他为什么这样做，他说："那是我的亲戚。"这样好多次，每次他都这样，同行的人都觉得他讨厌。后来，忽然在路上遇到一个乞丐，同行的人就仿效他的做法，也躲避到旁边，说："那个乞丐是我的亲戚。"爱慕虚荣的人就问："你怎么有这样的穷亲戚？"同行的人说："没办法，因为凡是有钱有势的，都被你认去了。"

吃橄榄

【原文】

乡人入城赴酌，宴席内有橄榄焉。乡人取啖，涩而无味，因问同席者曰："此是何物？"同席者以其村气，鄙之曰："俗。"乡人以"俗"为名，遂牢记之，归谓人曰："我今日在城尝奇物，叫名'俗'。"众未信，其人乃张口呵气曰："你们不信，现今满口都是俗气哩。"

【译文】

有一个乡下人进城赴宴，酒桌上有橄榄。乡下人就拿橄榄吃，结果既苦涩又不好吃，于是问同席的人说："这是什么东西？"同席的人认为他粗俗，鄙视地说："俗。"乡下人以为"俗"是橄榄名，便牢记在心，回家后对人说："我今天在城里吃到一种稀奇的果子，名叫'俗'。"大家听了不相信，农夫便张口呵气说："你们不信，现在我满口都是俗气哩。"

嘲滑稽客

【原文】

一人留客午饭，其客已啖尽一碗，不见添饭。客欲主人知之，乃佯言曰：“某家有住房一所要卖。”故将碗口向主人曰：“椽子①也有这样大。”主人见碗内无饭，急呼使童添之。因问客曰：“他要价值几何？”客曰：“于今有了饭吃，不卖了。”

【注释】

①椽（chuán）子：放在檩上架着屋面板和瓦的木条。

【译文】

有一个人留客人吃午饭，那个客人已经吃完了一碗，却没有人为他添饭。客人想要主人知道，就假装说道：“有一户人家有一所房子要卖。”接着故意将空碗口对着主人说：“椽子有碗口这样粗。”主人看到碗内没有饭了，急忙呼喊仆童给他添饭。随即向客人问道：“他打算卖多少钱？”客人回答说：“如今有了饭吃，不打算卖了。”

利水学台

【原文】

秀才家丁，把娃娃撒尿，良久不撒。吓之曰：“学台来了。”娃娃立刻撒尿。秀才问其故，答曰：“我见你们秀才一听学台下马，吓得尿屎齐出，如此知之。”秀才叹曰：“想不到这娃娃能承父志，克绍书香；更想不到这学台善利小水，能通二便。”

【译文】

秀才家里的仆人，抱娃娃撒尿，抱了很长时间小孩也不撒。仆人就吓唬他说：“考生员的来了。”娃娃立刻就撒尿。秀才问仆人原因，仆人回答道：“我见你们秀才一听考生员的来了，吓得尿屎都出来了，所以就这样吓唬他。”秀才感叹地说：“想不到这娃娃能继承父亲的志愿，接着念书；更想不到这考官能利尿，能通大小便。”

怕考生员

【原文】

秀才怕岁考，一闻学台下马，惊慌失色，往接学台，见轿夫怨之曰：“轿夫奴才，轿夫奴才，你为何把一个学台抬了来？吓得我魂飞天外。那一世我做轿夫，你做秀才，我也把学台给你抬了来，看你魂儿在不在。”

【译文】

秀才很怕每年的考试，一听说考生员的来了，惊慌失色，每次去迎接考官，看见了抬轿子的人就埋怨说：“轿夫奴才，轿夫奴才，你为什么把一个考官抬来？吓得我魂飞魄散。下辈子我做轿夫，你做秀才，我也把学台给你抬了来，看你魂儿在不在。”

孝媳

【原文】

一翁曰：“我家有三媳妇，俱极孝顺。大媳妇怕我口淡，见我进门，就增盐了。次媳妇怕我寂寞，时常打竹筒鼓与我听。第三媳妇更孝，闻说‘夜饭少吃口，活到九十九’，故早饭就不与我吃。”

【译文】

一位老头说：“我家有三个媳妇，都很孝顺。大媳妇怕我口淡，一看我进门，就拼命往菜里多放盐。二媳妇怕我寂寞，时常打竹筒鼓给我听。第三个媳妇更孝顺，听说‘晚饭少吃点，活到九十九’，干脆从早饭开始就不让我吃了。”

看扇

【原文】

有借佳扇观者，其人珍惜，以绵绸衫衬之。扇主看其袖色不堪，谓曰：“倒是光手拿着罢。”

【译文】

有一个人借别人的精美扇子观赏，他觉得这把扇子非常珍贵，于是就非常爱惜，用自己的绵绸衫托在手心，再拿着扇子观看。扇子的主人见他的衣袖脏得都看不出衣服本来的颜色了，便对他说："你还是不要用衣袖托着了，光着手拿着它看吧。"

搬是非

【原文】

寺中塑三教像，先儒、次释、后道。道士见之，即移老君于中；僧见，又移迦于中；士见，仍移孔子于中。三圣自相谓曰："我们原是好好的，却被这些小人搬来搬去，搬坏了。"

【译文】

寺庙里塑有三教的圣像：第一是儒教圣像，第二是佛教圣像，最后是道教圣像。来寺里朝拜的人很多，道士见了这三尊圣像的位置，马上将老君移到最中间，以示尊重；和尚见了，又将释迦牟尼移到中间；而读书人见了，又将孔子移到中间。三位圣人互相说道："我们原是好端端的，却被这些小人搬来搬去，结果搬坏了。"

丈人

【原文】

有以岳丈之力得中魁选者。或为语嘲之曰："孔门弟子入试，临揭晓。闻报子张第九，众曰：'他一貌堂堂，果有好处。'又报子路第十三，众曰：'这粗人倒也中得高，还亏他这阵气魄好。'又报颜渊第十二，众曰：'他学问最好，屈了他些。'又报公冶长①第五，大家骇曰：'那人平时不见怎的，为何倒中在前？'一人曰：'他全亏有人扶持，所以高掇②。'问：'谁扶持他？'曰：'丈人。'"

【注释】

①公冶长：孔子的女婿，"七十二贤"之一。

②高掇（duō）：科考高中。

【译文】

有一个人没什么学问，科考时凭借岳父的权力走后门得以高中。有人不服气，就编了一套话讥讽说："孔门的弟子们考试，到揭晓成绩的时候，听说子张排名第九，大家都说：'他相貌堂堂，果然排名不错。'又听说子路排名第十三，大家都说：'这个人粗鲁得很，他能高中全靠他这阵子运气好。'又听说颜渊排名第十二，众人说：'他学问最好，只排了这个名次实在是有点委屈。'又听说公冶长排名第五，大家吃惊地说：'那个人平时不怎么样，为什么倒排在其他人的前面？'其中有一个人说：'他全亏有人在背后帮他，所以高中。'大家问：'谁扶持他？'那个人回答：'丈人。'"

大爷

【原文】

一人牵牛而行，喝人让路。不听，乃云："看你家爷来。"一人回视曰："难道我家有这样一个大爷？"

【译文】

有一个人牵着牛走在路上，前面的人挡住了去路，这个人语气强硬地叫他们让路。可是他们不听，于是这个人很生气地说："看你家的大爷来了。"其中一个人回过头看着牛说："难道我家里有这样一个大爷吗？"

苏杭同席

【原文】

苏、杭人同席。杭人单吃枣子，而苏人单食橄榄。杭问苏曰："橄榄有何好处？而爱吃他。"曰："回味最佳。"杭人曰："等你回味好，我已甜过半日了。"

【译文】

苏州人和杭州人坐在一起吃饭。杭州人只吃枣子，而苏州人只吃橄榄。杭州人问苏州人说："橄榄有什么好吃的？可是你偏爱吃它。"苏州人说："刚吃到嘴里味道不太好，但是回味悠长。"杭州人说："等你回味好了，我已经都甜了半天了。"

狗衔锭

【原文】

狗衔一银锭而走，人以肉喂他不放，又以衣罩去，复又甩脱。人谓狗曰：“畜生，你直恁不舍，既不爱吃，复不好穿，死命要这银子何用？”

【译文】

有一只狗叼起主人家的一块银锭撒腿就跑，主人想用肉喂它把银锭换下来，但狗不放，随即又用衣服罩去，想抓住狗，它又跑脱了。人对狗说：“畜生，你怎么那样舍不得，既不好吃，又不好穿，拼死命地要这银子有什么用？”

不停当

【原文】

有开当者，本钱甚少。首月，于招牌上写“当”。未久，本钱发没，取赎人不来，于“当”之上写一“停”字，言“停当”也。及后赎者再来，本钱复至，又于“停”字之上，加一“不”字。人见之曰：“我看你这典铺中实实有些不停当了。”

【译文】

有一个开当铺的人，本钱很少。开业第一个月，在招牌上写一个“当”字。没多长时间，当东西的人多，本钱很快就用完了，但是来赎东西的人老是不来，无法收取利息，于是在“当”字上面又加上一个“停”字，是说没有本钱“停当”了。等到后来，当东西的人来取赎，有了利息又有了本钱，便在“停”字上面加上一个“不”字。人们见了说：“我看你这当铺实实在在有些不停当了。”

十只脚

【原文】

关吏缺课，凡空身人过关，亦要纳税，若生十只脚者免。初一人过关无钞，曰："我浙江龙游人也。龙是四脚，牛是四脚，人两脚，岂非十脚？"许之。又一人求免税，曰："我乃蟹客也。蟹八脚，我两脚。岂非十脚？"亦免之。末后一徽商过关，竟不纳税，关吏怒欲责之，答曰："小的虽是两脚，其实身上之脚还有八只。"官问："哪里？"答曰："小的徽人，叫做徽獭猫，猫是四脚，獭又是四脚，小的两脚，岂不共是十只脚？"

【译文】

看城门的官吏缺钱花了，于是想到一个发财的路子，不仅货物过关要纳税，凡是空手过关的人，也要纳税，除非长十只脚的人才可免税。刚开始时，有一个人过关没钱，说："我是浙江龙游人。龙是四脚，牛是四脚，人是两脚，总共不是十只脚吗？"关吏觉得他讲的有道理，就允许他过了关。又有一人请求免税，说："我是螃蟹商人。蟹是八只脚，我是两只脚，难道不也是十只脚吗？"关吏一听也免了他的税。最后一个徽商过关，竟然也不想纳税，关吏大怒要打他，那个人回答说："小人我虽然是两只脚，其实身上还有八只脚。"关吏问："在哪里？"那个人回答说："小的徽州人，叫做徽獭猫，猫是四脚，獭又是四脚，小的是两脚，是不是一共十只脚？"

亲家公

【原文】

有见少妇抱儿于怀，乃讨便宜，曰："好个乖儿子！"妇知其轻薄，接口曰："既好，你把女儿送他做妻子罢。"其人答曰："若如此，你要叫我做亲……家公了。"

【译文】

有一个人见一个美少妇怀里抱个小男孩，就想占便宜，说："好个乖儿子！"少妇知道这个人轻薄无礼，便讥讽他说："那好，你把女儿送给他做妻子吧。"那个人回答道："如果那样，你要叫我做亲……家公了。"

中人

【原文】

玉帝修凌霄殿，偶乏钱粮，欲将广寒宫①典与下界人皇。因思中人亦得一皇帝便好，乃请灶君皇帝下界议价。既见朝，朝中人讶之曰：“天庭所遣中人，何黑如此？”灶君笑曰：“天下中人，哪有是白做的？”

【注释】

①广寒宫：月中仙宫。

【译文】

玉皇大帝准备修缮凌霄殿，但是缺少一些钱、粮，就想把广寒宫典当给人间的皇帝。于是玉帝就考虑派谁去人间做这个使者呢？想来想去觉得这个使者也得是一位皇帝才好，于是请灶君皇帝到人间去跟皇帝商议价格。等灶君到了人间的朝廷，朝廷里的人惊讶地说：“天上派的使者，为什么这样黑？”灶君笑道：“天下所有的使者，哪有是白做的？”

媒人

【原文】

有忧贫者，或教之曰：“只求媒人足矣。”其人曰：“媒安能疗贫乎？”答曰：“随你穷人家，经了媒人口，就都发迹了。”

【译文】

有一个很贫穷的人，整天闷闷不乐，别人开导他说：“不要紧，你只要请媒人说一说就不穷了。”穷人说：“媒人只能帮人说媒，怎么能救得了贫穷呢？”别人回答说：“不论哪个穷人家，只要经过媒人嘴一吹，都成富人了。”

精童

【原文】

有好外者，往候一友。友知其性，呼曰：“唤精童具茶。”已而，献茶者乃一奇丑童子也。其人曰：“似此何名精童？”友曰：“正惟一些人（银）气也无得！”

【译文】

有一个爱慕虚荣、死要面子的人，去以前的一个老朋友家拜访。老朋友知道他的秉性，便喊道："招呼精童上茶。"不一会儿，一个长相奇丑无比的仆童进来献茶。那个人说："这样的仆童为何称为精童？"老朋友回答说："好图个虚荣罢了！"

相称

【原文】

一俗汉造一精室，室中罗列古玩书画，无一不备。客至，问曰："此中若有不相称者，幸指教，当去之。"客曰："件件俱精，只有一物可去。"主人问："是何物？"客曰："就是足下。"

【译文】

有一个很俗气的人建造了一所精美的房子，房中陈列着古玩书画，没有一样不具备。有一天，家中来了客人，主人问道："房中摆放如有不协调的，请你多多指教，以便我调换。"客人说："件件都是精品，只有一样可以去掉。"主人说："是什么东西？"客人说："就是你。"

性不饮

【原文】

一人以酒一瓶，腐一块，献利市神。祭毕，见狗在旁，速命童子收之。童方携酒入内，腐已为狗所啖。主怒曰："奴才！你当收不收，只应先收了豆腐。岂不晓得狗是从来不吃酒的！"

【译文】

有一个人用一瓶白酒、一块豆腐，祭祀财神。祭典完毕之后，见狗在旁边，急忙让仆童把祭品收起来。仆童刚把酒拿进去，豆腐已被狗吃了。主人很生气，骂道："奴才！你该收的不收，应该先收豆腐，难道不知道狗是从来不喝酒的吗！"

担鬼人

【原文】

钟馗专好吃鬼，其妹送他寿礼，帖上写云："酒一坛，鬼两个，送与哥哥做点剁。哥哥若嫌礼物少，连挑担的是三个。”钟馗看毕，命左右将三个鬼俱送庖人烹之。担上鬼谓挑担鬼曰：“我们死是本等，你却何苦来挑这担子？”

【译文】

钟馗专门喜欢吃鬼，他过生日的时候，他的妹妹给他送来寿礼，礼帖上写道：“酒一坛，鬼两个，送与哥哥尝尝鲜。哥哥若嫌礼物少，连挑担的是三个鬼。”钟馗看完后，命令侍从将三个鬼送给厨师烹熟。担上鬼对挑担鬼说：“我们本来该死，毫无怨言，你却何苦来挑这担子？”

鬼脸

【原文】

阎王差鬼卒拘三人到案，先问第一人：“你生前做何勾当？”答云：“缝连补缀。”王曰：“你迎新弃旧，该押送油锅。”又问第二个：“你做何生理？”答曰：“做花卖。”王曰：“你节外生枝，发在油锅。”再问第三个，答曰：“糊鬼脸。”王曰：“都押到油锅去。”其人不服，曰：“我糊鬼脸，替大王张威壮势，如何同犯此罪？”王曰：“我怪你见钱多的，便把好脸儿与他，那钱少的，就将歹脸来欺他。”

【译文】

阎王派鬼卒到阳间拘拿三人到案，先问第一人：“你生前是干什么的？”回答说：“缝连补缀。”阎王说：“你迎新弃旧，该下油锅。”阎王又问第二个人：“你是干什么的？”回答说：“做花卖。”阎王说：“你节外生枝，也要下油锅。”阎王再问第三个人，回答说：“糊鬼脸。”阎王说：“都押到油锅去。”第三个人不服，说：“我糊鬼脸，替大王您挣脸面，撑场面，为什么要遭受一样的下场？”阎王说：“我怪你见到有钱的，便把好脸给他；没钱的，就将坏脸给他。”

牙虫

【原文】

有患牙疼者，无法可治。医者云：“内有巨虫一条，如桑蚕样，须捉出此虫方可折根。”问：“如何就有恁大？”医曰：“自幼在牙（衙）门里吃大，是最伤人。”

【译文】

有一个人牙疼得厉害，没有办法医治。医生说："你的牙床里有一条巨虫，长得像桑蚕一样大小，必须把此虫捉出来才能断绝病根。"那个人问道："怎么会有那么大的牙虫？"医生说："这虫很小的时候就在牙（衙）门里大吃，所以是最伤人的。"

狗肚一鲫

【原文】

新官到任，吏献鲫鱼一尾，其味佳美，大异寻常。官食后，每思再得，差役遍觅无有。仍向前吏索之。吏禀曰："此鱼非市中所贾。昨偶宰一狗，从狗肚中所得者，以为异品，故敢上献。"官曰："难道只有此鲫了？"吏曰："狗肚里焉得有第二鲫①？"

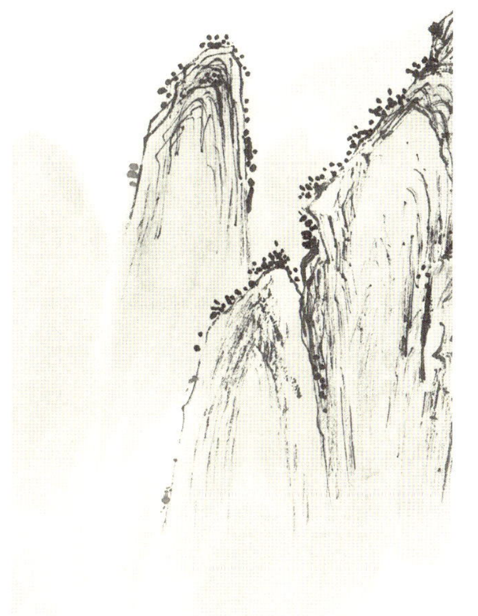

【注释】

①鲫：同"句"。

【译文】

有一个新官刚刚上任，属下的小吏为了巴结他，献上一尾鲫鱼，味道极好，与平常吃的鱼味道大不一样。官吏吃了以后念念不忘，还想再吃到这等美味，就差小吏们到处寻找，结果什么也没有找到。于是只好向前面献鱼的那个小吏要鱼。小吏禀报说："那条鱼不是市场买的。昨天我宰杀了一条狗，从狗肚子里得到那条鱼，我认为应该是珍品，舍不得自己吃，所以才献给您。"官吏说："难道狗肚子里只有这一条鲫鱼？"官吏说："狗肚子里怎么能有第二句？"

吃粮披甲

【原文】

一耗鼠在阴沟内钻出，近视者睨视良久，曰："咦！一个穿貂裘的大老官。"鼠见人随缩入，少刻，又一大龟从洞内扒出。近视曰："你看穿貂袄的主儿才缩得进去，又差出个披甲兵儿来了。"

【译文】

一只老鼠从阴沟里钻出，有一个近视眼斜着眼睛看了很长时间，说："咦！一个穿貂皮袄的大官。"老鼠见到人害怕得很，随即又缩回阴沟里去了，不一会，又有一只大乌龟从洞里爬出来。近视眼说："你看穿貂皮袄的主儿刚缩回去，又派出一个披铠甲的兵出来了。"

风流不成

【原文】

有嫖客钱尽，鸨儿置酒饯之。忽雨下，嫖客叹曰："雨落天留客，天留人不留。"鸨念其撒钱，勉留一宿。次日下雪复留。至第三日风起，嫖客复冀其留，仍前唱叹。鸨儿曰："今番官人没钱，风留（流）不成。"

【译文】

有一个嫖客的钱已经花光了，妓院老板娘摆酒席为他饯行。忽然下起雨来，嫖客慨叹道："雨落天留客，天留人不留。"老板娘听了这句话，念在他以前花了很多嫖钱的份上，勉强留他住了一宿。第二天碰上下雪又留他住了一宿。到了第三天起了大风，嫖客还希望留宿，仍然念叨前边说过的话。老板娘说："这次你没钱，风留（流）不成。"

好乌龟

【原文】

时值大比，一人夤缘①科举一名，命卜者占龟，颇得佳象，稳许今科奏捷。其人大喜，将龟壳谨带随身。至期点名入场，主试出题，旨解茫然，终日不成一字。因抚龟叹息曰："不信这样一个好乌龟，如何竟不会做文字！"

【注释】

①夤（yín）缘：攀附上升，比喻拉拢关系，向上巴结。

【译文】

快要科举考试了，有个人想中第一名，让算卦的人用龟壳占卜，卦象显示吉兆，说他这次科举考试一定会夺魁。他十分高兴，将龟壳小心地带在身上。等到考试那天点名入场，主考官出题，他却对出的考题茫然不解，一直到考试结束也没写成一个字。于是抚摸龟壳叹息道："不信这样一个好乌龟，怎么就不会做文章！"

定亲

【原文】

一人登厕，隔厕先有一女在焉。偶失净纸，因言："若有知趣的给我，愿为之妇。"其人闻之，即以自所用者，从壁隙中递与。女净讫迳[①]去。其人叹曰："亲事虽定了一头，这一屁股债，如何得干净？"

【注释】

①迳（jìng）：同"径"。

【译文】

有一个男子上厕所，先有一个女的蹲在了隔壁厕所。女子碰巧把手纸掉到了粪池里，于是只好对隔壁的男子说："如果有识趣的把手纸给我，我愿意做他的老婆。"男子听后，马上把自己用的手纸，从厕所的壁缝中递给女子。女子擦干净屁股后就走了。男子唉声叹气地说："亲事虽定了一头，可是这一屁股债，怎能揩得干净？"

有钱夸口

【原文】

一人迷路，遇一哑子，问之不答，惟以手作钱样，示以得钱，方肯指引。此人喻其意，即以数钱与之。"哑子"乃开口指明去路，其人问曰："为甚无钱装哑？""哑"曰："如今世界，有了钱，便会说话耳！"

【译文】

有一个人迷了路，遇到一个哑巴，问他话也不回答，只是用手比划钱的模样，示意要给钱才肯指引。迷路人明白他的意思，马上拿出数枚钱给了哑巴。"哑巴"于是开口说话为他指路，迷路人问道："你为什么不给钱就装哑巴？”“哑巴”说：“如今世界，有了钱，便会说话！”

古今三绝

【原文】

一家门首，来往人屙溺，秽气难闻。因拒之不得，乃画一龟于墙上，题云：“在此溺尿者，即是此物。”一恶少见之，问曰：“此是谁的手笔？”画者认之，恶少曰：“宋徽宗、赵子昂与吾兄三人，共垂不朽矣。”画者询其故，答曰：“宋徽宗的鹰，赵子昂的马，兄这样乌龟，可称古今三绝。”

【译文】

有一户人家的大门口，过往行人经常在这里拉屎撒尿，骚臭难闻。主人告诫了很多次都没有用，于是在墙上画了一只乌龟，并题字道：“在此拉屎撒尿者，即是此物。”有一个恶少见了，问道：“这是谁画的？”主人承认是自己画的，恶少说：“宋徽宗、赵子昂与你三个人，都是永垂不朽的人物。”主人问是什么缘故，恶少回答说：“宋徽宗的鹰、赵子昂的马、你这样的乌龟，可以称为古今三绝。”

白蚁蛀

【原文】

有客在外，而主人潜入吃饭者。既出，客谓曰：“宅上好座厅房，可惜许多梁柱都被白蚁蛀坏了。”主人四顾曰：“并无此物。”客曰：“他在里面吃，外面人如何知道。”

【译文】

有一位客人坐在客厅，而主人进里

屋偷偷地吃饭。等主人吃饱出来后，客人对主人说："你家宅子倒是很不错，可惜许多梁柱都被白蚂蚁蛀坏了。"主人环顾四周说："并没有看到有白蚂蚁啊。"客人说："它在里面吃，你在外面怎么会知道。"

吃烟

【原文】

人有送夜羹饭甫毕，已将酒肉啖尽。正在化纸，将完，而群狗环集。其人曰："列位来迟了一步，并无一物请你，都来吃些烟罢。"

【译文】

有一个人送夜羹饭之后，将带来的酒肉全部吃光了。正在烧纸，即将烧完时，一群狗围着火堆聚集起来，那个人说："各位来迟了一步，没有什么东西可以给你们吃了，请你们都来吃些烟吧。"

烦恼

【原文】

或问："樊迟①之名谁取？"曰："孔子取的。"问："樊哙②之名谁取？"曰："汉祖取的。"又曰："烦恼之名谁取？"曰："这是他自取的。"

【注释】

①樊迟：名须，字子迟。春秋末鲁国人（一说齐国人）。孔子学生。

②樊哙：沛县（今江苏省沛县）人。汉朝开国元勋，大将军，左丞相。

【译文】

有一个人问："樊迟这个名字是谁给取的？"另一个人回答说："孔子取的。"又问："樊哙这个名字谁给取的？"另一个人回答说："汉高祖取的。"又问："烦恼这个名字谁给取的？"另一个人回答说："这是他自取的。"

猫逐鼠

【原文】

昔有一猫擒鼠，赶入瓶内。猫不舍，犹在瓶边守候。鼠畏甚，不敢出。猫忽打一喷嚏，鼠在瓶中曰："大吉利。"猫曰："不相干。凭你奉承得我好，只是要吃你哩！”

【译文】

从前，有一只猫抓老鼠，它把老鼠赶进了瓶子里。老鼠不敢出来，它也进不去，猫不肯放弃，便在瓶子旁边守着。老鼠十分害怕，很久都不敢出来。猫忽然打了一个喷嚏，老鼠在瓶子里说："十分吉利。"猫说："没用。任凭你奉承得我再好也没用，我只是要吃你哩！"

祝寿

【原文】

猫与耗鼠庆生，安坐洞口，鼠不敢出。忽在内打一喷嚏，猫祝曰："寿年千岁！"群鼠曰："他如此恭敬，何妨一见？"鼠曰："他何尝真心来祝寿，骗我出去，正要狠嚼我哩！"

【译文】

猫给老鼠庆祝生日，守在老鼠洞口，老鼠迟迟不敢出来。忽然老鼠在洞里打了一个喷嚏，猫在洞外听到了，祝贺说："祝你们福寿千岁！"老鼠们都说："猫如此恭敬有礼，不如我们出去相见？"其中有一只老鼠说："它哪里是真心祝寿，它骗我们出去，正是要狠狠咀嚼我们哩！"

心狠

【原文】

一人戏将数珠挂猫项间，群鼠私相贺曰："猫老官已持斋念佛，定然不吃我们的了。"遂欢跃于庭。猫一见，连捕数个，众鼠奔走，背地语曰："吾等以他念佛心慈了，原来是假意修行。"一答曰："你不知。如今世上修行念佛的，比寻常人的心肠最更狠十倍。"

【译文】

有一个人开玩笑，将很多个珠子挂在猫脖子上，群鼠暗地里相互祝贺说："猫老官已经吃斋念佛，一定不吃我们了。"于是在庭院欢腾庆祝。猫看见了，接连抓了好几个老鼠吃掉了，老鼠们狂奔逃跑，背地里说道："我们以为他念佛有慈善之心了，原来是假意修行。"其中一只老鼠回答说："你们不知道，当今世上修行念佛的，比平常人的心要狠十倍。"

嘲恶毒

【原文】

蜂与蛇结盟。蜂云："我欲同你江上一游。"蛇曰："可，你须伏在我背间。"行到江中，蛇已无力，或沉或浮，蜂疑蛇害己，将尾刺钉紧在蛇背上。蛇负疼骂曰："人说我的口毒，谁知你的屁股更毒。"

【译文】

蜂与蛇结为兄弟。蜂说："我想跟你一起到江水里一游。"蛇说："可以，你必须趴在我背上。"行到江中心，蛇已没了力气，时沉时浮。蜂怀疑蛇要淹死自己，就将自己的毒刺紧叮在蛇背上。蛇十分疼痛，骂道："人说我的嘴毒，谁知你的屁股更毒。"

讥人弄乖

【原文】

凤凰寿，百鸟朝贺，惟蝙蝠不至。凤责之曰："汝居吾下，何踞傲①乎？"蝠曰："吾有足，属于兽，贺汝何用？"一日，麒麟生诞，蝠亦不至。麟亦责之。蝠曰："吾有翼，属于禽，何以贺汝？"麟、凤相会，语及蝙蝠之事，互相慨叹曰："于今世上恶薄，偏生此等不禽不兽之徒，真个无奈他何！"

【注释】

①踞（jù）傲：骄傲自大。

【译文】

凤凰过生日，众鸟拜贺，只有蝙蝠没有到。凤凰斥责蝙蝠说："你位居我之下，却不来向我拜贺，为何如此傲慢无礼？"蝙蝠说："我有脚，属于兽，为什么要拜贺你？"一天，麒麟过生日，蝙蝠也没有到。麒麟也斥责蝙蝠。蝙蝠说："我有翅膀，属于禽，为什么要拜贺你？"有一天，麒麟与凤凰遇到了，说到蝙蝠不来拜贺一事，互相慨叹说："当今世风日下，偏偏生出这样不禽不兽的东西，真是拿它没办法！"

白嚼

【原文】

三人同坐，偶谈及家内耗鼠可恶。一曰："舍间饮食落放不得，转眼被他窃去。"一云："家下衣服、书籍散去不得，时常被他侵损。"又一曰："独有寒家老鼠不偷食咬衣，终夜咨咨叫到天明。"此二人曰："这是何故？"答曰："专靠一味白嚼。"

【译文】

有三个人坐在一起，偶然说到家里的老鼠都说非常可恶。甲说："家里吃的根本不能散放，必须密封收起来，否则一转眼就被它们偷去了。"乙说："家里的衣服、书籍也不能散放，时常被它们咬烂了。"丙说："只有我家的老鼠不偷吃的穿的，整夜就知道吱吱叫到天明。"甲乙二人问："这是什么原因？"丙回答说："我家没有吃的、穿的以及书籍让它偷，只能一夜叫到亮。"

嚼蛆

【原文】

有善说笑话者，人嘲之曰："我家有一狗，落在粪坑中，三年零六个月，还不曾死。"其人曰："既然如此，他吃些甚么？"答曰："单靠嚼蛆。"

【译文】

有一个人喜欢嚼舌根看人家笑话，他人嘲讽说："我家有一只狗，掉在粪坑中，三年零六个月，还没有死。"这个人问："怎么会没被饿死，它吃些什么？"他人回答说："就靠嚼蛆。"

取笑

【原文】

甲乙同行，甲望见显者冠盖，谓乙曰："此吾好友，见必下车，我当引避。"不意竟避入显者之家。显者既入门，诧曰："是何自撞，匿[①]我门内？"呼童挞而逐之。乙问曰："既是好友，何见殴辱？"答曰："他从来是这般，与我取笑惯的。"

【注释】

①匿（nì）：隐藏，躲藏。

【译文】

甲乙二人同行，甲看见一个达官显贵坐着马车，对乙说："这是我的好友，他见我必定会下车跟我打招呼，我都不好意思，应该回避一下。"于是他就钻到一户人家去躲避，谁知道这户人家正是那个达官显贵的家。贵人进门，看见家中来了一个陌生人，惊诧说："是谁撞进来，竟然藏在我的院子里？"于是呼喊仆人把他揍了一顿并赶了出来。乙问道："既然你们是好朋友，为什么被他殴打辱骂？"甲回答说："他从来都是这样，和我闹着玩都习惯了。"

避首席

【原文】

有疯疾病者，延医调治，医辞不肯用药。病者曰："我亦自知难医，但要服些牛痰动气的药，改作痨①、膨二症。"医曰："疯、痨、膨、膈，同是不起之症，缘何要改？"病者曰："我闻得疯、痨、膨、膈，乃是阎罗王的上客。我生平怕坐首席，所以要挪在第二、第三。"

【注释】

①痨：指积劳损削之病。

【译文】

有一个人得了失心疯，请医生治疗，医生找各种理由搪塞不肯帮他治病。病人说："我也知道治不好，但希望吃一些生痰动气的药，好让自己变成痨、膨这两种病。"医生说："疯、痨、膨、膈都是治不好的病，结果都是一样的，为什么要改？"病人说："我听说疯、痨、膨、膈是阎王最喜欢的病，我生平怕坐首席，所以想要挪在第二位、第三位。"

瓦窑

【原文】

一人连生数女，招友人饮宴。友作诗一首，戏赠之云："去岁相招因弄瓦，今年又弄瓦相招。弄去弄来都弄瓦，令正①原来是瓦窑②。"

【注释】

①正：妻子。

②瓦窑：妓女的别称。

【译文】

有一个人连生了好几个女儿，请朋友喝酒。朋友开玩笑作诗一首，赠给他说："去年相招因弄瓦，今年弄瓦又相招。弄去弄来都弄瓦，你的妻子原来是瓦窑。"

嘲周姓

【原文】

浙中盐化地方，有查、祝、董、许四大家族，簪缨世胄，科中连绵。后有周姓者，偶发两榜，其居乡豪横，欲与四大姓并驾齐驱。里人因作诗嘲之曰："查祝董许周，鼋鼍[1]蛟龙鳅。江淮河海沟，虎豹犀象猴。"

【注释】

①鼋鼍（yuán tuó）：鼋鱼和扬子鹗。

【译文】

浙江盐化地区有查、祝、董、许四大家族，世代做官，连年中举。后来这里有个姓周的家族，偶然中了两次科举，便在乡里豪横起来，打算与查、祝、董、许四大家族相提并论。乡里人于是作诗一首讥讽道："查祝董许周，鼋鼍蛟龙鳅。江淮河海沟，虎豹犀象猴。"

认族

【原文】

有王姓者，平素最好联谱[1]，每遇姓相似者，不曰寒宗，就说敝族。偶遇一汪姓者，指为友曰："这是舍侄。"友曰："汪如何为是盛族？"其人曰："他是水窠路里王家。"遇一匡姓者，亦认是侄孙。其人曰："匡与王，一发差得远了。"答曰："他是摊墙内王家。"又指一全姓，亦云："是舍弟。""一发甚么相干？"其人曰："他从幼在大人家做篾片的王家。"又指姓毛者是寒族，友大笑其荒唐，曰："你不知，他本是我王家一派，只因生了一个尾巴，弄得毛头毛脑了。"人问："土与黄同音，为何反不是一家？"答曰："如何不是，那是山一都田头八家兄。"

【注释】

①联谱：联宗，认本家。

【译文】

有一个姓王的人，一向最好联宗，每当遇到跟他的姓差不多的人，不是说是一个老祖宗，就是一个家族的。一次偶然遇到一个姓汪的，指给朋友说："这是我侄子。"朋友问："汪姓怎么会是和你同一个家族？"那个人回答说："他是水路里的王家。"遇到一个姓匡的，那个人也认做侄孙。朋友说："匡与王，更差得远了。"那个人回答说："他是筑墙的王家。"那个人又指一个姓全的人，也说："是自己家弟弟。"朋友说："更是不相干了。"那个人说："他是从小在大人家做篾片的王家。"那个人又指着一个姓毛的说是自己的是本家，朋友大笑他荒唐，那个人说：“你不知道，他本是我王家一派，只因他多生了一条尾巴，弄得毛头毛脑了。”朋友问：“王与黄同音，为什么反而不是一家？”那个人回答说：“怎么不是，那是我廿一都田头八家兄。”

 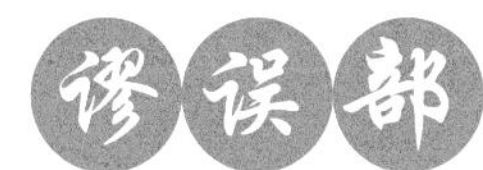

卷十二 谬误部

谬误的意思是错误、差错，是相对于真理而言的。本卷主要描述生活中见到的说大话、有错不改、知错犯错、不晓事理等现象，语言滑稽可笑，用词简练生动。总体来说，笑话紧扣社会脉动，对种种悖谬言行进行讥讽，既能取趣得乐，又能深思喻理。

见皇帝

【原文】

一人从京师回，自夸曾见皇帝。或问："皇帝门景如何？"答曰："四柱牌坊，金书'皇帝世家'。大门内匾，金书'天子第'。两边对联是：'日月光天德，山河壮帝居。'"又问："皇帝如何装束？"曰："头带玉纱帽，身穿金海青。"问者曰："明明说谎，穿了金子打的海青，如何拜揖？"其人曰："呸！你真是个冒失鬼，皇帝肯与哪个作揖的？"

【译文】

有一个人从京城回来，自我吹嘘说见到了皇帝。有人问："皇帝住的房子前面是什么样？"那个人回答说："四柱牌坊，上面有金字写的'皇帝世家'。大门内匾，也是金字题名'天子第'。两边对联是：'日月光天德，山河壮帝居。'"问话的人又问："皇帝穿些什么？"那个人回答说："头戴玉纱帽，身穿金海青。"问话的人说："你显然是说谎，穿了金子做的长袍，怎么弯腰拜揖？"那个人回答说："呸！你真是个糊涂虫，皇帝要向谁作揖？"

借称呼

【原文】

一家父子僮仆专说大话，每每以朝廷名色称呼。一日友人来望，父出外，遇其长子，曰："父王驾出了。"问及令堂。次子又云："娘娘在后花园饮宴。"友见说话僭分①，含怒而去。途遇其父，乃述其子之言告之。父曰："是谁说的？"仆在后云："这是太子与庶子说的。"其友愈恼，扭仆便打。其父忙劝曰："卿家弗恼，看寡人面上。"

【注释】

①僭（jiàn）分：越分。

【译文】

有一户人家父子与僮仆都爱说大话，事事都用朝廷用语相称呼。一天朋友来到家里，正巧主人出去不在家，遇到他的大儿子，大儿子说："父王驾出了。"客人又问及对方的母亲。二儿子又说："娘娘在后花园饮宴。"朋友见他们说话简直把自己的身份抬高得离谱，含怒离开。路上遇到主人，朋友就告诉他儿子们所说的话。主人说："这些都是谁说的？"仆人在后边接话道："这是太子与庶子说的。”朋友一听更加恼怒，扭住仆人便打。主人急忙劝道：“卿家勿恼，看在寡人面子上。”

看镜

【原文】

有出外生理者，妻要捎买梳子，嘱其带回。夫问其状，妻指新月示之。夫货毕，忽忆妻语，因看月轮正满，遂依样买了镜子一面带归。妻照之骂曰：“梳子不买，如何反娶一妾回来？”两下争闹，母闻之往劝，忽见镜，照云：“我儿有心费钱，如何讨恁个年老婆儿？”互相埋怨，遂至讦讼[①]。官差往拘之，差见镜，慌云：“才得出牌，如何就出添差来捉违限？”及审，置镜于案。官照见大怒云：“夫妻不和事，何必央请乡官来讲分上！”

【注释】

①讦（jié）讼：控告、诉讼。

【译文】

有一个人要出门做生意，他的妻子让他买把梳子，嘱咐他带回来。丈夫问梳子是什么形状的，妻子指着月牙示意他。几天后，丈夫卖完货物，突然想起妻子的话，便抬头看月亮，当时月亮正圆，于是按照月亮的样子买了一面镜子带回来。妻子拿起镜子一看，里面居然有一个美妇，于是大骂道：“梳子不买，为何反倒娶了一个小老婆？”夫妻争吵不休，婆婆过来劝解，突然拿起镜子看见里面有个老太婆，说：“我儿有心花钱讨小老婆，为何讨了一个老太婆？”三人互相埋怨，告到官府。当官的派衙役去捉拿到案，衙役见到镜子，看见里面有衙役正虎视眈眈地看着他，惊慌说：“才出来去捉人，为何又派人来催我？”等到审案时，衙役把镜子放在案桌上。当官的看见镜中人的样子大怒说：“夫妻不和之事，何必请地方官来说情！”

高才

【原文】

一官偶有书义未解，问吏曰：“此处有高才否？”吏误以为裁缝姓高也，应曰：“有。”即唤进。官问曰：“贫而无谄，如何？”答曰：“裙而无裥[①]，折起来。”又问：“富而无骄，如何？”答曰：“裤若无腰，做上去。”官怒喝曰：

"咄！"裁缝曰："极是容易，小人有熨斗，取来烫烫。"

【注释】

①裥（jiǎn）：衣服上打的褶子。

【译文】

有一个官员看书时，偶然会不明白书中语句的含义，就向差役问道："我们这里有高才吗？"差役误认为官员要找一个姓高的裁缝，便回答说："有。"随即差役领来了裁缝。官员问道："贫而无谄，怎么解？"裁缝回答说："裙子没有褶子，折起来。"又问："富而不骄，怎么解？"回答说："裤子如果没有腰带，做上去。"官人听了十分恼怒，喝斥道："咄！"裁缝说："极是容易，若是皱了，小人有烫斗，这就回去取来帮您烫烫。"

不识货

【原文】

有徽人开典而不识货者，一人以单皮鼓一面来当。喝云："皮锣一面，当银五分。"有以笙来当者，云："斑竹酒壶一把，当银三分。"有当笛者，云："丝绢火筒一根，当银二分。"后有持了事帕来当者，喝云："虎狸斑汗巾一条，当银二分。"小郎曰："这物要他何用？"答云："若不赎，留他抹抹嘴也好。"

【译文】

有一个安徽人开当铺，但不识货，有一个人拿一面单皮鼓来当。老板只看了一眼便喝道："皮锣一面，当银五分。"又有一个人拿笙来当，老板喊道："斑竹酒壶一把，当银三分。"有一个人拿笛子来当，老板喊道："丝绢火筒一根，当银二分。"后来一个人拿了一条同房用的手巾来当，老板喊道："虎狸斑汗巾一条，当银二分。"小伙计说："这东西要他干什么？"老板回答道："他要是不赎回去了，留下它抹抹嘴也行啊。"

外太公

【原文】

有教小儿以"大"字者。次日写"太"字问之，儿仍曰"大"字。因教之曰："中多一点，乃太公的"太"字也。"明日写"犬"字问之，儿曰："太公的‘太’字。”师曰：“今番点在外，如何还是‘太’字？”儿即应曰：“这样说，便是外太公了。”

【译文】

老师教一个小孩认字，先教“大”字。第二天写一个“太”字，问学生这是什么字，学生仍说“大”字。老师跟学生解释说：“大字里边多一点，是太公的‘太’字。”又过了一天，老师写“犬”字，问学生这是什么字，学生说：“太公的‘太’字。”老师说：“现在点在外，怎么还是‘太’字？”学生接口说：“这样说，便是外太公了。”

床榻

【原文】

有卖床榻[1]者，一日，夫出，命妇守店。一人来买床，价少，银水又低，争执良久，勉强售之。次日，复来买榻。妇曰：“这人不知好歹，昨日床上讨尽我的便宜，今日榻上又想要讨我的便宜了！”

【注释】

①榻：狭长而较矮的床。

【译文】

有一户商家卖床和榻。有一天，丈夫出门去了，让妻子看守店铺。有一个人来买床，给的价格很低，讨价还价很长时间，老板娘勉强卖给了他。第二天，那个人又来买榻。老板娘说：“你这个人实在不知好歹，昨天在床上讨尽我的便宜，今日在榻上又想讨我的便宜了！”

卖粪

【原文】

一家有粪一窖，招人货卖，索钱一千，买者还五百。主人怒曰："有如此贱粪，难道是狗撒的？"乡人曰："又不曾吃了你的，何须这等发急。"

【译文】

有一户人家存了一窖粪，准备出卖，要价一千，一个农夫还价五百。主人大怒，说："粪有这么贱吗？难道是狗拉的？"农夫说："又不会吃了你的，你急什么。"

出丑

【原文】

有屠牛者，过宰猪者之家。其子欲讳"宰猪"二字，回云："家尊出亥[①]去了。"屠牛者归，对子述之，称赞不已。子亦领悟。次日屠猪者至，其子亦回云："家父往外出丑[②]去了。"问："几时归？"答曰："出尽丑自然回来了。"

【注释】

①出亥（hài）：意为杀猪。

②出丑：意为杀牛，这里指"出洋相"。

【译文】

有一个宰牛人，路过一户宰猪人家，问主人在不在家。宰猪人的儿子想要避讳"宰猪"二字，便回答说："父亲杀亥去了。"宰牛人回到家里，对儿子讲述宰猪人的儿子所说的话，觉得很有文化，对他称赞不已。宰牛人的儿子也领悟了。第二天宰猪人来了，宰牛人不在家，宰牛人的儿子也回答说："家父往外出丑去了。"宰猪人问："什么时候回来？"宰牛人的儿子回答说："出尽丑自然就回来了。"

官话

【原文】

有兄弟经商，学得一二官话。将到家，兄往隔河出恭，命弟先往见其父。父曰："汝兄何在？"弟曰："撒屎。"父惊曰："在何处杀死的？"答曰："河南。"父方悲恸而兄已至，父遂骂其次子："何得妄言如是？"曰："我自打官话耳。”父曰：“这样官话，只好吓你亲爷罢了。”

【译文】

有兄弟俩外出经商，学得一两句官话。回来快到家时，哥哥要到河的南岸大便，让弟弟先回去见父亲。父亲说：“你哥在哪里？”弟说：“撒屎。”父亲十分吃惊，说：“在哪里被杀死的？”弟弟回答说：“河南。”父亲悲痛大哭，正在这时哥哥回来了，父亲于是大骂小儿子：“为何要说这样的假话？”小儿子说：“我说的是官话，你没有听懂罢了。”父亲说：“这样的官话，只能吓你亲爹罢了。”

掌嘴

【原文】

一乡人进城，偶与人竞，被打耳光子数下，赴县叫喊。官问：“何事？”曰：“小人被人打了许多乳广。”官不信，连问，只以“乳广”对。官大怒，呼皂隶掌嘴。方被掌，乡人遂以指示官，正是这个样子。

【译文】

有一个农夫进城，偶然与他人发生冲突，被人打了数个耳光，跑到县衙喊冤。县官问：“什么事？”农夫说：“我被人打了许多乳广（耳光）。”县官不相

信，连问很多次，到底被人打了许多什么，农夫一直只用“乳广”回答。县官大怒，吩咐差役打他嘴巴。刚被打，农夫急忙用手示意说：“正是这个样子。”

乳广

【原文】

一乡人涉讼，官受其贿，临审复掌嘴数下。乡人不忿，作官话曰：“老爷，你要人觜（言‘银子’）我就人觜。要铜团（言‘铜钱’）就铜团，要尾（言‘米’）就尾，为何临了来又歹我的乳广①？”

【注释】

①乳广：同“耳光”。

【译文】

有一个农夫被牵连进官司，于是他贿赂当官的希望不被牵连，到了审案时，当官的却打了他数下嘴巴。农夫也不生气，用官话说：“老爷，你要人觜（银子）我就给你人觜；要铜团（铜钱）就给你铜团；要尾（米）就给你尾，为什么审案时又要打我耳光？”

初上路

【原文】

一人初上路，才骑牲口踏镫①，掉落一鞋。其人因作官话大声曰：“啊呀！掌鞭的，我的鞋（音‘爷’）！”赶鞭的以为唤他做爷，答云：“爷不敢。”其人愈发急，大呼曰：“我的鞋（爷）！我的鞋（爷）！”掌鞭的不会其意，亦连声回应曰：“爷，小的怎么敢？”其人只得仍作乡语怒骂曰：“搠杀那娘，我一只鞋（音‘呀’）子脱掉了！”

【注释】

①踏镫（dèng）：挂在牲口两旁的铁制脚踏。

【译文】

有一个人刚刚上路，才骑上牲口踏上镫，就掉落了一只鞋。那个人故意用官话大声喊道：“啊呀！掌鞭的，我的鞋（音‘爷’）！”拉牲口人的以为喊他爷，答道：“爷不敢当。”那个人更加着急，大喊道：“我的鞋（爷）！我的鞋（爷）！”拉牲口的人没有领会他的真正意思，也连声回答说：“爷，小的怎么敢当？”那个人只得用家乡话怒骂道：“天杀的，我一只鞋（音‘呀’）子掉了！”

摸一把

【原文】

妇人门首买菜，问：“几个钱一把？”卖者说：“实价三个钱两把。”妇还两个钱三把。卖者云：“不指望我来摸娘娘一把，娘娘倒想要摸我一把，讨我这样便宜。”

【译文】

有一个妇女在家门口买菜，问卖菜的：“你的菜几个钱一把？”卖主说：“实价三个钱两把。”妇女还价两个钱三把。卖主说：“我不曾指望摸娘娘一把，没想到娘娘倒想要摸我一把，讨我的便宜。”

苏空头

【原文】

一人初往苏州。或教之曰：“吴人惯扯①空头，若去买货，他讨二两，只好还一两。就是与人讲话，他说两句，也只好听一句。”其人至苏，先以买货之法，行之果验。后遇一人，问其姓，答曰：“姓陆。”其人曰：“定是三老官了。”又问：“住房几间？”曰：“五间。”其人曰：“原来是两间一披。”又问：“宅上还有何人？”曰：“只房下一个。”其人背曰：“原还是与人合的。”

【注释】

①惯扯：一贯说谎。

【译文】

一个人第一次去苏州。有人告诫

他说："苏州人一贯好说谎，如果去买东西，他要价二两，只能还价给一两。就是跟人说话，他说的话你也只能信一半，他说两句，也只能听一句。"那人到了苏州，先用别人教他的方法讨价还价买东西，果然行之有效。后来遇到一人，问他姓什么？回答说："姓陆。"那个人说："他定是姓三的老官了。"又问："住房几间。"回答说："五间。"那个人说："原来是两间半。"又问："家里还有什么人？"回答说："只有一个老婆。"那个人暗自说："只有半个，原来还是与人合用的。"

连偷骂

【原文】

吴人有灌园者，被邻居窃去蔬果，乃大骂曰："入娘贼，春天偷了我婶（笋），夏天又来偷我妹（梅）子，到冬来还要偷我个老婆（萝卜）！"

【译文】

吴地有个菜农，被邻居偷去不少蔬菜，于是大骂道："入娘贼，春天偷了我的婶（笋），夏天又来偷我妹（梅）子，到了冬天还要偷我的老婆（萝卜）！"

晾马桶

【原文】

苏州人家晒两马桶在外，瞽者不知，误撒小解。其姑喝骂，嫂忙问曰："这娘贼个脓血，滴来你个里面，还是撒来我个里头。"姑回云："我搭你两边都有点个。"

【译文】

有一户苏州人家在外边晾了两只马桶，一个瞎子不知道，不小心在马桶里小便。小姑子大吵大骂，嫂子急忙问道："这个王八蛋，是撒在你的里面，还是撒在我的里面？"小姑子回答道："我和你的两边都有点儿。"

轧棉花

【原文】

姑嫂二人地上轧棉花。嫂问："姑轧得几何？"姑曰："尽力轧得两腿酸麻，轧个绒勿出。”

【译文】

姑嫂二人在地上轧棉花。嫂子问：“小姑子轧了多少？”，小姑子回答说：“用尽力气轧得两腿发麻，连个绒也没轧出来。”

贺寿

【原文】

贺友寿者，其友先期躲生，锁门而出。一日路上遇见，此人惯作歇后语，因对友曰：“前兄寿日，弟拉了许多丧门吊（客），替你生灾作贺（祸）。谁料你家入地无（门），竟披枷带（锁）了。”

【译文】

甲到乙家为其祝寿，乙不想破费，于是提前躲避，锁门外出了。一天，两个人路上遇到，甲擅长作歇后语，想借此出出怨气，于是对乙说：“前些日子你过生日，我拉了许多丧门吊（客），替你生灾作贺（祸）。谁料你家入地无（门），竟然披枷戴（锁）了。”

寿气

【原文】

一老翁寿诞，亲友醵分①，设宴公祝。正行令，各人要带说“寿”字。而壶中酒忽竭，主人大怒。客曰：“为何动寿气（器）？”一客云：“欠检点，该罚。”少顷，又一人唱寿曲。旁一人曰：“合差了寿板。”合席皆曰：“一发该罚。”

【注释】

①醵（jù）分：凑份子。

【译文】

有一个老头过生日，亲友凑钱设宴，为其祝贺。宴席中行酒令，规矩是每人行酒令都要带“寿”字。一会儿壶中酒突然没有了，主人大怒。一个客人说：“为何动寿气（器）？”另一个客人说：“说话不注意，该罚。”不一会儿，又一个人唱寿曲。旁边一个人说：“就差寿（快）板。”客人们都说：“更加该罚。”

不知令

【原文】

饮酒行令，座客有茫然者。一友戏曰："不知令，无以为君子也。"其人诘曰："不知命，为何改作令字？"答曰："《中庸》注云：'命犹令也。'"

【译文】

大家一起饮酒行令，其中有个人听到"行令"两个字茫然不知所措。一位朋友开玩笑说："不知道行令，不能算是君子。"那个人反问道："'不知命'中的'命'字，为什么改作'令'字？"朋友回答说："《中庸》注说：'命犹如令。'"

十恶不赦

【原文】

乡人夤缘①进学，与父兄叔伯暑天同走，惟新生撑伞。人问何故，答曰："入学不晒（十恶不赦）②。"

【注释】

①夤（yín）缘：通过关系进行钻营。

②入学不晒（十恶不赦）："入学不晒"和"十恶不赦"古音相同，音同而义不同。

【译文】

有一个新生靠走后门得到入学资格和父兄叔伯在大热天一同走路去学校，只有新生打着雨伞。有人问他为什么不下雨却打着雨伞，回答说："新生入学不晒（十恶不赦）。"

馄饨

【原文】

苏州人有卖馄饨者。夫偶出，令其妻守店。姿色甚美。一人来买馄饨，因贪看想慕出神，叫曰："娘子，我要买饨（臀）。"妇应曰："你为何脱落子馄（魂）啰？"

【译文】

苏州有一家卖馄饨的人。丈夫碰巧外出，就让妻子看守店铺。妻子长得非常漂亮。有一个人来买馄饨，由于垂涎她的美色，喊道："娘子我要买（你的）

饨（臀）。”妇人应声道："你为何丢掉了你的馄（魂）了？"

食蔗

【原文】

一家请客，摆列水果，家主母取甘蔗食之，连声叫淡。厨司曰："娘娘想是梢（骚）了。"

【译文】

有一户人家请客，陈列了许多水果，主妇拿起甘蔗吃，连声说一点都不甜。厨师说："娘娘想是（拿到）梢（骚）了。"

秤人

【原文】

天赦日秤人，婆先将媳上秤。婆云："娘子，你放在大花星上正好。"次秤婆，媳云："看婆婆不出，到梢（骚）了。"

【译文】

立夏这天有秤人的习俗，婆婆先秤儿媳。婆婆说："娘子，你将秤放在大花星上正好是你的体重。"之后秤婆婆，儿媳说："看来婆婆的体重把秤放在大花星上都打不住，到梢（骚）了。"

蚬子①

【原文】

两人相遇，各问所生子女几何。一曰："五女。"一曰："一子。"生女者曰："一子是险子。"生子者怒曰："我是蚬子，强如你养了许多肉蚌。"

【注释】

①蚬（xiǎn）子：软体动物，介壳形状像心脏，表面暗褐色，有轮状纹，内面色紫，栖淡水软泥中。肉可食，壳可入药。

【译文】

两个人相遇，互相询问对方生了几个子女。甲说："生了五个女儿。"乙说："生了一个儿子。"甲说："生了一个儿子是险子（祸害）。"乙大怒说："我是蚬子，也比你养了许多肉蚌强。"

撒屁秤

【原文】

一人问邻妇借秤，妇回云："我家这管撒屁秤，是用不得的。"其人曰："娘子，你在前另有不撒屁的，求借我用一用。"

【译文】

有一个人向邻居家的女人借秤，妇女回答说："我家这杆撒屁秤，根本就用不了。"那个人说："小娘子，你家里之前另有不撒屁的，求你借我用一用。"

日饼

【原文】

中秋出卖月饼，招牌上错写日饼。一人指曰："月字写成白字了。"其人曰："我倒信你骗，白字还有一撇哩。"

【译文】

有一个人中秋节在街市上卖月饼，招牌上错写成"日饼"。一个人指出："月字写成白字了。"卖月饼的人说："我难道会信你的鬼话？白字还有一撇哩。"

禁溺

【原文】

墙脚下恐人撒尿，画一乌龟于壁上，且批其后曰："撒尿者即是此物。"一人不知就里，仍去屙①溺。其人骂曰："瞎了眼睛，也不看看！"撒尿者曰："不知老爷在此。"

【注释】

①屙（ē）：排泄。

【译文】

有一户人家怕人在墙脚下撒尿，在墙壁上画了一只乌龟，并在后面写了一行字："撒尿者即是此物。"有一个人不知道情况，仍去那里撒尿。主人骂道："瞎了眼睛，也不看看！"撒尿的人说："不知道老爷你在这里。"

说大话

【原文】

主人谓仆曰："汝出外，须说几句大话，装我体面。"仆领之。值有言"三清殿大"者，仆曰："只与我家租房一般。"有言"龙衣船大"者，曰："只与我家帐船一般。"有言"牯牛①腹大"者，曰："只与我家主人肚皮一般。"

【注释】

①牯（gǔ）牛：阉割过的公牛。也泛指牛。

【译文】

主人对仆人说："你到外面须说点大话，替我争点面子。"仆人答应了。正赶上有一个人说"三清殿大"的，仆人说："就跟我家的房子一样大。"有一个人说"龙衣船大"的，仆人说："只跟我家的小船一样大。"有一个人说"牯牛肚子大"的，仆人说："只和我家主人肚皮一样大。"

挣大口

【原文】

两人好为大言，一人说："敝乡有一大人，头顶天、脚踏地。"一人曰："敝乡有一人更大，上嘴唇触天，下嘴唇着地。"其人问曰："他身子藏哪里？"答曰："我只见他挣得一张大口。"

【译文】

有两个人好说大话，甲说："我们那里有个很高大的人，头顶天、脚踏地。"乙说："我们那里有个人长得更大，上嘴唇触天，下嘴唇着地。"甲问道："那他的身子藏在哪里？"乙回答说："我只看见他长了一张大嘴。"

天话

【原文】

一人说："昨日某处，天上跌下一个人来，长十丈，大二丈。"或问之曰："亦能说话否？"答曰："也讲几句。"曰："讲甚么话？"曰："讲天话。"

【译文】

一个人说："昨天有一个地方从天上掉下一个人来，长十丈，宽二丈。"有个人问他说："也能说话吗？"回答说："也讲几句话。"又问："讲什么话？"回答说："讲天话。"

谎鼓

【原文】

一说谎者曰："敝处某寺中有一鼓，大几十围，声闻百里。"旁又一人曰："敝地有一牛，头在江南，尾在江北，足重有万余斤。岂不是奇事？"众人不信。其人曰："若没有这头大牛，如何得这张大皮，幔①得这面大鼓？"

【注释】

①幔：动词，蒙、制作。

【译文】

有一个说谎的人说："我们那某某寺庙里有一面鼓，几十人才能围过来，百里之外都能听到鼓声。"旁边又有一个人说："这不奇怪，我们那里有一头牛，头在江南，尾在江北，脚重一万多斤，难道不是稀奇之事？"众人不相信。那个人说："如果没有这样大的牛，就不会吹出那样大的牛皮，那么用什么去蒙那张大鼓？"

大浴盆

【原文】

好说谎者对人曰："敝处某寺有一脚盆，可使千万人同浴。"闻者不信。傍一人曰："此是常事，何足为奇？敝地一新闻，说来才觉诧异。"人问："何事？"曰："某寺有一竹林，不及三年，遂长有几百万丈。如今顶着天长不上去，又从天上长下来。岂不是奇事？"众人皆谓诳言。其人曰："若没有这等长竹，叫他把甚么篾子[①]，箍他那只大脚盆？”

【注释】

①篾（miè）子：竹子的茎。

【译文】

有一个喜欢说谎的人对别人说：“我们那某某寺院有一个大浴盆，可供几千人一同洗浴。”听的人不相信。旁边另一个人说：“这很正常，有什么奇怪的。我们那里有一新闻，说起来才觉得诧异。”大家问：“什么新闻？”那个人说：“某某寺院有一片竹林，不到三年的时间，就长到几百万丈。结果顶到天了，挡住了长不上去，又从天上往下长。难道不是奇事？”众人都认为他的话是骗人的。那个人说：“如果没有那样长的竹子，叫他用什么竹篾子，去箍他那只大浴盆？”

误听

【原文】

一人过桥，贴边而走。旁人谓曰：“看仔细，不要踏了空。”其人误听说他偷了葱，因而大怒，争辩不已，复转诉一人。其人曰：“你们又来好笑，你我素不相识，怎么冤我盗了钟？”互相撕打，三人扭结到官。官问三人情事，拍案怒曰：“朝廷设立衙门，叫我南面坐，尔等反叫我朝了东！”掣签就打。官民争闹，惊动后堂。适奶奶在屏后窃听，闻之柳眉[①]倒竖，抢出堂来，拍案吵闹曰：“我不曾干下歹事，为何通同众百姓要我嫁老公！”

【注释】

①柳眉：形容女子细长秀美之眉。

【译文】

有一个人过桥，贴着桥边而走，很是危险。旁边一人对那个人说：“看仔细了，不要踏了空。”那个人误听为说他偷了葱，因而大怒，争吵不休，二人转述给另一人让他评评理。结果另一个人说：“你们实在好笑，我和你们素不相识，为何冤枉我盗了钟？”于是三个人互相扭打起来，一直闹到官府。当官的听了三个人扭打的缘由，拍案咆哮道：“朝廷设立衙门，叫我面朝南坐，你们反说我朝了东！”随即拿起竹板就打。官民争辩吵闹声非常大，惊动后堂。正好官妇人在屏风后边偷听，听后柳眉倒竖，跑到公堂上来，拍案吵闹道：

"我不曾做了坏事，为什么通城百姓要我嫁老人家！"

招弗得

【原文】

松江人无子，一友问："尊嫂曾养否？"其人答曰："房下养（痒）是常常养（痒）呢，只是孽（入）深招（抓）勿得。"

【译文】

有一个松江人没有儿子，一个朋友问："尊嫂曾经生养过吗？"松江人回答说："我老婆养（痒）是常常养（痒）的，只是孽（入）深招（抓）不得。"

圆谎

【原文】

有人惯会说谎。其仆每代为圆之。一日，对人曰："我家一井，昨被大风吹往隔壁人家去了。"众以为从古所无。仆圆之曰："确有其事。我家的井，贴近邻家篱笆，昨晚风大，见篱笆吹过井这边来，却像井吹在邻家去了。"一日，又对人曰："有人射下一雁，头上顶碗粉汤。"众又惊诧之。仆圆曰："此事亦有。我主人在天井内吃粉汤，忽有一雁堕下，雁头正跌在碗内，岂不是雁顶着粉汤。"一日。又对人曰："寒家有顶温天帐，把天地遮得严严的，一些空隙也没有。"仆人攒眉①曰："主人脱煞②，扯这漫天谎，叫我如何遮掩得来。"

【注释】

①攒（cuán）眉：皱着眉头。

②脱煞：太过分。

【译文】

有一个人喜欢说谎话，他的仆人每次都替他圆谎。有一天，他对别人说："我家的一口井，昨天被大风吹到隔壁家去了。"大家认为这样的事从古到今都没有听过。他的仆人为他圆谎说："确实有这样的事，我家的井挨近邻家的篱笆，昨晚风大，把篱笆吹到井这边来，就像井吹到邻居家去了。"一天，他又对别人说："有一个人射下一只雁，头上顶碗粉汤。"大家又非常惊讶，不相信他说的话。他的仆人又为他圆谎说："这件事也有，我家主人在天井内吃粉汤，忽然，有一只被人射下来的雁掉下来，雁头正好跌在碗里，岂不是雁头顶着粉汤？”又一天，他又对别人说：“寒家有顶温天帐，能把天地遮得严严的，一点空隙都没有。”仆人听了这话，很为难地皱着眉头说：“主人说得太过分了，扯这漫天大谎，叫我怎么遮掩得来。”

两企慕①

【原文】

山东人慕南方大桥，不辞远道来看。中途遇一苏州人，亦闻山东萝卜最大，前往观之。两人各诉企慕之意。苏人曰：“既如此，弟只消备述与兄听，何必远道跋涉？”因言：“去年六月初三，一人从桥上失足堕河，至今年六月初三，还未曾到水，你说高也不高？”山东人曰：“多承指教。足下要看敝处萝卜，也不消去得。明年此时，自然长过你们苏州来了。”

【注释】

①企慕：羡慕。

【译文】

有一个山东人很羡慕南方有大桥，不辞劳苦长途跋涉地想要到苏州去看。

途中遇到一个苏州人，这个苏州人也因为听说山东的萝卜最大，所以正想前往山东去看。两个人各自述说了羡慕之意。苏州人说："既然如此，我就把南方大桥详细地讲述给你听，何必要长途跋涉？"于是就介绍道："去年六月初三，有一个人从桥上掉了下去，到今年六月初三，还没落入水中，你想这桥高不高？"山东人说："承蒙指教。山东的萝卜，你也不需要去看了。明年的这个时候，自然会长到你们苏州那边去了。"

参考文献

［1］游戏主人．笑林广记［M］．北京：中国画报出版社，2016.

［2］游戏主人，粲然居士，参订．笑林广记［M］．昆明：云南出版集团，2016.

［3］游戏主人，白岭，译．笑林广记［M］．郑州：中州古籍出版社，2008.

［4］游戏主人．笑林广记［M］．武汉：崇文书局，2008.